10
18

12, AVENUE D'ITALIE. PARIS XIIIe

Sur l'auteur

Né en 1949 aux États-Unis, Richard Russo a longtemps enseigné la littérature à l'université. Il se consacre désormais à l'écriture de scénarios et de romans dans sa maison du Maine. Après *Un homme presque parfait*, *Un rôle qui me convient*, *Le Déclin de l'empire Whiting* (Prix Pulitzer), *Le Phare de Monhegan*, *Quatre saisons à Mohawk*, *Le Pont des Soupirs*, *Les Sortilèges du cap Cod*, *Mohawk* (son premier roman), *Ailleurs* est son dernier ouvrage.

RICHARD RUSSO

AILLEURS

Traduit de l'anglais (États-Unis)
par Jean Esch

10
18

QUAI VOLTAIRE

Du même auteur
aux Éditions 10/18

UN RÔLE QUI ME CONVIENT, n° 3055
UN HOMME PRESQUE PARFAIT, n° 3446
LE DÉCLIN DE L'EMPIRE WHITING, n° 3633
LE PHARE DE MONHEGAN, n° 3893
QUATRE SAISONS À MOHAWK, n° 3984
LE PONT DES SOUPIRS, n° 4299
LES SORTILÈGES DU CAP COD, n° 4561
MOHAWK, n° 4700
► AILLEURS, n° 4955

Titre original :
Elsewhere

ISBN 978-2-264-06518-6

Pour Greg

PROLOGUE

Il y a quelques années, sur l'autoroute qui traverse l'État de New York, en passant devant le panneau annonçant la région de Central Leatherstocking, une amie crut lire *laughingstock* et pensa : « C'est l'endroit d'où Russo doit être originaire. » Et elle avait raison. Je viens de Gloversville, à quelques kilomètres au nord des contreforts des Adirondacks, un endroit dont il est facile de se moquer, sauf quand vous y vivez, comme c'est le cas, aujourd'hui encore, de certains membres de ma famille.

Mais cette ville n'a pas toujours été objet de risée. À son apogée, neuf paires de gants sur dix aux États-Unis y étaient fabriquées. À la fin du XIXe siècle, des artisans de toute l'Europe avaient afflué et produit durant des décennies des gants capables de rivaliser avec ce qui se faisait de mieux n'importe où dans le monde. En ce temps-là, le métier de gantier était régi par une guilde et généralement vous suiviez un apprentissage de deux ou trois ans, comme mon grand-père maternel. Les principaux outils d'un bon coupeur de gants étaient ses yeux, sa connaissance des peaux et son imagination. Ce fut mon grand-père qui m'enseigna les rudiments de cet art (même si je doute qu'il ait employé ce terme) quand il m'expliqua le défi qui consistait à fabriquer un objet aussi fin que beau à partir d'une peau imparfaite. Une fois tannées, mais avant de passer chez le coupeur, les peaux sont roulées, brossées et polies pour obtenir des pièces lisses et uniformes, mais inévitablement il reste quelques imperfections. Le véritable artisan, me fit-il comprendre, contourne ces défauts ou se débrouille pour les incorporer dans les plis naturels ou les coutures du gant. Chaque peau posait un problème dont la résolution exigeait de la créativité. Le travail d'un coupeur ne consistait pas seulement à obtenir un maximum de gants à partir d'une peau, mais de le faire en minimisant ses défauts.

On tannait le cuir à Fulton County en utilisant l'écorce des sapins ciguës déjà avant la Révolution américaine. Gloversville et sa voisine Johnstown produisaient des gants, mais aussi toutes sortes d'objets en cuir : chaussures, manteaux, sacs, fauteuils. Mon grand-père paternel, originaire de Salerne en Italie, ayant entendu parler de cet endroit où un grand nombre d'artisans s'étaient regroupés, se rendit dans le nord de l'État de New York avec l'espoir d'y gagner sa vie en tant que chausseur. De New York, il prit le train pour Albany, au nord, puis il bifurqua vers l'ouest, en direction du hameau de Fonda, au bord du Barge Canal, et là, il suivit la voie ferrée des trains de marchandises vers le nord, jusqu'à Johnstown, où je naquis quelques dizaines d'années plus tard. Savait-il réellement où il allait et à quoi ressemblerait sa nouvelle vie ? Je l'ignore. Parmi les rares objets personnels qu'il avait apportés de l'ancien monde il y avait une cape de soirée.

Les deux hommes avaient mal choisi leur moment. Le père de mon père apprit très vite que Fulton County n'était pas Manhattan, ni même Salerne, et que rares étaient les nouveaux concitoyens qui préféraient acheter de coûteuses chaussures faites à la main plutôt que des modèles moins chers fabriqués en usine, aussi n'eut-il d'autre choix que de devenir cordonnier. À l'époque où le père de ma mère arriva du Vermont à Gloversville, le véritable artisanat de la ganterie était déjà attaqué de toutes parts. À la fin de la Première Guerre mondiale, beaucoup de gants étaient « coupés au patron ». (Pour un gant taille 6, par exemple, on fixait un patron de la taille correspondante sur la peau et on taillait autour avec des ciseaux.) Quand il revint de la Seconde Guerre, le processus était largement mécanisé, grâce à des machines qui découpaient très vite à l'emporte-pièce des gants déjà dessinés. L'ouvrier n'avait plus qu'à disposer la peau sous les lames mortelles de la machine et à abaisser le bras mécanique. Je suis né en 1949. À cette époque, il n'y avait plus guère de demande pour des gants ou des chaussures faites à la main, mais mes grands-pères avaient depuis longtemps posé leurs bagages à Fulton County. L'un et l'autre avaient une famille désormais, et ils sont restés là. C'est également au cours de la première moitié du XXe siècle que le tannage au chrome, un procédé chimique qui permettait d'obtenir un cuir plus souple et imperméable, et accélérait considérablement tout le processus, devint la norme de l'industrie, remplaçant le tannage végétal traditionnel et rendant les tanneries encore plus dangereuses, pas uniquement pour les ouvriers, mais aussi pour ceux qui habitaient à proximité, et plus particulièrement en aval de la rivière. La vitesse, l'efficacité et la technologie l'avaient emporté sur l'art et l'artisanat, sans parler de la sécurité publique.

Cela étant dit, entre 1890 et 1950, les habitants de Gloversville gagnaient bien leur vie, très bien même pour certains. Si vous roulez dans Kingsboro Avenue, parallèle à Main Street, et si vous jetez un coup d'œil aux belles et vieilles maisons construites en retrait de la rue, éloignées les unes des autres, vous aurez une idée de la prospérité dont ont pu jouir les plus chanceux jusqu'à la Seconde Guerre mondiale. Même dans le centre de Gloversville, devenu dans les années 1970 un ensemble de ruines qui évoquait Dresde, on trouve encore des traces de cette richesse. La bibliothèque Andrew Carnegie est très belle et le vieux lycée juché au sommet d'une petite colline témoigne d'une communauté qui croyait en elle et à la pérennité du bon temps. Sur la pelouse en pente douce se dresse une statue de Lucius Nathan Littauer, un des hommes les plus riches du comté, dont les bras tendus semblent signaler le somptueux édifice de marbre de l'Eccentric Club tout proche, celui-là même qui avait refusé de l'accueillir comme membre car il était juif. En bas de la rue se trouve le Globe Theatre, récemment rénové, le cinéma où j'ai dû passer quasiment tous les samedis après-midi de mon adolescence. Il y avait également un charmant vieil hôtel, le Kingsboro, avec son élégante salle à manger où monseigneur Kreugler, à qui j'avais servi d'enfant de chœur à l'église du Sacré-Cœur, recevait sa cour d'admirateurs après la dernière messe dominicale. Quand il fut rasé, les voyageurs durent loger à Johnstown, la ville voisine, au bord de la voie rapide censée apporter un nouveau souffle à Gloversville, mais qui au lieu de cela, comme on pouvait le prévoir, permit aux gens qui se rendaient à Saratoga, Lake George ou Montréal de passer à toute vitesse sans s'arrêter, ni même ralentir.

Tout est allé très vite. Dans les années 1950, un samedi après-midi, les rues du centre étaient embouteillées par des voitures qui klaxonnaient pour saluer des passants. Les trottoirs étaient encombrés de gens faisant du shopping, à tel point que, jeune garçon prisonnier parmi les adultes tous beaucoup plus grands que moi, je devais m'en remettre à ma mère, qui n'était pas une géante elle non plus, pour nous conduire d'une boutique à l'autre ou, plus terrible encore, traverser Main Street. Souvent, quand nous avions terminé ce que nous appelions nos « commissions » hebdomadaires, nous nous arrêtions chez Pedrick. Situé à côté de la mairie, c'était un établissement sombre et frais, le seul à posséder l'air climatisé à cette époque, avec un long mur fin percé d'un guichet qui permettait de faire passer des sodas et des cocktails entre le bar souvent bruyant et la salle de restaurant plus respectable. En ce temps-là, il y avait toujours foule chez Pedrick, même le samedi après-midi. Sur le mur au-dessus de chaque table était fixé un mini-juke-box dont on tournait les pages mécaniques remplies de titres de chansons. On choisissait de sa place – cinq titres pour vingt-cinq *cents*, si ma mémoire est bonne – et les chansons passaient sur le vrai juke-box au fond de la salle. On en écoutait toujours pour un *quarter*, en faisant durer nos sodas, servis si glacés que j'en avais mal aux dents. Mais parfois, la musique était couverte par les rires masculins tonitruants du bar, où le téléviseur fixé au mur diffusait un match des Yankees, et si un joueur réussissait un *home run*, tout le monde dans le restaurant le savait immédiatement. Je me souviens que j'écoutais attentivement les voix de ces hommes pour essayer de repérer celle de mon père. Ma mère et lui s'étaient séparés quand j'étais petit, mais il vivait toujours dans les environs, et je l'imaginais de l'autre côté de ce mur, chez Pedrick.

Je devinais que ma mère, si elle ne m'avait pas eu sur les bras, aurait préféré être de l'autre côté, elle aussi. Elle aimait les hommes, elle aimait être au milieu des hommes, mais du côté restaurant il y avait essentiellement des enfants et des personnes âgées. Même si je ne pouvais pas le formuler avec des mots, j'avais la nette impression que le mur qui séparait la respectabilité du plaisir était en effet très fin. Il y avait également un juke-box dans le bar, et parfois, le volume était suffisamment fort pour rivaliser avec la musique qui passait de notre côté ; ma mère déclarait alors qu'il était temps de rentrer, comme si elle craignait que le mur ne s'écroule. Pour elle, une musique si forte ne pouvait signifier qu'une seule chose : des gens dansaient, bien qu'on soit en plein après-midi, et, si elle s'était trouvée de l'autre côté, elle en aurait fait autant. Dix ans après la fin de la Seconde Guerre mondiale, Gloversville était toujours d'humeur festive, et régulièrement les réjouissances du samedi après-midi se poursuivaient jusqu'à l'heure de fermeture, et même au-delà. Les citoyens prospères dansaient et buvaient à l'Eccentric Club, les gens des classes moyennes fréquentaient les tavernes d'ouvriers dans le haut de Main Street ou bien, l'été, le pavillon du lac Caroga, tout près, et les pauvres (généralement les immigrés les plus récents, les moins bien payés dans les tanneries) se retrouvaient dans les bars miteux qui bordaient South Main, dans cette partie de la ville baptisée « Le Goulet », où les arrestations pour ivresse, attentat à la pudeur ou voies de fait avaient plus de chances de se trouver relatées dans le journal local le lundi matin que les faits identiques commis à l'Eccentric Club.

À l'époque où j'achevai mes études secondaires, en 1967, vous auriez pu mitrailler Main Street avec une arme automatique sans atteindre âme qui vive. Le samedi après-midi, les trottoirs étaient déserts, les gens, dont le pouvoir d'achat s'était réduit, traquaient les promotions dans les enseignes vendant des produits sans marques, qui avaient surgi au bord de la voie rapide. Le fronton du Glove Theatre portait encore le titre du dernier film qui y avait été projeté, mais il y manquait tellement de lettres qu'on ne pouvait même pas le deviner. Des hommes au chômage sortaient de la salle de billard ou d'un de ces bars miteux qui servaient de la pression bon marché ou du tord-boyaux ; ils clignaient des yeux dans le soleil de l'après-midi et pliaient les genoux. Ils allumaient une cigarette et regardaient d'un bout à l'autre de Main Street, comme s'ils se demandaient où diable était passé tout le monde. La salle de restaurant de chez Pedrick avait fermé entre-temps, mais cet été-là j'avais eu dix-huit ans, l'âge légal pour boire, et l'autre côté du mur ne m'était plus interdit. Toutefois, c'était devenu aussi calme qu'une bibliothèque. Les Yankees jouaient toujours à la télé, mais Mantle, Maris, Yogi et Whitey Ford avaient tous pris leur retraite, et leur heure de gloire, comme celle de Gloversville, était révolue. La demi-douzaine de buveurs solitaires aux cheveux grisonnants pivotèrent sur leurs tabourets quand la porte s'ouvrit, comme si le passé allait surgir hors de la lumière éclatante avec des billets de dix dollars dans son sillage. Régulièrement au cours de cet été 67, je glissais la tête à l'intérieur de chez Pedrick pour voir si mon père se trouvait parmi ces hommes qui buvaient des demis d'Utica Club au bar. Mais, à l'instar du temps lui-même, il avait poursuivi son chemin.

Qu'est-il arrivé ? Un tas de choses. Après la Seconde Guerre mondiale, à peu près au moment où les hommes ont cessé de porter des chapeaux, les femmes ont cessé de porter des gants. Jackie Kennedy en portait le jour de l'investiture de son mari, et la tendance s'est trouvée inversée pendant quelque temps, mais le mouvement était irréversible. Plus important, la fabrication des gants a commencé à être exportée dans des pays où la main-d'œuvre était moins chère. Gloversville a sombré de la même manière que Mike Campbell annonce sa faillite dans *Le soleil se lève aussi* de Hemingway : « petit à petit, puis brutalement ». Le « gigantesque bruit de succion » de la mondialisation s'est fait entendre avec des dizaines d'années d'avance, et très bruyamment. Mon grand-père maternel, qui, parce que syndicaliste, avait été traité de communiste sur l'autel de l'église du Sacré-Cœur bien qu'ayant participé à deux guerres mondiales, l'avait entendu venir avant même que les gants merdiques fabriqués en Asie apparaissent dans les boutiques, où il suffisait d'y coudre quelques boutons pour ajouter l'estampille *Fabriqués à Gloversville*. À l'époque de Thanksgiving, durant la morte-saison, des ouvriers des tanneries étaient mis au chômage, et chaque année ils attendaient un peu plus longtemps qu'on les rembauche. Pis encore, ils n'étaient pas tous repris en même temps, une pratique qui permettait aux employeurs de rappeler à leurs employés que les temps avaient changé. Ce qui comptait désormais, c'était de liquider le stock, ce n'était pas la qualité. Après tout, les Asiatiques et les Indiens faisaient le même boulot que les types du coin pour quatre fois moins cher.

Mon grand-père, qui était rentré du Pacifique avec la malaria et avait souffert peu de temps après d'emphysème, était beaucoup trop malade alors pour se battre. Il continua comme avant, en refusant de bâcler son travail, et, par conséquent, il gagnait beaucoup moins d'argent que ceux qui se fichaient du résultat. Les patrons pouvaient l'exploiter, lui confier les peaux qui présentaient le plus de défauts, le traiter comme un robot, et non comme l'artisan qu'il était. Toutefois, il affirmait que la seule chose qu'ils ne pouvaient pas lui ordonner, c'était de faire du mauvais travail. Ce n'était pas nécessaire, bien évidemment. Il suffisait de regarder sa poitrine étroite et creuse se soulever quand il essayait d'aspirer un peu d'air dans ses poumons défaillants pour comprendre que, bientôt, il ne poserait plus aucun problème. Son épouse, qui avait également survécu à la Dépression, voyait l'avenir s'assombrir. Elle entreprit de stocker des boîtes de haricots beurre et de thon dans le garde-manger, un peu plus tôt chaque année, sachant que les périodes de chômage technique dureraient de plus en plus longtemps, et que son mari, dont l'état se dégradait de jour en jour, serait parmi les derniers rappelés. Le Christ lui-même, au mieux de sa forme, n'aurait pu faire mieux que ma grand-mère avec une livre de bacon. Néanmoins, ce n'était qu'une question de temps.

Tout cela n'eut guère d'effet sur moi. Enfant, j'étais très heureux à Gloversville. Ma mère et moi partagions une modeste maison avec ses parents dans Helwig Street. Ils vivaient dans l'appartement du bas, avec deux chambres et une salle de bains ; nous deux dans l'appartement du dessus, identique. Mon grand-père, qui n'avait jamais rien acheté qu'il ne pût payer directement en sortant de l'argent de son portefeuille, avait fait l'acquisition de cette maison. Sans doute savait-il, suspectais-je, que le mariage de sa fille allait virer à la catastrophe, et que nous aurions besoin d'un toit, elle et moi. Le voisinage était agréable ; il y avait une épicerie presque juste en face. La sœur de ma mère et sa famille vivaient un peu plus loin, au coin de la 6e Avenue, ce qui veut dire que j'ai grandi entouré de cousins. Quand j'étais à la maternelle et en primaire, ma grand-mère me conduisait le matin et elle venait me chercher l'après-midi ; l'été, nous allions nous promener dans un joli parc situé quelques rues plus loin seulement. Le week-end, c'était souvent mon grand-père qui me prenait par la main, et ensemble nous nous rendions dans le centre pour acheter un sachet de « peatles », comme il appelait les cacahouètes à la peau rouge, puis au retour nous passions rendre visite à des amis et nous nous asseyions sur leur véranda. Quand j'eus l'âge de posséder ma première bicyclette et d'explorer les environs de Helwig Street, je découvris la magie du base-ball et à partir de ce moment-là, batte en bois sur l'épaule, mon gant accroché au guidon, je disparus avec des copains pendant des matinées entières, ou des après-midi, ou les deux. Chez ma tante, il y avait un panneau de basket au-dessus de la porte du garage et, durant les longs hivers, mon cousin Greg et moi déblayions méticuleusement la neige dans l'allée pour pouvoir tirer des paniers, même quand il faisait tellement froid que le filet gelait et que nous ne pouvions pas dribbler. À l'automne, je ratissais les feuilles mortes, privant de ce travail mon grand-père qui adorait faire ça, bien qu'il manquât parfois de souffle. Souvent il commençait et je finissais pendant qu'il fumait une cigarette derrière la maison, où ma grand-mère ne le voyait pas. En été je tondais les pelouses et l'hiver je déneigeais les trottoirs. Une enfance américaine, dans les années 1950, au sein d'une classe moyenne qui semble avoir disparu, ou presque, dans une ville qui n'avait rien d'exceptionnel à l'époque, au lieu de m'apparaître aujourd'hui comme le canari dans une mine de charbon.

Cette biographie – je ne sais pas quel autre nom lui donner – est une histoire de croisements : entre des lieux et des moments, le privé et le public, des destins liés et des attachements défectueux. C'est plus l'histoire de ma mère que la mienne, mais c'est aussi la mienne car, jusqu'à il y a quelques années encore, ma mère était rarement absente de ma vie. Il est question de sa personnalité, mais aussi de l'endroit où elle a grandi, d'où elle s'est enfuie, et où elle est revenue, à maintes reprises ; des contradictions qu'elle n'a pas su résoudre et m'a donc transmises, en sachant fort bien que je les rongerais comme un chien ronge un os, allant les enterrer pour les déterrer ensuite et les ronger de nouveau, jusqu'à ce qu'il ne reste plus que des esquilles tranchantes et des gencives en sang.

Je reviens sans cesse à ce mur de chez Pedrick, entre le restaurant et le bar. Elle était tout près de l'endroit où elle voulait être. Comme ce mur devait lui paraître mince. La musique et les rires le traversaient si facilement. Mais ma mère évaluait toujours mal les choses, les distances et les directions, et aussi la robustesse des barrières dressées entre elle et ce qu'elle désirait ardemment. Je sais de quoi je parle. J'en étais une.

INDÉPENDANCE

La nuit avant que l'on disperse les cendres de ma mère dans Menemsha Pond, sur l'île de Martha's Vineyard, je fis un rêve dans lequel elle apparaissait de façon frappante. Elle me rendait visite régulièrement dans mon sommeil depuis sa mort en juillet et nous étions maintenant à la fin décembre. Avais-je omis un devoir quelconque, outre la dispersion des cendres ? Y avait-il une autre raison inconsciente pour qu'elle vienne me voir ainsi ? Beaucoup de choses s'étaient passées depuis le mois de juillet. J'avais participé à une longue tournée promotionnelle pour un livre, notre fille Kate s'était mariée à Londres, au moment de Thanksgiving, et nous étions rentrés à la maison juste à temps pour l'effervescence et la bousculade de Noël. Ma mère se sentait-elle abandonnée ? C'était une autre façon, évidemment, de demander si je me sentais coupable de la négliger dans la mort, comme j'avais parfois craint de le faire de son vivant.

Nous avions longuement différé la dispersion de ses cendres car mes deux filles tenaient à être présentes. Emily travaillait depuis peu dans une librairie près d'Amherst et elle n'osait pas réclamer un congé avant que la ruée des fêtes soit passée. Quant à Kate et son époux, Tom, tout jeunes mariés, ils ne pouvaient prendre un avion pour les États-Unis qu'après Noël. Voilà pourquoi nous nous réunîmes sur l'île entre Noël et le jour de l'An, pour tenir ce que j'en étais venu à considérer comme mon ultime promesse à ma mère, la dernière d'une longue succession d'obligations, ininterrompue, qui remontait presque aussi loin que mes souvenirs.

Dans ce rêve, ma mère et moi marchions vers une destination vague, choisie d'un commun accord, semblait-il. Cette idée devait venir de moi car je me sentais particulièrement coupable, parce que c'était long, parce que je ne connaissais pas le chemin et parce que je m'étais trompé plusieurs fois. Évidemment, la tâche d'emmener ma mère, qui ne conduisait pas, partout où elle devait aller – que ce soit à l'épicerie, chez le médecin ou chez le coiffeur – m'incombait, plus ou moins, depuis que j'avais obtenu mon permis en 1967 et, en ce sens, mon rêve s'inspirait de la réalité. Le fait que je sois perdu constituait un aspect plus inhabituel et troublant de cette histoire car j'avais toujours été chargé de nous mener à bon port. Le médiocre sens de l'orientation de ma mère était légendaire, et depuis longtemps nous plaisantions entre nous en disant qu'elle était une boussole dont l'aiguille indiquait le sud. Nul doute que mon sentiment d'être perdu et impuissant dans ce rêve était lié à l'état de ma mère au cours des longs mois qui avaient précédé son décès. Elle souffrait d'une insuffisance cardiaque congestive et les médecins ne lui donnaient que deux ans à vivre au maximum, ce qui voulait dire que, pour la première fois depuis des dizaines d'années, elle ne pouvait plus aller seule quelque part.

Dans mon rêve, elle n'agonisait pas, elle était simplement faible et fatiguée, tandis que nous marchions longuement dans les rues qui s'assombrissaient, cherchant des panneaux ou des repères qui n'existaient pas. Finalement, elle ne put continuer et je dus la porter. Au début, ça ne posa pas de problème. Ma mère avait toujours été menue, et maintenant elle était frêle, alors que j'étais fort, grâce au tennis et à la course. Mais, peu à peu, je commençai à ressentir sa fatigue, ainsi que sa colère envers moi qui l'avais entraînée dans cette situation. Nous n'étions que tous les deux dans des rues désertes qui s'étendaient à l'infini, sans autre choix que de continuer à avancer, péniblement.

Tel était mon rêve. Ma mère et moi marchant éternellement, jusqu'à ce que je me réveille et prenne conscience, une fois de plus, qu'elle était morte depuis l'été, et que, dans la réalité, le fardeau de sa longue maladie et de son malheur, plus long encore, ne pesait plus sur ses épaules. Ni sur les miennes.

Certains rêves n'exigent aucune interprétation, celui-là en faisait partie.

Dès ma plus tendre enfance, ma mère se montra très attachée à son sentiment d'indépendance. La séparation de corps qu'elle avait négociée avec mon père stipulait qu'il devait lui verser une pension alimentaire, ce qu'il faisait rarement. Pendant un temps, elle essaya de l'y contraindre, mais elle renonça rapidement ; sans doute se disait-elle qu'à long terme, c'était mieux ainsi. Même si mon père ne l'aidait pas, au moins n'était-elle pas accablée par ses dettes de jeu. Elle versait un loyer à mes grands-parents – au prix du marché, affirmait-elle fièrement – pour notre appartement dans la maison de Helwig Street. Son travail chez General Electric, à Schenectady, était bien payé. Avant impôts, elle gagnait un peu plus de cent dollars par semaine, soit plus que la plupart des hommes employés dans les tanneries. À Gloversville, la majorité des femmes qui travaillaient cousaient des gants dans les ateliers ou à domicile, un travail à la pièce sous-payé, pour compléter les gains des maris qui étaient mis au chômage tous les hivers, et dont les salaires étaient artificiellement maintenus à un faible niveau par la collusion entre les propriétaires d'usines et le gouvernement local sur lequel ils exerçaient leur emprise. Pour elle, il valait beaucoup mieux travailler pour une grosse entreprise de Schenectady, même si cela entraînait des frais. Tout d'abord, sa tenue devait être adaptée à sa fonction. Cela lui convenait parfaitement car elle adorait les beaux vêtements, mais évidemment, ce n'était pas donné. De surcroît, comme elle rentrait trop tard et trop fatiguée pour cuisiner, elle devait également verser à mes grands-parents le prix de ma pension. Et puis, il y avait le coût des allers et retours en voiture avec des collègues : quand on allait quelque part avec ma tante, mon oncle et mes cousins, elle insistait toujours pour que chacun participe au plein d'essence.

Elle défendait farouchement son indépendance durement acquise, face à n'importe qui et également (surtout) face à mes grands-parents qui en étaient, à bien des égards, la véritable origine. En particulier, elle n'appréciait pas les conseils spontanés sur la manière de m'élever et, quand ils franchissaient cette limite, elle leur rappelait que leurs rapports étaient avant tout de nature financière. Elle payait son loyer rubis sur l'ongle le premier de chaque mois, ce qui, dans son esprit, signifiait qu'ils n'avaient aucun droit de s'immiscer dans nos vies, pas plus qu'un autre propriétaire. Si cette brusquerie exaspérait ou attristait ses parents, ils n'en ont jamais rien dit, devant moi du moins. Mais qui aurait pu les en blâmer ? Après tout, mon grand-père avait acheté cette maison en partie pour que ma mère et moi puissions avoir un toit. À ma connaissance, ils ne le lui ont jamais rappelé et, de toute évidence, elle voyait les choses différemment. Elle leur faisait comprendre qu'il y avait un tas de logements à louer, aussi bien à Gloversville qu'à Schenectady et, s'ils ne se mêlaient pas de leurs affaires, elle irait s'installer ailleurs, avec moi. Je ne doutais pas de la sincérité de sa menace (en colère, ma mère était toujours sincère), mais il n'y avait guère de risque qu'elle la mette à exécution, et mes grands-parents devaient le savoir eux aussi. « *Jean* », lui disait l'un des deux quand elle montait sur ses grands chevaux, et je me disais que cette fois ils allaient mettre les choses au point pour de bon, mais ils me regardaient et ils baissaient la voix.

Peu à peu, j'ai fini par comprendre que l'apparente ingratitude de ma mère relevait simplement de l'instinct de conservation. L'image qu'elle avait d'elle-même, celle d'une femme qui pouvait tout faire seule, exigeait d'être entretenue et alimentée en permanence. Elle devait affirmer son indépendance, la proclamer à voix haute, en chaque occasion, si elle voulait y croire elle-même. Elle devait se rappeler constamment qu'elle avait une *bonne* place dans une *formidable* entreprise, dans une *vraie* ville. Pas juste un travail, mais une position plus *élevée*, avec plus de *responsabilités* qu'à peu près toutes les femmes de Gloversville. Non seulement elle avait fait son chemin toute seule, mais elle m'avait nourri, habillé et élevé. De plus, elle élargissait mon horizon, au-delà des valeurs stupides de cette vilaine petite ville industrielle où nous vivions. Aussi fatiguée soit-elle à la fin de ses longues journées, elle veillait à ce que j'aie fait mes devoirs, et bien. Si je ramenais un formulaire à la maison, elle le remplissait, sans qu'il soit besoin de le lui rappeler, et s'il fallait joindre un chèque pour la location d'un uniforme ou d'un instrument de musique, elle se débrouillait d'une manière ou d'une autre. Chaque jour je portais des vêtements propres et parfaitement repassés, même si pour cela elle avait dû s'occuper de la lessive jusqu'à minuit. Elle se privait de dîner pour rencontrer mes professeurs, afin de s'assurer que je m'épanouissais à l'école et ne me contentais pas d'apprendre, que je n'étais pas rejeté comme un enfant différent, sans père. Elle accomplissait de véritables prouesses. Aucune autre femme de sa connaissance ne devait surmonter de tels fardeaux ou défis et, se disait-elle, elle y arrivait toute seule.

Sauf qu'elle n'était pas seule, pas véritablement, et parfois cette terrible vérité transperçait les défenses qu'elle avait érigées et fortifiées au prix de tant de sacrifices. À son crédit, elle ne me faisait presque jamais partager ses doutes ni les moments, temporaires, où elle perdait la foi ; j'étais pourtant son auditoire principal. Elle préservait l'harmonie et l'intégrité de l'histoire de nos vies. Tous les deux, nous n'avions besoin de rien d'autre. Du moment que nous étions ensemble, tout irait bien. Pour ma part, je n'ai jamais laissé voir que je devinais la vérité : certes, elle avait un bon poste, mais, en tant que femme, elle était moins bien rémunérée que des hommes qui faisaient le même travail. Ils avaient des familles à nourrir, lui disait-on, comme si elle n'était pas dans le même cas. Une fois qu'elle avait payé les frais de transport et les tenues indispensables pour tenir son rôle, elle aurait gagné presque autant en travaillant à Gloversville. Bien sûr, elle s'acquittait régulièrement de son loyer, mais aux prix de Gloversville, pas de Schenectady, et mes grands-parents, même s'ils ne le lui ont jamais dit, auraient pu réclamer davantage à un autre locataire.

Et combien cela lui aurait-il coûté si elle avait dû prendre quelqu'un pour s'occuper de moi pendant qu'elle travaillait, une mission que ma grand-mère accomplissait affectueusement, et gratuitement ?

Malgré tout, la plupart du temps, elle réussissait à joindre les deux bouts et nos vies se poursuivaient, suffisamment en douceur pour maintenir l'indispensable apparence d'indépendance. Chaque mois, ma mère calculait nos dépenses, au penny près, ce qui voulait dire que notre trésorerie ressemblait à un lacet usé qui parfois cassait. N'importe quel imprévu pouvait nous précipiter dans le rouge ; ma mère était alors obligée d'emprunter à ses parents, dont elle ne voulait pas dépendre, justement. À certains moments, je grandissais trop rapidement et j'avais besoin de nouveaux vêtements, plus vite que prévu, ou bien je déchirais un pantalon tout neuf en escaladant les clôtures des voisins sur le chemin de l'école. À d'autres moments, j'exigeais des cadeaux. De gros cadeaux. Une année, pour Noël, mes cousins reçurent une encyclopédie, *Le Livre du savoir*, et ma mère dut m'expliquer pourquoi nous ne pouvions pas avoir la même, combien ça coûtait, combien d'heures elle devrait travailler pour l'acheter et combien de choses plus importantes passaient avant. D'ailleurs, je pourrais consulter celle de mes cousins en cas de besoin. Je n'étais encore qu'un enfant, mais je savais qu'elle luttait pour nous faire vivre, pour tenir le coup, par un effort de volonté, et que la dure réalité pesait sur ses épaules inlassablement. Elle remboursait toujours les petits prêts accordés par mes grands-parents, mais cette nécessité minait le mythe chéri de l'indépendance. Notre bien-être était donc, à l'occasion du moins, subventionné. Sans que cela soit sa faute. Ma mère parlait rarement de mon père, mais, dans les moments difficiles, elle se plaignait que la somme manquante correspondait exactement à celle qu'il refusait de verser.

À vrai dire, mon père était un sujet délicat. Ma mère et lui s'étaient séparés peu de temps après notre emménagement dans Helwig Street, et les rares choses que je savais de lui étaient contradictoires. Je n'arrivais pas à me faire une opinion. D'un côté, c'était un héros de la guerre. Je savais ce qu'était le D-day, et je savais que mon père y était, à Utah Beach, et qu'il s'était battu en France et en Allemagne, jusqu'à Berlin. Je savais qu'il avait été décoré de la Médaille de l'étoile de bronze. Ma mère ne minimisait jamais ses exploits. Elle disait que je pouvais être fier de ce qu'il avait accompli durant la guerre. Mais désormais, c'était devenu un joueur, un homme sur qui on ne pouvait pas compter pour rapporter sa paie à la maison. C'était à cause de lui que nous recevions parfois des coups de fil violents en pleine nuit. Malgré cela, je ne devais pas avoir une mauvaise image de mon père. Sa passion pour le jeu était une maladie, il n'y pouvait rien. Il essayait d'arrêter mais, jusqu'à maintenant, il n'y était pas parvenu.

Ce que je savais sur lui était insignifiant à côté de ce que je ne savais pas. Où vivait-il, par exemple ? Je savais qu'il habitait toujours à Gloversville car ma mère me l'avait dit, et cela avait été confirmé par mes grands-parents et ma tante Phyllis. Je l'associais si fortement à la salle de billard que pendant un temps j'imaginai qu'il vivait juste au-dessus. Quand je demandai à ma mère où il vivait, et avec quoi, elle me répondit qu'on ne pouvait pas le savoir. Il n'était pas comme nous. Nous, nous vivions toujours au même endroit, avec les mêmes personnes. Mon père, lui, pouvait se retrouver n'importe où, avec n'importe qui. Je supposais que cela devait être lié à sa passion pour le jeu. Si des gens le cherchaient en permanence pour récupérer leur argent, le fait de ne pas avoir d'adresse fixe ni de groupe d'amis régulier le rendait plus difficile à localiser. N'empêche, j'avais du mal à concilier tout cela avec son statut de héros de guerre. Et je me demandais si l'un de ces deux aspects n'était pas un mensonge.

Parmi toutes les vérités le concernant, la seule qui importait aux yeux de ma mère était la suivante : s'il avait payé son dû, sa part, nous n'aurions pas de souci à nous faire. Ce raisonnement amer semblait lui apporter un certain réconfort, comme le fait qu'elle ait rarement besoin de son aide, ou de celle de quelqu'un d'autre, et n'ait jamais besoin de grand-chose. Elle se débrouillait, presque.

Un demi-siècle plus tard, avant sa dernière maladie, elle avait conservé quasiment le même état d'esprit. Devenue octogénaire, elle vivait à Camden, dans le Maine, à quelques rues seulement de notre maison. Quand des gens lui demandaient si cette Résidence Megunticook était un foyer pour personnes dépendantes, elle répondait toujours : « Oh, *non* ! Je vis de manière indépendante. »

Bien qu'il n'y ait pas une once de malveillance en elle, cette affirmation restait chaque fois en travers de la gorge de ma femme. « Où veut-elle en *venir*, à ton avis ? » Je me lançais alors dans ma meilleure imitation de Wallace Shawn pour répondre : « Inconcevable. » Dans *Princess Bride*, un des films préférés de nos filles quand elles étaient petites, André le Géant dit, en parlant du personnage joué par Shawn : « Il emploie beaucoup ce mot. Je crois que ça ne veut pas dire ce qu'il croit. » Exactement ce que voulait souligner ma femme, concernant les affirmations d'indépendance de ma mère. Car depuis trente-cinq ans nous plaisantions sur le fait que nous ne nous absentions jamais plus de temps qu'il n'en fallait pour que son frigo soit vide. Ce que sous-entendait ma mère, évidemment, c'était qu'elle ne vivait pas *avec* nous, sous notre toit, mais aussi qu'elle était fière, pour une femme de son âge, d'avoir encore bon pied bon œil. Elle savait s'occuper d'elle : elle faisait sa liste de courses et mettait dans son panier uniquement ce qui y figurait ; elle tenait ses comptes, payait ses factures et commandait des vêtements dans des catalogues, par téléphone, car, sur cette portion des côtes du Maine, il n'y avait aucune boutique pour une vieille femme qui ne voulait pas avoir l'air mal fagotée. À vrai dire, elle avait essayé, brièvement, de vivre dans une maison de retraite, mais elle avait détesté chaque seconde de cette expérience : la fausse gaieté des activités de groupe, la nourriture trop cuite, bouillie, du restaurant, et les conversations exaltées, les inspections périodiques et obligatoires de son appartement (son appartement !) pour vérifier qu'elle ne risquait pas (comme cela était arrivé avec d'autres dames, elle avait dû l'admettre) de provoquer un incendie. Ma mère refusait tout cela, et elle méprisait particulièrement les autres services proposés : le transport jusqu'à l'épicerie (« mon fils s'en charge »), chez le médecin (idem), chez le dentiste (idem), chez le coiffeur (idem). Elle n'avait pas besoin de fauteuil électrique, ni de s'accrocher au bras de quelqu'un, ni de ces horribles rampes vissées dans les murs des couloirs. Et elle n'avait sûrement pas besoin qu'on la conduise quelque part. Malgré ses problèmes de dos chroniques, elle continuait à nettoyer elle-même sa baignoire et à faire son repassage. Et elle ne voulait pas que je paie quelqu'un pour ces tâches. Nous ne lui avons jamais montré les factures de la Résidence, mais elle a découvert, je ne sais comment, que tout cela coûtait à peu près autant qu'une année d'inscription à l'université. Ça s'est arrêté là.

Alors, quand elle affirmait vivre de manière indépendante, elle voulait dire également – autre motif de fierté – qu'elle recevait peu d'aide financière de notre part. Et elle avait de bonnes raisons d'être fière. N'ayant jamais été très bien payée dans sa vie, son chèque mensuel de retraite était extrêmement maigre, et ayant divorcé de mon père, elle ne pouvait pas prétendre à sa pension d'ancien combattant. Elle n'avait reçu d'autre héritage que le savoir-faire de sa mère, né de la Dépression, pour utiliser au mieux chaque penny, et qui devait beaucoup à la volonté obstinée de se passer de ce que les autres considéraient comme des nécessités. Elle avait droit à une aide de l'État pour se loger et se chauffer, et à des coupons alimentaires, mais elle avait trop d'orgueil pour les accepter. D'accord, elle avait souvent du mal à boucler le mois, comme du temps de Helwig Street, une situation à laquelle, comme tout fils digne de ce nom qui en a les moyens, je me faisais un plaisir de remédier. Et puis, bien entendu, il y avait les imprévus. Cela étant dit, la seule fois où nous nous sommes disputés pour une question d'argent, c'est la fois où j'ai essayé de lui donner plus que ce qu'elle réclamait, dans l'espoir de lui faciliter un peu la vie. Elle n'avait pas *besoin* de plus d'argent que je ne lui en donnais, insistait-elle. Elle était très fière, expliquait-elle, de se prendre en charge, comme elle l'avait toujours fait.

À la fin, forcément, quand sa santé avait commencé à se détériorer sérieusement et ses besoins à croître de manière exponentielle, mois après mois, elle me prenait la main et disait : « Que deviendrais-je sans toi ? » J'essayais de la rassurer en lui répondant : « Je suis là pour ça », et en lui rappelant que, contrairement à beaucoup trop d'écrivains, je gagnais très bien ma vie. Ce à quoi elle répondait que oui, elle le savait, évidemment. Elle se disait que c'était encore comme autrefois, du temps de Helwig Street : tant que nous étions tous les deux, tout irait bien. Mais elle promenait un regard inquiet autour d'elle, sur son appartement, son monde de plus en plus restreint, et elle ajoutait : « Mais si par malheur il t'arrive quelque chose, je serai obligée de dire adieu à mon indépendance. »

Quand elle était jeune, ma mère ne jugeait pas que son incapacité à conduire était en contradiction avec son désir d'être, et d'être perçue, comme une femme indépendante et audacieuse. Gloversville était une ville où l'on pouvait se déplacer à pied, avec des petits marchés à tous les coins de rue. En outre, durant ces années d'après-guerre, la voiture passait pour une extravagance aux yeux de beaucoup de gens, même si cette mentalité changeait rapidement. Mes grands-parents ne possédaient pas de voiture, ni personne d'autre dans le quartier. Et puis, il y avait la question du sexe. Ma tante et mon oncle avaient une voiture, ma tante ne conduisait pas, et ma grand-mère non plus, bien évidemment, mais en tant que femmes mariées, l'indépendance ne faisait pas partie de leurs préoccupations principales. Conduire était une affaire d'hommes. Le fait qu'après son divorce ma mère n'avait plus d'homme dans sa vie n'entrait pas en ligne de compte pour elle. D'un bout à l'autre de l'Amérique, des hommes revenant de la guerre s'installaient avec leur famille en banlieue, où leurs épouses découvraient qu'elles devaient apprendre à conduire si elles ne voulaient pas rester prisonnières de leurs maisons de rêve ; toutefois à Gloversville, cette nécessité ne s'imposait pas. Mais surtout, ma mère possédait un talent plus précieux que le fait de savoir conduire : elle savait convaincre les gens de nous emmener partout où nous devions aller.

Comme la fois où nous sommes allés à Martha's Vineyard, quand j'avais dix ans, sans doute l'événement le plus surprenant et le plus somptueux de mon enfance. Ma mère croyait que l'endroit qu'elle avait choisi nous offrirait tout ce dont nous avions besoin : à manger, à boire et un tas d'activités pour un garçon de mon âge, voire une petite plage privée. Mais la plage donnait sur le bras de mer, et l'eau clapotait tout doucement sur le rivage. Ma mère perçut mon immense déception dès le premier jour. Je me voyais roulé par d'énormes vagues. Là, ce serait comme nager dans le lac Caroga tout proche. Le petit bain alors que je rêvais du grand bassin. Bien que nous ayons déjà abordé la question avec l'employé de la réception, ce soir-là ma mère demanda à notre serveuse, suffisamment fort pour être entendue des tables voisines, quels étaient les moyens de transport pour se rendre de l'autre côté de l'île, où m'attendaient peut-être de véritables vagues. « Ah bon ? » fit-elle en feignant l'incrédulité quand on l'informa qu'il n'y avait ni car ni tramway. « Rien du tout ? » Elle voulut alors savoir s'il y avait des taxis. Oui, lui dit-on, mais il faudrait le faire venir de Vineyard Haven ou d'Edgartown, à l'autre bout de l'île, et ça coûterait très cher, d'autant qu'il faudrait prendre des dispositions afin qu'un autre taxi vienne nous rechercher pour nous ramener à l'hôtel. Des vélos ? Oui, l'hôtel serait ravi de mettre des vélos à notre disposition, mais la plage avec des vagues la plus proche se trouvait à plusieurs kilomètres, et nous devrions transporter toutes nos affaires. Chaque réponse décuplait l'incrédulité de ma mère. « Mais comment font les gens ? » demanda-telle, image même de l'innocence. Eh bien, les personnes qui logeaient ici venaient généralement avec leurs voitures, sur le ferry. « Oh ! fit-elle, dépitée. Si j'avais su… » Comme si elle possédait une voiture.

C'est à cet instant qu'un couple assis à proximité se présenta et proposa de nous emmener à la plage le lendemain, ce que ma mère espérait depuis le début. Je devinais qu'elle était prête à poursuivre cette conversation dérangeante avec la serveuse aussi longtemps qu'il le faudrait, jusqu'à ce que quelqu'un vole à notre secours. « Évidemment, je vous paierai », dit-elle au couple. Pas question de nous imposer, et nous n'étions pas du genre à demander des services à de parfaits inconnus. Ils refusèrent, ce n'était pas nécessaire, ils y allaient eux aussi. Bientôt, quand la nouvelle se répandit que nous étions coincés là, les propositions affluèrent. Par un après-midi pluvieux, on nous conduisit à Edgartown pour faire du shopping et nous changer un peu du restaurant de l'hôtel. En milieu de semaine, une famille nous emmena à Chimark, dans un cinéma de fortune où un vieux western était diffusé sur un mur blanc par un projecteur qui mâchonnait des bouts de pellicule, ce qui entraînait des interruptions, mais surtout des trous dans le récit ; une fois l'ultime bobine recollée, on découvrait que la moitié des personnages avait déjà mordu la poussière d'O.K. Corral. À la fin de la semaine, nous étions devenus la responsabilité commune de tous les clients de l'hôtel, qui devaient être heureux de nous voir partir. « Ces gens étaient vraiment charmants, non ? » dit ma mère d'un ton rêveur, sur le ferry, alors que nous regardions l'île disparaître comme une illusion. « Et ponctuels », ajouta-telle, car toutes les personnes qui promettaient de nous conduire quelque part, non seulement tenaient parole, mais se présentaient toujours à l'heure dite. « Ça change, hein ? »

À la maison, nous dépendions généralement de ma tante et de mon oncle pour aller quelque part, pique-niquer au bord du lac le week-end ou s'offrir une excursion à Frontier Town ou à Fort Ticonderoga. Mais, contrairement aux gens qui nous avaient servi de chauffeurs à Martha's Vineyard, ils arrivaient quand bon leur semblait. « Pourquoi nous dire dix heures ? » pestait ma mère en tournant comme un tigre en cage dans le salon de mes grands-parents à onze heures moins le quart, alors que nos affaires de plage étaient déjà empilées sur la véranda. « Pourquoi ne pas dire carrément onze heures ?

— Je suis sûre qu'ils voulaient venir à dix heures, répondait ma grand-mère. Ça leur a pris un peu plus de temps, voilà tout. »

Ma tante, évidemment, devait rassembler tous mes cousins, préparer à manger et, avec l'aide de mon oncle, tout charger à l'arrière du grand break. Dispensée de cuisine car elle travaillait toute la semaine, ma mère fournissait généralement le Coca et les chips, ce qui l'arrangeait bien car elle n'appréciait pas les sodas sans marque et les amuse-gueules que mon oncle achetait quand on le laissait donner libre cours à son avarice. Plus nous attendions, plus la tension montait, jusqu'à ce que mon grand-père quitte la pièce, refusant d'en entendre davantage. « Je vous jure, s'écriait-elle, que si on va à Green par-dessus le marché, je vais hurler ! » Le choix de la plage était une autre pomme de discorde. Mon oncle préférait Green, plus proche de la ville, et où il y avait des dizaines de tables de pique-nique disposées dans un champ herbeux qui descendait presque jusqu'à l'eau. En outre, il n'y avait pas de route à proximité et les enfants pouvaient jouer en toute sécurité. « On n'est pas obligés de les surveiller à chaque instant », expliquait-il quand ma mère se plaignait de l'étroitesse de la bande de sable, toujours mouillée, si bien qu'on ne pouvait pas étaler sa serviette. « Étale ta serviette dans l'herbe comme tout le monde, répliquait son beau-frère. T'as pas besoin de sable pour t'allonger. »

Ma mère maintenait que si, un vrai pique-nique exigeait du sable, et une journée à la plage n'en était pas une s'il n'y avait pas de plage, et celui qui voulait s'allonger dans l'herbe n'avait qu'à étaler sa serviette dans son jardin. « Tu n'auras qu'à faire ça, la prochaine fois ! » finissait par rétorquer mon oncle, excédé, en nous adressant un clin d'œil, à nous les enfants, ce qui nous faisait ricaner. C'était ma tante, j'en étais sûr, qui insistait toujours pour qu'on soit invités. Dans l'esprit de son mari, *sa* famille se rendait dans *sa* voiture à la plage de *son* choix ; ma mère et moi, nous n'étions que des auto-stoppeurs. Ma mère avait une logique différente. Si vous participiez aux frais de carburant, cela vous conférait certains droits, et les siens étaient violés tous les dimanches. À la fin de la journée, quand on nous déposait dans Helwig Street, elle était toujours sur le sentier de la guerre. « Encore Green ! » disait-elle à mes grands-parents, avec l'espoir évident qu'ils partagent son indignation. Au lieu de cela, ils se tournaient vers moi pour me demander si je m'étais bien amusé. Et je commettais l'erreur de répondre oui, car j'adorais Green avec cet immense terrain couvert d'herbe où on pouvait jouer au base-ball ou au badminton avec les autres enfants. Mieux encore, il n'y avait pas de surveillants de baignade, alors mon oncle, spécialiste du chahut brutal, pouvait nous lancer en l'air, mon cousin Greg et moi, pour qu'on retombe dans l'eau chaude du lac en faisant des sauts périlleux et en hurlant. Je savais que je n'étais pas censé aimer Green, mais je ne parvenais pas à cacher mon enthousiasme quand je décrivais nos jeux, et ma mère, dégoûtée, gravissait d'un pas lourd l'escalier qui menait à notre appartement, trahie une fois de plus par ceux dont elle aurait pu attendre un peu de compassion. « Celui qui a dit "Nécessité fait loi", commentait mon grand-père dès qu'elle était hors de portée de voix, n'a jamais rencontré ta mère. »

Je suis obligé de me rappeler qu'elle était encore jeune à cette époque. Peu de temps après sa mort, alors que nous faisions le tri dans ses affaires, ma femme et moi sommes tombés sur une photo d'elle pleine page dans un magazine sur papier glacé publié par General Electric. En fait, c'était une photo de leur ordinateur central dont ils étaient si fiers, mais ma mère pose devant, un peu comme une présentatrice de jeu télévisé, version années 1950, qui annonce aux candidats ce qu'ils vont gagner. Elle avait la trentaine, elle était svelte et gracieuse, juchée de manière experte sur ses talons hauts, bien coiffée, moulée dans une jupe flatteuse. Nous avons montré la photo à Emily et à Kate quand elles sont venues à la maison pour les vacances. « Ah, *voilà* une femme chic ! » s'est exclamée Kate en montrant la photo à son mari.

Et c'était vrai. Ma mère était très attentive à son apparence, et elle tirait une grande fierté du contraste qu'elle offrait avec les femmes négligées et boulottes qui faisaient les trois-huit dans les ateliers de Gloversville. Elles portaient des pantalons bon marché et des chemises aux couleurs criardes, mal assortis, piochés dans les piles de vêtements qui remplissaient les immenses bacs des magasins discount. Ma mère éprouvait pour ces femmes une pitié qui prenait parfois la forme de la condescendance, même si elle leur reconnaissait au moins le mérite de sortir de chez elles. Son véritable mépris, elle le réservait aux « femmes au foyer », ces épouses, si populaires à la télévision, guillerettes et insipides, qui avaient des maris ennuyeux et fidèles, et pas le moindre souci. Parfois, quand ma grand-mère tentait de « s'en mêler », elle se retrouvait enfermée dans cette catégorie honnie ; Dieu sait pourtant que les problèmes d'argent ne lui étaient pas inconnus et qu'elle aurait volontiers cherché un travail si elle n'avait pas été mariée à un homme qui aurait considéré cela comme une mise en cause de ses capacités à nourrir sa famille. En ce temps-là, ma tante était une femme au foyer elle aussi, mais elle élevait cinq enfants, et ma mère ne pouvait pas lui reprocher de ne pas avoir de vrai métier. Néanmoins, elle estimait que sa chance d'avoir un mari travailleur qui ne buvait pas et ne jouait pas la classait dans la catégorie des innocentes car elle n'était pas obligée d'affronter les choses seule, la conséquence inévitable étant, évidemment, la dépendance. Et quand les maris de ces femmes rapportaient leur paie à la maison et décidaient de quelle façon cet argent devait être dépensé, elles n'avaient d'autre choix que d'accepter leur sort. Elles n'avaient rien à offrir au monde ; rien du moins pour lequel il soit disposé à leur verser un salaire. Si vous étiez une femme qui n'avait jamais exercé un travail avec des responsabilités, si vous ne rapportiez pas à la maison votre paie à la fin de la semaine, pour la déposer sur un compte en banque à votre nom, vous n'aviez pas le droit de critiquer ni de vous immiscer dans la vie de celles dont c'était le cas. Votre opinion ne comptait pas. Sur la photo de G.E., ma mère paraît à la fois démodée et moderne, de son temps et étrangement en dehors, un curieux mélange de confiance obstinée et d'angoisse exacerbée.

Il y avait une autre raison pour laquelle ma mère tirait une telle fierté de son apparence. Son mariage avait échoué, et le fait d'avoir un enfant sur les bras rendait les choses encore plus difficiles, pourtant elle espérait toujours trouver l'amour. Elle avait de tout temps adoré les hommes, et elle savait qu'ils la trouvaient attirante, mais aussi terriblement sympathique. Elle savait faire des plaisanteries et les subir, elle aimait le sport et elle tenait bien l'alcool. Elle ne ricanait pas timidement comme ces filles stupides, ou qui faisaient semblant de l'être. Elle se présentait comme une femme cherchant un compagnon, plus qu'un mari, une Nora Charles à la recherche de son Nick, mais, au lieu d'avoir un petit chien, elle m'avait moi. Sans doute, à certains moments, aurait-elle aimé m'échanger contre un chien, car je pouvais être aussi nerveux et exigeant qu'Asta, et beaucoup moins fidèle. Pis encore, si on m'en laissait l'occasion, je n'hésitais pas à lui voler la vedette.

Évidemment, elle ne portait aucun intérêt aux hommes de Gloversville. Ceux de son âge, elle les avait connus au lycée, et il n'y avait aucun Nick Charles dans le lot. Ceux qui traversaient la salle des ordinateurs chez G.E. étaient plus à son goût, ou ceux qui s'étaient arrêtés à notre table à Martha's Vineyard, des hommes du monde, bien élevés, et même s'ils n'excellaient pas dans le domaine des reparties comme William Powell, au moins ils savaient tenir la porte à une dame au lieu de la bousculer pour entrer. La plupart des « types » qui l'intéressaient avaient fait l'armée, et elle était à l'aise avec eux, ayant suivi mon père de poste en poste jusqu'à ce qu'il soit envoyé à l'étranger. Après la guerre, ces types avaient profité pleinement des bourses offertes aux anciens combattants, contrairement à son mari, et maintenant, ils commençaient à réussir dans la vie. Ils s'habillaient bien, ils conduisaient des Thunderbird et des Cadillac. Certains l'emmenaient déjeuner à Schenectady ; d'autres qui étaient coincés là-bas pour le week-end acceptaient de prendre l'autoroute le samedi soir, jusqu'à Gloversville. À cette époque, elle était légalement séparée, mais pas encore divorcée, et ces rendez-vous étaient une des nombreuses sources de discorde entre elle et mes grands-parents, qui devinaient sans doute, malgré les dénégations de ma mère, que quelques-uns de ces hommes avaient une alliance dans leur poche. Ils estimaient qu'elle aurait dû penser à moi d'abord car Gloversville était une petite bourgade où les gens aimaient les ragots. En outre, mon père ferait un scandale s'il l'apprenait.

Ce qui arrivait immanquablement. À croire qu'il avait une taupe dans la maison. Ma mère ne sortait pas si souvent, mais chaque fois il téléphonait, il voulait savoir si ce nouveau type comprenait bien qu'elle était mariée. Il lui demandait où ils allaient dîner. Peut-être qu'il passerait pour leur offrir un verre. Pour se présenter. Peut-être qu'ils s'entendraient bien, ce nouveau type et lui.

« Nous sommes séparés, lui rappelait ma mère.

— Tu es toujours ma femme, lui rappelait-il à son tour. Et je suis toujours le père de notre enfant.

— Qu'est-ce qui t'arrive ? Tu as oublié son prénom ? »

Souvent en me réveillant le matin, après que ma mère était sortie le soir, je me souvenais vaguement qu'il y avait eu des histoires durant la nuit, des cris dans la rue, peut-être, ou bien ma mère qui criait à mes grands-parents, en bas, qu'il était parti et qu'ils feraient mieux de retourner se coucher. Toutefois, ces affrontements étaient plutôt rares car ils exigeaient concentration et obstination de la part de mon père, deux qualités dont il était notoirement dépourvu. Rien ne lui aurait fait plus plaisir que de tendre une embuscade à ma mère et au type avec qui elle sortait, mais, apparemment, la personne qui l'informait que sa femme sortait ne savait jamais où elle allait. S'il n'y avait pas de bons restaurants à Gloversville, ils étaient trop nombreux dans les environs pour qu'on puisse tous les surveiller. Mieux valait les surprendre plus tard, quand le type la ramènerait à la maison. Là, cet abruti penserait peut-être qu'elle allait l'inviter à entrer, mais… surprise ! il serait là, à les guetter. En attendant, il décidait de dénicher une partie de cartes. C'était là que la situation lui échappait, à tous les coups. Au début, il pensait à regarder sa montre, mais ensuite, il était pris par le jeu et il oubliait. Soit les cartes lui étaient favorables au moment où ma mère et son rencard allaient rentrer, et il ne voulait pas nuire à la chance en arrêtant de jouer, ou bien il avait déjà perdu quelques centaines de dollars et il refusait d'abandonner avant d'en avoir récupéré au moins une partie. De surcroît, il savait qu'il devrait attendre dans une voiture prêtée, près de la maison de mes grands-parents, Dieu sait combien de temps. Et puis, zut ! Il allait faire encore une partie et il laisserait les cartes décider. S'il gagnait, il resterait ; s'il perdait, il se rendrait dans Helwig Street, pour en avoir le cœur net et voir ce qu'il pouvait faire. Sauf qu'à ce moment-là il se disait qu'il avait sans doute trop attendu. Si elle était déjà rentrée, il attendrait dehors, dans le noir et le froid, pour rien. Quand il regardait de nouveau sa montre, une fois la partie terminée, il était quatre heures du matin, l'homme qui avait invité ma mère était retourné à Schenectady, et dormait dans sa chambre d'hôtel. Ma mère dormait, elle aussi, n'empêche qu'il faisait quand même un saut par Helwig Street en rentrant. Il se plantait sous la fenêtre de sa chambre et se mettait à brailler pour savoir si elle s'était bien amusée.

Voilà à quoi ressemblait l'indépendance de ma mère à trente ans. Elle était libre, mais pas tout à fait. Bien qu'elle puisse aller où bon lui semblait, elle n'avait aucun moyen de s'y rendre. Elle gagnait de l'argent, mais tout était dépensé avant qu'elle puisse s'offrir ce qu'elle voulait réellement. Les hommes l'aimaient – son physique, sa façon de danser et de rire – et, en d'autres circonstances, elle n'aurait eu aucun mal à trouver quelqu'un. Mais les circonstances n'étaient pas autres, elles étaient toujours les mêmes. Généralement les hommes qui lui plaisaient ne faisaient que passer et souvent ils renonçaient après avoir fait ma connaissance, celle de mes grands-parents qui ne desserraient pas les dents, ou de Gloversville. Certains d'entre eux venaient probablement d'endroits semblables ; après la guerre, ils en avaient marre de ces coins paumés.

Pour ma mère elle-même, cette autonomie durement acquise devait parfois ressembler à une cage. Au moins, était-ce une cage qu'elle avait conçue elle-même, différente et supérieure à celle dans laquelle ses parents, mon père et Gloversville l'auraient mise si elle les avait laissés faire. Rétrospectivement, je suis stupéfié par le courage qu'elle a dû rassembler pour imaginer – en travaillant à Schenectady, en ayant son compte en banque personnel et en sortant avec un homme à l'occasion – qu'elle vivait en dehors de la cage dont elle était si clairement prisonnière. Elle avait dû nourrir cet imaginaire jour après jour, année après année, alors que les réalités de la vie s'abattaient sur elle inexorablement, en insinuant, à la manière du doute, qu'il serait plus raisonnable de renoncer. Sans personne avec qui parler de tout cela, en dehors d'un jeune garçon.

Qu'est-ce qui la poussait à continuer ? L'entêtement ? L'orgueil ? Ma mère adorait les miroirs, elle prenait souvent des poses devant. Mais j'ai fini par comprendre que cet orgueil trouvait son origine dans la peur et, à l'encontre de toute intuition, dans une profonde empathie. Une de ses histoires familiales préférées se déroulait à Pâques durant la Dépression. Mon grand-père avait réussi, on ne sait comment, à réunir suffisamment d'argent pour acheter à ma mère et à sa sœur de nouveaux vêtements, et il ne se lassait pas de répéter qu'elles étaient belles ; il les soulevait de terre et les faisait voltiger au-dessus de sa tête, en affirmant qu'elles étaient les plus jolies à la messe de Pâques. Quand il les reposa enfin, il prit sa femme dans ses bras et dit : « Toi aussi, tu es belle », même si, ce printemps-là, elle n'avait pas les moyens de s'acheter une nouvelle tenue. Ma mère était sous morphine la dernière fois qu'elle m'avait raconté cette histoire. De toute évidence, ce souvenir la hantait encore, en partie, soupçonnais-je, parce qu'elle délivrait mine de rien deux morales contradictoires. Je crois qu'elle n'a jamais douté que son père était amoureux de sa mère, ni qu'il la trouvait réellement belle, malgré sa robe élimée. S'il s'agit d'une parabole de l'amour opposé aux biens matériels, l'amour l'emporte haut la main. Mais je pense qu'aux yeux de ma mère, comme aux yeux de beaucoup de personnes ayant survécu aux « sales années 30 », cette histoire suggérait que, dans ce monde, l'argent manquait toujours. L'amour ne pouvait pas faire trois robes avec deux, ni remplir trois ventres vides avec de la nourriture pour deux. Si vous dépendiez d'un homme, même un homme qui vous aimait, vous pouviez vous retrouver à l'église face aux gens qui regardaient avec pitié vos vêtements bouffés aux mites. Et qui sait ? Peut-être que l'amour obéissait aux mêmes lois, et qu'il n'y en avait pas assez pour tout le monde.

Quelle que soit la raison, ou la conjonction de raisons, je pense que ma mère avait pris la décision de ne jamais être cette femme qui n'avait rien de beau à se mettre. Que ce soit dans la littérature ou dans les films, il n'existait aucun personnage auquel elle s'identifiât autant qu'à Scarlett O'Hara (en parlant d'orgueil courageux, féroce et entêté), et sa scène préférée dans *Autant en emporte le vent* était celle où Scarlett, sans le sou et affamée, taille une robe dans les rideaux en velours de Tara. Au cours des derniers mois de sa vie, l'histoire de Pâques de ma mère sembla se transformer, comme si, à force de la raconter, elle commençait seulement à découvrir sa véritable signification. Sans cesse elle essayait, sans y parvenir, de décrire l'expression exacte de sa mère quand son père lui avait dit qu'elle aussi était belle. Je n'étais pas présent, évidemment. Je n'ai pas assisté à la scène. Pourtant je connaissais ma grand-mère et je savais que son expression devait exprimer à la fois de l'amour et de la bienveillance. Mais j'avais vu des photos d'elle quand elle était jeune maman et je savais également ce que la Dépression, si pleine d'envie et de peurs, avait fait à ses jolis traits. Et donc, je ne serais pas surpris si ce que ma mère voyait sur son visage était aussi l'expression de la défaite.

Et puis il y avait une autre raison, moins personnelle celle-ci, qui incitait ma mère à persévérer, alors que le bon sens lui dictait de renoncer, purement et simplement : c'était une époque optimiste. À l'instar des hommes avec qui elle sortait parfois, l'Amérique de l'après-guerre était prospère. Les soldats étaient revenus triomphants et, une fois la fête terminée, ils avaient utilisé leurs diplômes tout neufs, leur savoir-faire récent, leur expérience du monde durement acquise et leur confiance débordante dans des maisons de banlieue et des garages pour deux voitures. Quand JFK fut élu président, beaucoup de personnes, dont ma mère, eurent le sentiment que le pays avait franchi un cap, que les barrières qui excluaient les gens comme elles tombaient enfin. Les occasions semblaient surgir de tous les côtés. Pour rester à la traîne quand tout le monde autour de vous allait de l'avant, pensait-elle, il fallait être idiot ou paresseux… ou mariée à Jimmy Russo et vivre à Fulton County (une circonscription que JFK n'avait pas emportée). Ma mère n'était pas idiote, ni paresseuse, et elle s'était séparée de mon père, alors…

Alors. « Toi, me répéta-telle durant tout le lycée, tu ne resteras pas à Gloversville. »

J'étais assez bon élève, mais irrégulier et indiscipliné, beaucoup trop intéressé par les filles et l'envie de m'amuser pour exceller véritablement. Je m'enthousiasmais pour toutes sortes de choses, puis, invariablement, je m'en désintéressais quand je découvrais que c'était trop difficile et qu'il n'y avait personne pour me guider à travers leur complexité. Ma mère m'avait toujours dit, aussi loin que remontent mes souvenirs, que je pourrais devenir ce que je voulais et j'en déduisais, malgré une absence totale de preuves, que j'étais doué. Mes professeurs faisaient de leur mieux pour contrebalancer cette opinion, mais je n'en avais cure. Toutefois, en dernière année, j'obtins des résultats suffisamment bons pour avoir droit à une bourse conséquente me permettant de poursuivre mes études dans n'importe quelle université de l'État de New York. Mais j'avais découvert que les établissements étaient beaucoup moins onéreux dans l'Ouest. Si je m'exilais en terre inconnue, la première année serait difficile car je devrais payer les frais de scolarité hors État, mais la deuxième année, je pourrais entrer en internat et cela coûterait moins cher d'étudier à l'Université d'Arizona sans aide financière qu'à SUNY avec une bourse. Je m'attendais à ce que ma mère rejette fermement ce plan. Après tout, je me retrouverais à quatre mille kilomètres d'elle et son mantra avait toujours été que nous formions une équipe. Aussi aurais-je dû me méfier quand elle ne s'opposa pas à ce que je parte vivre dans l'Ouest. Mais même si j'avais imaginé qu'elle puisse mijoter quelque chose, jamais je ne serais parvenu à la conclusion qui s'imposait. Il me fallut des années pour comprendre que cette idée de migration ne venait peut-être pas de moi, et qu'elle n'avait cessé de semer des allusions – comme le fait que le meilleur endroit pour étudier l'archéologie, ma passion du moment, était le désert du Sud-Ouest – que j'avais consciencieusement gobées. Elle ne protesta pas davantage quand, au printemps de ma dernière année de lycée, je lui annonçai que je voulais acheter une voiture.

Si elle ne protesta pas, évidemment, c'était parce que nous avions besoin d'une voiture. Et parce qu'elle allait venir avec moi.

UN SACRÉ SAVON

Au printemps 1967, j'achetai une grosse Ford Galaxie de 1960, imposante, la première voiture à se garer devant le 36 Helwig Street. Absolument tout, que ce soit la carrosserie, le tableau de bord ou les garnitures en vinyle, était d'un gris terne, couleur cuirassé, si bien que mes amis ne tardèrent pas à la baptiser la Mort Grise. Difficile d'imaginer que cette voiture ait pu briller un jour, même chez le concessionnaire, mais elle n'avait aucune trace de rouille, ce qui, dans le nord de l'État de New York, s'apparentait à un miracle. Malgré cela, on aurait eu du mal à trouver une voiture plus ringarde et, pour couronner le tout, son petit moteur V6 manquait sérieusement de puissance. Plus tard, j'aurais des voitures encore pires, mais jamais comme celle-là, où vous aviez beau mettre le pied au plancher, rien, absolument rien, ne se produisait. Pas moyen de faire comprendre à cette saloperie de bagnole qu'il y avait urgence. Sur l'autoroute de Fultonville, je n'atteignais la limite autorisée qu'à la hauteur d'Amsterdam, soit au bout d'une dizaine de kilomètres.

Pour notre périple à travers le pays, j'accrochai une remorque à l'arrière, dans laquelle nous entassâmes les livres de ma mère, nos vêtements, le téléviseur, les ustensiles de cuisine et divers autres objets dont elle refusait de se séparer. Son objectif était de dénicher un meublé à Phoenix, où General Electric possédait une succursale. Elle avouait qu'elle craignait un peu de gagner moins d'argent qu'à Schenectady, mais de lointains parents qui vivaient à Scottsdale affirmaient que la vie était beaucoup moins chère là-bas ; alors, avec un peu de chance, l'un compenserait l'autre. Plus tard, une fois que nous serions installés, ma mère pourrait emménager dans un appartement et faire venir nos meubles de Gloversville. Elle cacha ce projet à ses parents le plus longtemps possible, sachant qu'ils le jugeraient risqué et feraient tout ce qui était en leur pouvoir pour la dissuader, comme ce fut le cas. Phoenix était une grande ville, soulignèrent-ils, où elle ne connaissait personne. Avait-elle seulement une idée du prix des loyers ? Où trouverait-elle tout cet argent ? En neuf mois, au maximum, elle n'aurait plus un sou. Que ferait-elle alors ? Comment pourrait-elle seulement rentrer à la maison ? L'emphysème de mon grand-père s'était développé au point qu'il ne pouvait plus marcher, et sa maigre retraite couvrait à peine leurs besoins. Tôt ou tard, ma mère s'apercevrait de son erreur et compterait sur eux pour lui venir en aide, comme toujours. Mais comprenait-elle que ce ne serait plus possible ?

Tout cela partait du principe que nous arrivions à destination, pour commencer. D'après mon grand-père, nous ne disposions pas de fonds suffisants pour entreprendre ce voyage ; les calculs de ma mère étaient irréalistes. L'essence. Les motels. La nourriture. Les réparations. En outre, au volant de notre voiture se trouvait une personne qui possédait son permis depuis quelques mois seulement, et ma mère ne serait pas capable de me remplacer. Avait-elle conscience que ce projet n'était pas uniquement une folie financière, c'était également dangereux, voire potentiellement tragique ? À tous ces arguments ma mère répondait qu'elle n'était plus une enfant et n'appréciait pas d'être traitée comme telle. Pour faire bonne mesure, elle ajoutait que ce refus de la considérer comme une adulte faisait partie des causes de son départ. Elle avait soigneusement calculé les frais du voyage, conformément aux recommandations de l'American Automobile Association, qui avait aussi tracé notre itinéraire. Elle avait *même* prévu les impondérables en mettant de côté une petite cagnotte dans laquelle nous pourrions puiser en cas de besoin. Et elle avait toute confiance dans mes qualités de conducteur. Nous roulerions lentement. Nous ne courions aucun risque.

Au cours des semaines précédant notre départ, le 36 Helwig Street, le sanctuaire de mon enfance, se transforma en champ de bataille, un lieu de récriminations amères et de portes qui claquent. La seule chose qui empêchait les disputes de s'envenimer, c'était le manque de souffle de mon grand-père ; au bout de quelques minutes, il était obligé de quitter la table de la cuisine pour aller dans le salon et se greffer à la bouteille d'oxygène qui montait la garde derrière son fauteuil. Ma mère elle-même voyait l'effet produit par ces dissensions ; pis encore que les cris, un silence terrible s'abattait alors sur la maison. Où que je me trouve, en haut ou en bas, j'étais derrière les lignes ennemies et je choisissais, comme un lâche, de me tenir le plus possible à l'écart. Ce fut un été plein de fêtes d'adieux, les Doors nous conseillaient de « nous évader de l'autre côté », un été de liberté. Un jour, en rentrant, je trouvai mon grand-père endormi dans son fauteuil ; sa poitrine se soulevait et retombait violemment, comme souvent maintenant, qu'il soit éveillé ou endormi. Je croyais que ma mère était en haut, dans notre appartement, mais je la découvris assise dans la cuisine, avec ma grand-mère, qui se pencha au-dessus de la table pour lui prendre la main. Cette attitude me surprit car elles échangeaient très rarement des gestes ou des paroles intimes. « Jean, dit-elle, et elle attendit que ma mère croise son regard. Ce voyage… Tu n'es pas en état. »

J'aurais pu me tromper, mais j'eus la nette sensation que mère était sur le point d'avouer une chose essentielle, une peur peut-être, une appréhension, mais elle leva la tête, me vit, et retira prestement sa main, m'obligeant à m'interroger : comment cette scène se serait-elle conclue si j'étais rentré à la maison quelques minutes plus tard ? Ce fut peut-être la première fois où j'eus le pressentiment que des vies entières, la mienne éventuellement, pouvaient reposer sur de tels instants de silence et d'équilibre parfaits.

L'« état » de ma mère. Une chose dont toute la famille semblait avoir conscience, mais dont personne ne parlait. Un seul mot, les *nerfs*, était jugé suffisant, apparemment, pour décrire, cataloguer, stigmatiser et écarter la question. Enfant, je me souviens que j'étais effrayé par le problème de ma mère car cela me paraissait à la fois grave et, surtout, dénué de symptômes visibles. Et de toute évidence, il n'y avait rien à faire. Je me demandais avec angoisse si moi aussi, un jour, j'allais « attraper les nerfs », mais, d'après ce que je comprenais, ce n'était pas une maladie d'homme. Certaines femmes en revanche, dont ma mère, semblaient doublement atteintes, et si elles devenaient trop nerveuses, elles pouvaient faire ce que l'on appelait une dépression. C'était arrivé à d'autres femmes du côté de ma grand-mère, et plus récemment à la mère de mon oncle, bien qu'elle ne soit pas vraiment du même sang. L'idée que ma mère puisse souffrir d'une de ces dépressions nerveuses me terrifiait car, alors, elle ne vivrait plus avec nous à Helwig Street, mais dans une sorte d'hôpital. Certaines femmes malades recevaient des traitements aux électrochocs, après quoi elles n'étaient plus nerveuses, mais elles n'avaient plus conscience de leur environnement, elles ne savaient plus quel jour on était. *Dépression nerveuse*. Cette expression hanta mon enfance, parce que cela risquait d'arriver à ma mère, mais aussi parce que je finis par comprendre que j'en étais peut-être la cause. Sa santé était entre *mes* mains. D'autres enfants restaient sages de peur d'être punis ; moi, je restais sage de peur que ce ne soit ma mère qui se retrouve punie.

Mais les états de santé ont ceci de particulier, surtout les états omniprésents et largement asymptomatiques : avec le temps, quand le pire ne survient pas, ils perdent peu à peu de leur pouvoir de terrifier. Ils deviennent un élément du paysage, aussi réel que le reste, et également aussi ordinaire. Je remarquai que « les nerfs » de ma mère étaient cycliques, comme la lune, croissante et décroissante, et en me montrant attentif, je savais si nous étions à l'intérieur d'un cycle. Ce qui laissait supposer que sa santé *n'*était peut-être *pas* entre mes mains, pas entièrement en tout cas. Certes, je possédais le pouvoir d'aggraver les choses, largement, si je le décidais, mais je ne pouvais guère les arranger. D'autres forces étaient à l'œuvre, aussi puissantes, inexorables et impersonnelles que la pesanteur, aussi régulières et prévisibles que les marées. Et, la plupart du temps, ma mère semblait aller bien. À un moment où ça n'allait pas, elle avait avoué à notre médecin de famille que le stress d'être une mère seule et de devoir travailler à temps plein par-dessus le marché la rendait parfois terriblement nerveuse, et il lui avait prescrit immédiatement du phénobarbital à faibles doses. Au fil des ans, les doses augmentèrent de manière régulière, jusqu'à ce que les barbituriques cèdent la place à de nouveaux médicaments comme le valium. Craignant de devenir dépendante, elle coupait les comprimés en deux quand ça allait bien, mais elle augmentait la quantité dès qu'elle « en avait besoin ». Elle finit par avoir des tremblements dans les mains, et je n'ai jamais su si cela était dû au stress ou aux médicaments qu'elle prenait pour le soulager.

La plupart du temps, son état faisait partie intégrante de nos vies, un message sous-jacent qui, dans des circonstances appropriées, pouvait devenir un message évident. Et, à l'occasion, un hypertexte strident tout en majuscules, une tempête de fureur, de paranoïa, d'accusations et de désespoir à vous fendre le cœur. « Je n'en peux plus ! hurlait-elle. Personne ne comprend ça ? Je n'en peux plus ! » Parfois, ces crises avaient un déclencheur bien précis : une augmentation ou une prime qu'elle attendait et qu'elle n'avait pas obtenue, ou bien j'avais eu des problèmes quelconques à l'école, ou un type de chez G.E. avec qui elle sortait voulait rompre, ou bien elle s'était laissé surprendre par une dépense inattendue. Mais la plupart du temps, la cause de ce ras-le-bol restait vague, presque globale. Elle le ressentait comme un poids dont l'origine était peut-être l'excès de responsabilités, les déceptions accumulées ou le désespoir grandissant. Le problème, indéfini, grossissait lentement jusqu'à ce que tout aille de travers dans le monde ; s'ensuivait alors une panique absolue. Les yeux exorbités, elle fixait son regard sur moi et me posait des questions auxquelles il était impossible de répondre : « Est-ce que je ne mérite pas d'avoir une vie ? Suis-je donc si différente des autres ? Est-ce que je ne mérite pas d'avoir ce qu'ont les autres ? » Enfant, ce qui m'effrayait le plus dans ces questions, ce n'était pas de ne pas avoir les réponses que cherchait ardemment ma mère. Non, c'était qu'il me semblait impossible de poser ces questions sans que cela entraîne des conséquences. Que *ferait* ma mère si je ne parvenais pas à la consoler ? « Personne n'est capable de comprendre qu'il faut que ça change ? se lamentait-elle. Et qu'il va m'*arriver* quelque chose si rien ne change ? »

Toutefois, à l'époque où je me retrouvai au lycée, une constatation avait eu le temps de s'imposer : il n'arriverait rien. Du moins, rien d'aussi dramatique que le suggéraient ses questions hystériques. Car le résultat était toujours le même, à chacune de ses crises. Le lendemain matin, elle apparaissait au petit déjeuner, tellement épuisée par ce qu'elle avait traversé qu'elle pouvait à peine soulever sa tasse de café, mais son équilibre émotionnel était partiellement rétabli. « Ah, Ricko-Mio, soupirait-elle, m'appelant par mon petit nom. Ne t'inquiète pas. Tout ira bien. » Elle me tapotait la main pour me rassurer. « Hier soir, quand tu es allé te coucher, je me suis passé un sacré savon. »

Cette phrase me fichait la trouille car elle ne coïncidait avec aucune de mes expériences. Plus petit, j'avais eu une « maladie » moi aussi, un effroyable caractère, et j'étais bien placé pour savoir ce qu'on ressentait quand on perdait presque tout contrôle. Les crises de ma mère pouvaient être effrayantes, mais au moins, elles ressemblaient à une chose que j'avais moi-même vécue. En revanche, jamais je ne m'étais passé un sacré savon. Pour cela, il aurait fallu que je sois deux, et j'étais toujours seul, même quand je sortais de mes gonds. Certes, je savais que la phrase de ma mère pouvait être interprétée comme une figure de style, mais je devinais également que, fondamentalement, ce n'était pas le cas. Cela ne la faisait pas réfléchir plus calmement à ses problèmes. Les remords, leur accoutumance dont j'avais conscience et dont j'étais familier depuis mon plus jeune âge, l'empêchaient de les considérer sous un nouvel angle. Mais jamais je ne m'étais passé un savon. Il n'existait pas d'autre moi pour jouer le rôle du réprimandé. Si je méritais un sermon, il n'y avait personne pour me le délivrer ; et si j'en avais un à transmettre, il n'y avait personne pour le recevoir. Curieusement, ma mère était capable de faire ça. Plus bizarrement encore, ça fonctionnait.

Simplement, ça ne durait pas.

Le conflit entre ma mère et mes grands-parents atteignit le seuil critique au cours de la semaine précédant notre départ. Si l'on imagine que notre bien-être futur, voire nos vies, dépendait d'un long périple, mal préparé, à travers le pays, leur ultime affrontement porta sur une chose relativement insignifiante : les meubles de ma mère, les choses que nous n'emportions pas avec nous dans la remorque et qu'elle n'avait pas les moyens de stocker dans un garde-meubles. Elle voulait les laisser dans le petit sous-sol, sombre et humide, de Helwig Street, mais mon grand-père affirmait qu'il n'y avait pas assez de place, et qu'avec toutes ces choses entreposées en bas il deviendrait difficile d'accéder à la chaudière en cas de besoin. En vérité, sans doute espérait-il que lorsque viendrait le moment où ma mère devrait vendre tout ce qu'elle possédait, pour pas grand-chose, elle prendrait conscience de la sottise de toute cette entreprise et reviendrait à la raison. Au lieu de cela, elle jura que c'était bien la *dernière* fois qu'elle leur demandait *quoi que ce soit*, et elle s'empressa d'appeler un homme qui vendait des meubles d'occasion. Il vint à la maison, examina le tout d'un œil critique et conclut qu'il lui rendrait service s'il acceptait déjà de l'en débarrasser. Il n'y avait pas de demande pour des trucs aussi démodés, affirma-t-il, d'autant qu'un grand nombre de ces meubles portaient des brûlures de cigarettes, grâce à mon père qui ne voulait pas se donner la peine d'utiliser un cendrier et qui, malgré la brièveté de son séjour à Helwig Street, avait réussi à laisser son empreinte sur toutes les surfaces planes, dans toutes les pièces.

Le temps que l'on arrive dans l'Ohio, elle décréta, naturellement, que cet homme était un voleur. Elle avait trop attendu pour demander un deuxième avis, et il savait que, comme nous n'avions pas le temps de marchander, nous prendrions ce qu'il nous offrait, même si c'était scandaleux. Nul doute qu'il avait passé une agréable matinée à poncer les brûlures sur nos meubles, qui n'étaient pas démodés mais classiques, intemporels. À l'heure qu'il était, il avait appliqué une couche de polyuréthane et il les revendait trois fois le prix qu'il les avait payés. Dix fois même, si ça se trouve. De l'argent dont elle aurait bien eu besoin, admit-elle, car, forcément, elle savait, à peine arrivée dans l'Ohio, que mon grand-père avait raison. Tout coûtait plus cher que dans ses calculs et elle craignait de devoir piocher dans la cagnotte de secours, constituée, avoua-t-elle finalement, de l'argent de mes études. Tout cela à cause d'un voleur. « Gloversville », marmonna-t-elle en secouant la tête avec dégoût. Quelle chance nous avions de quitter enfin cet endroit horrible, horrible.

Nous avions peur, mais pas autant que nous aurions dû. C'était plus que de la folie de partir dans un véhicule aussi douteux que la Mort Grise, conduit par un débutant, pour un trajet de quatre mille kilomètres. Au cours des semaines précédant notre départ, j'avais roulé deux ou trois fois sur l'autoroute pour m'habituer, mais généralement, je la quittais à la première sortie et je rentrais à la maison. Je savais que chaque nickel était compté, comme toujours, et il me semblait que je gaspillerais du temps, de l'argent et de l'essence en roulant jusqu'à Amsterdam, pour faire demi-tour ensuite, après m'être acquitté du péage. Toutefois, ces courts trajets ne furent pas inutiles. Au moins, cela me permit de découvrir que tout le monde allait beaucoup plus vite que moi, que même les semi-remorques me dépasseraient comme si j'étais à l'arrêt, et que même une voiture aussi lourde et léthargique que la Galaxie pouvait se faire aspirer dans leur sillage. J'appris également à rester sur la file de droite et à mépriser les expressions d'exaspération des conducteurs impatients qui se retrouvaient coincés derrière moi, jusqu'à ce qu'ils puissent me doubler, dans un rugissement de moteur accompagné de coups de klaxon et de gestes injurieux. Évidemment, cette portion d'autoroute relativement tranquille ne pouvait pas me préparer à une dernière chose : la circulation terrifiante aux abords des grandes villes. Sans parler de la remorque que je traînerais derrière moi.

En outre, je n'imaginais pas que, même si mon plan qui consistait à demeurer en permanence sur la file de droite fonctionnait assez bien la plupart du temps, je serais obligé, à un moment donné, de changer de voie et de calculer à ce moment-là, dans le feu de l'action, l'espace dont j'avais besoin pour me glisser entre deux voitures avec ma remorque. Le premier jour sur la route, je manquai certainement de provoquer une demi-douzaine d'accidents. Les conducteurs que j'avais mis en péril avec mes changements de file dangereux, et dont j'apercevais les visages écarlates, déformés par l'agressivité, dans le rétroviseur, se vengeaient en me doublant et en se rabattant juste devant moi pour me montrer ce que ça faisait. Un des automobilistes à qui j'avais coupé la route se porta à ma hauteur et abaissa sa vitre, sans doute pour m'injurier, mais il se retint. J'ignore si c'était à cause de mon jeune âge et de mon inexpérience évidente, ou de ma passagère à l'air perplexe, toujours est-il que la fureur légitime disparut aussitôt de son visage, et je lus dans ses pensées : qui que vous soyez, où que vous alliez, vous n'y arriverez pas. « Qu'ont-ils donc, tous ces gens ? » ne cessait de demander ma mère. « Pourquoi est-ce que tout le monde est en colère après nous ? » Je n'avais pas le courage de lui expliquer ce que moi-même je commençais seulement à comprendre : nous représentions une véritable menace.

Le matin du deuxième jour, alors que ma mère étudiait l'itinéraire établi pour nous par l'AAA, elle dit : « Je ne comprends pas pourquoi ils nous font contourner toutes ces villes. Les routes que l'on suit vont tout droit. À quoi bon gaspiller de l'essence ? » Sa question obtint une réponse l'après-midi même, dans l'Indiana, quand nous décidâmes d'ignorer les conseils de l'AAA qui préconisait de contourner Indianapolis. Nous nous retrouvâmes immédiatement coincés dans un océan de banlieusards furieux, et, à mon grand étonnement, la voie de droite ne fut plus la panacée car elle prenait fin brutalement, m'obligeant à quitter l'autoroute – c'est du moins ce qu'aurait fait un autre conducteur. Moi, je n'avais aucune intention de sortir, pour la simple raison que nous n'en avions pas envie. Alors, après avoir mis mon clignotant à gauche, je poursuivis mon chemin, créant ma propre file, jusqu'à ce qu'un des automobilistes roulant dans la voie où je voulais m'immiscer, craignant de perdre la vie ou un membre, me laisse passer. « Tu deviens un très bon conducteur », commentait ma mère chaque fois que nous évitions l'accident, et je n'arrivais pas à savoir si elle cherchait à doper ma confiance ou si elle le pensait réellement.

Ce que nous redoutions encore plus que les accidents, c'étaient les bretelles d'accès des autoroutes. La Mort Grise, qui au départ déjà manquait de puissance, et se voyait ralentie par la remorque par-dessus le marché, n'était pas à la hauteur. Je me lançais au maximum et je gardais le pied au plancher en attaquant la bretelle, mais je ne pouvais que regarder l'aiguille du compteur de vitesse baisser lentement – 35, 30, 25, 20… – jusqu'à ce que notre élan soit absorbé par la pente et que la voiture se mette à trembler. « Allez, Bess », murmurait ma mère en donnant de petites tapes d'encouragement sur le tableau de bord métallique, terrifiée à l'idée que l'on s'arrête totalement, bloquant la cohorte de véhicules derrière nous. « Tu peux y arriver ! » (Elle refusait de l'appeler la Mort Grise et elle se fâchait quand j'employais cette expression.) Jusque dans l'Arizona, nos vies furent régies par les bretelles d'accès. Nous devions quitter et reprendre l'autoroute plusieurs fois par jour, mais peu importait que le réservoir soit presque vide, que nous soyons affamés ou que ma mère ait terriblement envie de faire pipi, si les bretelles d'accès nous paraissaient trop pentues, nous continuions à rouler pour en trouver une plus douce. En fin de journée nous évitions les sorties trop encombrées, où nous aurions pourtant eu un choix plus large pour nous loger et nous restaurer, choisissant plutôt des endroits isolés, où il n'y avait qu'un Holiday Inn et son restaurant, car une fois que nous nous arrêtions, pas question de reprendre la voiture avant le lendemain. Nous nous garions le plus loin possible sur le parking, en occupant trois ou quatre places, car nous avions une seule règle inviolable : ne jamais, sous aucun prétexte, faire une marche arrière avec la Mort Grise. Un matin, au tout début, j'avais passé une bonne heure à quitter ma place de stationnement près de l'entrée du motel. Personne ne m'avait dit que reculer avec une remorque allait à l'encontre de toute intuition, et le temps que je le comprenne, la remorque s'était mise en portefeuille et les deux voitures à ma gauche étaient totalement bloquées. Il fallut faire appel à l'employé de la réception pour qu'il aille réveiller les propriétaires des deux voitures garées à droite, afin que je puisse me dégager en faisant une marche avant.

Mon autre grand souci était l'indicateur de température, surtout l'après-midi, quand la chaleur de juillet était à son apogée et que l'aiguille se déplaçait peu à peu vers la zone rouge. Dans ces cas-là, nous étions obligés de nous arrêter dans un relais-routier pour laisser le moteur refroidir. Quand je n'en trouvais pas, alors que la vapeur du radiateur commençait à sortir de sous le capot, la seule solution était de nous garer sur le bas-côté et d'attendre pendant une heure en plein soleil. Je n'aimais pas me dire que nous n'avions pas encore traversé le Mississippi. Que se passerait-il quand nous atteindrions le désert où la température grimpait jusqu'à quarante degrés ? Arrêtés là au bord de la route, écrasés par la chaleur brutale, alors que passaient en un flot ininterrompu les voitures climatisées et les camions parfaitement entretenus qui nous projetaient au visage des nuages de poussière, nous devions avoir l'air totalement abandonnés. Bizarrement, peu de gens s'arrêtaient pour proposer de nous aider, et ceux qui le faisaient se voyaient vite rembarrés. Tout allait bien, leur disions-nous. Non, nous n'avions pas besoin d'être remorqués. Dès que le moteur aurait refroidi, nous reprendrions la route. Nous ne voulions pas montrer à de parfaits inconnus que nous étions dans une situation désespérée, et que nous perdions un peu plus courage à chaque kilomètre.

Je m'attendais à ce que ma mère jette l'éponge. J'étais prêt à renoncer et à rentrer à la maison. Je trouverais un boulot et j'entrerais à l'université l'année suivante. Ou peut-être que je contacterais mon père. Avec lui, on ne pouvait jamais savoir. Parfois, coup de chance, il avait ce qu'il vous fallait, et s'il avait assez d'argent, il me paierait un billet d'avion pour l'Arizona ou sinon il m'aiderait à me faire engager sur un chantier routier. Mais ma mère me connaissait aussi bien que je la connaissais ; elle savait donc ce qui se passait dans ma tête, et jamais elle ne montra le moindre désir d'abandonner. Tout juste dit-elle, après une de ces longues journées torrides et poussiéreuses, et angoissantes : « Ah, Ricko-Mio. Quand va-t-on enfin avoir un peu de chance ? » Comme si notre problème était le manque de chance.

Toutefois, un peu plus tard, justement, la chance tourna, dans les Ozarks qui plus est, où un gérant de station-service, qui avait la tête la plus petite que j'aie jamais vue sur un corps d'adulte, nous vendit une sorte de gourde en toile marron qui ressemblait à un pancréas et qui, jurait-il, réglerait notre problème de radiateur. D'après ce que je comprenais à ses explications édentées, fournies pendant qu'il fixait la chose à la calandre maculée d'insectes de la Galaxie, l'air chaud du dehors serait rafraîchi en passant à travers le sac, et cet air plus frais irait directement dans le radiateur. J'avais des doutes, mais ce gadget semblait rassurer ma mère qui n'avait plus à s'inquiéter désormais que des bretelles d'accès, des marches arrière, des erreurs d'itinéraire et du manque d'argent avant que nous arrivions en Arizona. Et donc, chaque matin, et chaque fois que nous nous arrêtions pour faire le plein, je remplissais le sac d'eau fraîche, aussi rapidement et discrètement que possible, en espérant que personne ne me voie et ne me demande ce que je fabriquais, ce qui m'obligerait à répéter le raisonnement du pompiste, en articulant mieux que lui toutefois. Or vous savez quoi ? *Le moteur a cessé de chauffer*. Mais deux jours plus tard, dans le nord-ouest du Texas, quelqu'un nous a volé le sac pendant que nous déjeunions. Ce fut un choc pour ma mère, qui avait une excellente opinion des gens en dehors de Fulton County, jusqu'à ce qu'elle soit amenée à les côtoyer. Personnellement, ce vol me réjouit car il laissait deviner qu'il existait d'autres idiots sur terre. Ils ne voyageaient pas tous dans notre voiture. Néanmoins, au cours des jours suivants, chaque fois que nous faisions le plein dans ce désert aride, ma mère demandait aux pompistes s'ils ne vendaient pas ces grands sacs d'eau en toile, ceux que l'on fixait à la calandre pour refroidir les radiateurs. Elle avait beau décrire patiemment la forme et la couleur du sac, personne ne voyait de quoi elle voulait parler. Apparemment, on ne pouvait en acheter que dans le Mississippi à des demeurés congénitaux.

Le nouveau travail dont parlait ma mère à l'usine General Electric de Phoenix me paraissait toujours un peu flou. Quand je lui demandais ce qu'elle y ferait, s'il y avait une corrélation entre ses nouvelles fonctions et ce qu'elle faisait avant, dans la salle des ordinateurs à Schenectady, et si elle avait dû accepter une diminution de salaire, elle répondait que je saurais tout ça une fois sur place. Le principal, ajoutait-elle, c'était que les gens se montraient gentils. Son nouveau patron était quelqu'un qu'elle connaissait plus ou moins, ayant déjà bavardé avec lui au téléphone à plusieurs reprises, au fil des ans, et il lui disait toujours que ce serait formidable si elle venait dans l'Ouest. Pour parler de lui, elle employait le même ton que pour décrire les hommes avec qui elle sortait de temps en temps chez G.E., et c'est peut-être pour cela que je ne lui ai jamais demandé de détails. Peut-être s'étaient-ils connus à Schenectady. Peut-être faisait-il partie des types qui l'avaient invitée à déjeuner. Je ne voulais pas le savoir. Quel que soit son raisonnement, elle semblait convaincue qu'elle pourrait rapidement compenser une perte de salaire ou de statut due à ce déménagement. Après tout, l'usine de Schenectady était la vitrine de G.E., et dans la modeste ville de Phoenix ils ne manqueraient pas de reconnaître en elle quelqu'un qui savait comment ça se passait dans les hautes sphères. Elle espérait simplement qu'elle pourrait commencer à travailler immédiatement car ce voyage lui avait, *en effet*, coûté plus cher que prévu, et elle ne voulait pas puiser plus que nécessaire dans la cagnotte de secours. Dès notre arrivée, il faudrait verser un mois de loyer du nouvel appartement plus la caution, et quand vous alliez faire des courses pour la première fois, la note était toujours plus élevée car il fallait tout acheter : du sel, du poivre, de la farine, du papier sulfurisé, etc. Sans oublier qu'elle devrait payer pour se rendre au travail, comme elle l'avait toujours fait.

L'argent n'était pas la seule chose qui manquait. Le temps aussi nous était compté. Dans deux semaines, je devrais me rendre à Tucson pour m'inscrire aux cours du premier trimestre et réserver une place dans une résidence universitaire. Ma mère était une adepte des listes. Durant notre voyage, elle mettait à jour celle qu'elle avait commencée à Gloversville : trouver un appartement abordable, rendre la remorque et récupérer la caution, ouvrir un compte en banque, faire installer le téléphone et d'autres services, dénicher une épicerie accessible à pied, trouver un nouveau médecin, tout cela devait être fait avant que je parte vers le sud en voiture.

Si ma mère était obsédée par ces tâches, de mon côté je devenais de plus en plus inquiet, non pas tant parce que la liste était longue et le temps court, mais parce qu'elle-même paraissait tendue. Le pénible voyage était pourtant derrière nous. Contre toutes les probabilités (nous n'avions aucun moyen de les calculer quand nous avions quitté Helwig Street), nous avions réussi. La Mort Grise ne nous avait pas tués, et moi non plus, par miracle. Nous avions fait le plus dur, non ? À l'approche de Phoenix, ma mère avait contacté nos parents sur place ; ceux-ci avaient proposé de nous héberger quelques jours, le temps que l'on s'installe, et ils avaient été une mine d'informations sur la région. Certes, il nous restait encore un tas de choses à faire, mais, contrairement au trajet lui-même, elles ne pouvaient pas nous tuer. Alors, pourquoi ma mère se comportait-elle comme si le plus dur ne faisait que commencer ? La raison était qu'elle n'avait pas noté sur sa liste la tâche la plus importante : *trouver un emploi*.

Pour être juste, une partie d'elle-même croyait en avoir déjà un. Non pas un travail concret, qu'elle aurait accepté en ayant pris connaissance des questions de salaire, d'horaires et de date d'embauche et pour lequel elle aurait signé en bas d'une page. C'était plutôt : *Si jamais vous passez dans le coin, venez nous voir*. Ou : *On aurait bien besoin de quelqu'un comme vous ici.* L'obtention de ce travail était avant tout une conjecture raisonnable, une déduction basée sur des éléments existants. Alors, affirmer à mes grands-parents qu'elle avait un travail en Arizona n'était pas un mensonge, pas véritablement. On ne pouvait pas dire qu'elle n'avait pas de travail, simplement elle ne l'avait *pas encore*. Question de sémantique. Elle avait foi dans la valeur de son savoir-faire et dans son expérience considérable, et quand elle se présenterait devant l'homme avec lequel elle avait conversé si agréablement au téléphone, il verrait immédiatement son potentiel et il lui trouverait un poste. Ayant passé presque toute sa vie professionnelle dans les tanneries de Gloversville, mon grand-père ne pouvait pas comprendre comment ça se déroulait dans le monde extérieur, dans une grande société comme General Electric. Les gens de G.E. s'entraidaient.

En fait, je pense que ma mère était convaincue de trouver un emploi à Phoenix parce qu'elle en avait terriblement besoin. Autrement, tout ce que nous venions de faire dépassait largement la folie. Sans un travail qui l'attendait dans l'Ouest, quand je partirais à l'université, elle se retrouverait seule à Helwig Street. Elle avait dans les quarante-cinq ans et elle était encore séduisante, mais pendant combien de temps ? Surtout : combien de temps une personne qui nourrissait des espoirs et des rêves pouvait-elle demeurer en cage, sans espoirs ni rêves, sans une vraie vie ? Sans cet emploi à Phoenix, c'était la fin. Dans mon intérêt, elle était restée enterrée à Gloversville le plus longtemps possible, mais elle n'en pouvait plus. C'était au-dessus de ses forces. Alors, elle avait un travail, point.

L'usine G.E. était située à l'extérieur de Phoenix, dans une agglomération infâme, déjà en 1967. Ça ressemblait plus à un avant-poste qu'à autre chose et je vis le visage de ma mère se défaire quand elle découvrit les bâtiments, pas plus grands que ceux d'un concessionnaire automobile. Elle s'était habillée avec le plus grand soin ce matin-là, mais il faisait trente-huit degrés dehors, et après une heure de voiture, ses cheveux et ses vêtements faisaient peine à voir. Plus déprimant encore était le spectacle des personnes qui entraient et sortaient des bâtiments : les femmes en pantalon, chemisier décontracté et baskets ; les hommes en jean et chemise à pression. Certains arboraient même des chapeaux de cow-boy. L'un d'eux indiqua à ma mère la porte d'un bureau, derrière laquelle elle disparut avec ses talons hauts. Je trouvai un endroit à l'ombre car je m'attendais à rôtir en plein cagnard pendant un moment, mais moins de cinq minutes plus tard, elle réapparut. L'homme qui l'avait encouragée à passer le voir si elle se trouvait dans le coin ne travaillait plus là depuis un an. À sa place, il y avait une femme qui l'avait informée qu'aucun poste n'était vacant, ni maintenant ni dans un avenir plus ou moins proche. C'était une toute petite usine, et la plupart des employés travaillaient ici depuis toujours. Si elle avait une si bonne place à Schenectady, pourquoi l'avait-elle quittée ?

Pendant plusieurs minutes, nous sommes restés assis dans la voiture, écrasés par le soleil ardent du désert. Les mains de ma mère tremblaient. Je m'apprêtais à lui demander ce qu'elle comptait faire maintenant, quand elle dit : « Comment est-il possible de *réfléchir* avec une chaleur pareille ? »

Nous allâmes dans une cafétéria climatisée et nous nous installâmes dans un box près de la vitre ; nos vêtements humides collaient aux banquettes en plastique. Dehors, des vagues de chaleur montaient du trottoir. Tout était bruni, jusqu'aux mauvaises herbes qui poussaient dans les fissures du bitume. « Quel endroit affreux, affreux ! commenta ma mère, comme si elle se parlait à elle-même. Après tout le chemin que nous avons fait. »

J'étais tenté d'approuver, mais je fis remarquer que nous étions à Phoenix depuis moins de vingt-quatre heures ; ce n'était peut-être pas assez pour émettre un jugement.

« Je peux te dire une bonne chose », répondit-elle en se tournant vers moi. Il y avait une lueur sauvage dans ses yeux, quelque chose de terriblement désespéré, presque féroce. J'avais déjà vu plusieurs fois ce regard, ou un regard à peu près semblable, généralement quand elle était désemparée et qu'au lieu de l'aider, moi son unique allié, je faisais ou disais une chose qui aggravait la situation. Dans ces moments-là, elle semblait s'apercevoir que j'avais rejoint les rangs, de plus en plus nombreux, de ceux qui avaient décidé de déjouer ses projets. Qui sait ? Peut-être avais-je toujours été contre elle ? « Je peux te dire une bonne chose, répéta-t-elle en me mettant au défi de la contredire. Je ne ferai pas demi-tour. »

Finalement, elle fit demi-tour, évidemment, comme l'avaient prédit mes grands-parents, mais entre-temps beaucoup de choses s'étaient produites, certaines prévisibles, la plupart non, pas pour moi du moins. Assis face à ma mère dans cette cafétéria de Phoenix, je n'aurais même pas pu prédire les événements des deux semaines suivantes, à l'issue desquelles nous reprendrions la route avec la Mort Grise, délestée de la remorque, pour le trajet relativement court jusqu'à Tucson, où, au cours de la décennie suivante, j'obtiendrais plusieurs diplômes et rencontrerais une fille prénommée Barbara dont j'aurais la bonne idée de tomber amoureux et avec laquelle, ayant triomphé de ses réticences, je me marierais. À Tucson, je deviendrais un homme, un mari, un universitaire, un père et un écrivain.

Mais, à l'été 1967, j'étais encore un gamin et le fils de ma mère, et l'Université d'Arizona était plus grande, plus peuplée, que ma ville natale. Toutefois, je n'étais plus le garçon qui avait quitté Gloversville un mois plus tôt. Tout comme, je crois, ma mère n'était plus la même femme. Nous étions désormais des voyageurs intrépides et chevronnés. Nous avions trouvé le campus, puis la résidence universitaire que l'on m'avait assignée (Apache Hall, je m'en souviens encore) sans aucune difficulté. J'avais fait la connaissance de mon compagnon de chambre, un garçon de l'Arizona qui avait grandi dans une petite ville minière perdue, dont il semblait très fier comme seul peut l'être un gars d'une petite ville. À mes yeux, c'était l'équivalent d'une bourgade ouvrière du nord de l'État de New York. Ma mère lui parla abondamment de l'endroit d'où nous venions et, à l'entendre, on aurait pu croire que Gloversville n'évoquait pour elle que de tendres souvenirs. Plus tard, mon camarade de chambre me confia qu'il la trouvait chouette. En fait, en termes de mère, j'avais tiré le gros lot. Aucun doute. Il aurait continué dans cette veine, supposais-je, si je ne l'avais pas arrêté.

Nous étions fauchés, évidemment, et ce soir-là nous dînâmes, ma mère et moi, dans une cafétéria près de la nationale, quasiment identique à celle dans laquelle nous avions trouvé refuge après qu'elle avait appris qu'elle ne travaillerait plus pour G.E. Au-dehors, il y avait une cabine téléphonique d'où nous appelâmes mes grands-parents pour leur annoncer que la dernière étape de notre périple s'était achevée sans encombre et que j'étais inscrit pour tous mes cours, qui débutaient la semaine d'après. Je leur donnai le numéro du téléphone installé au bout du couloir dans ma résidence pour qu'ils puissent me joindre en cas de besoin. Et, bien entendu, ils avaient le nouveau numéro de ma mère à Phoenix. « Ils ont été bons avec nous », dit-elle au cours du repas, et je compris qu'elle avait entamé le processus destiné à lui faire oublier ces dernières semaines terribles dans la maison de Helwig Street. En entendant mon grand-père essoufflé au bout du fil, elle s'était aperçue à quel point elle l'aimait, mais aussi à quel point elle avait dépendu de lui ; et sa remarque sur la bonté de ses parents envers nous englobait en réalité les dix-huit dernières années. « Je ne sais pas ce que nous aurions fait sans eux », ajouta-t-elle, et jamais elle n'avait été aussi près de reconnaître que nous n'étions pas totalement autonomes sous leur toit, et combien, secrètement, elle redoutait de perdre la sécurité qu'ils lui avaient apportée. « Il a toujours été mon refuge, renchérit-elle, les yeux brillants. Depuis que je suis toute petite. » Sa voix mourut, mais pas complètement. « Maintenant, c'est *toi.* »

Si j'avais cru qu'elle pensait ce qu'elle disait, j'aurais protesté, car je n'avais pas l'impression d'être le refuge de qui que ce soit, pas même de moi. Je savais bien que depuis dix-huit ans j'étais plutôt le boulet qu'elle traînait à la cheville et qui menaçait de l'engloutir. Si elle s'inquiétait pour l'avenir, elle n'était pas la seule. Dans l'après-midi, j'avais ouvert un compte en banque avec environ deux cents dollars, somme qui devait me permettre de vivre jusqu'à la fin du premier semestre. Et j'avais dans la poche une carte de cantine qui m'empêcherait de mourir de faim. Je ne possédais absolument rien qui puisse s'avérer utile si ma mère avait des problèmes. Mes deux valises débordaient de vêtements chics, là-bas chez nous, mais qui me colleraient immédiatement l'étiquette de Yankee honni, ici dans le désert où l'uniforme des étudiants se composait de bottes de cow-boy, de chemises Oxford à col boutonné et de jeans avec braguette à boutons. J'allais devoir faire des prouesses pour ne pas devenir la risée de tous. Toutes mes angoisses, provoquées par cette décision de partir étudier si loin, dans ce qui s'apparentait à un pays étranger, devaient apparaître clairement aux yeux de ma mère. Peut-être même devinait-elle que, si on m'avait proposé de faire l'échange, je me serais inscrit immédiatement à SUNY, où je connaissais des gens et où je pouvais, en sautant dans un car, me retrouver à Gloversville en une heure. Alors, quand ma mère m'annonça que j'étais son *refuge* désormais, je supposai qu'elle voulait exprimer affectueusement la notion du temps qui passe, et me donner du courage face à de nouveaux défis.

En fait, non.

Le moment d'effondrement dans la cafétéria de Phoenix se révéla être le nadir. Ma mère parvint à se ressaisir, d'une manière ou d'une autre, et nous retournâmes à Scottsdale, chez les gens qui nous hébergeaient, ainsi que notre remorque, dont l'attelle creusait leur aménagement paysager à la manière d'un fourmilier. Ma mère trouva une excuse pour aller se coucher directement et fit le tour du cadran. Le lendemain matin, radieuse, elle entreprit de barrer des tâches sur sa liste révisée des choses à faire, en haut de laquelle figurait maintenant le mot emploi.

La première pièce importante du puzzle qui trouva sa place fut l'appartement. Phoenix, une ville étonnamment horizontale, était déjà à l'époque très engagée dans l'expansion urbaine sauvage et la prééminence de la voiture, deux politiques qui demeurent incontestées aujourd'hui encore, à ma connaissance. De nouveaux immeubles entourés d'hectares de parkings jaillissaient un peu partout pour tenter de faire face à l'afflux des oiseaux migrateurs. C'étaient des constructions miteuses, mais pour des gens de l'Est, habitués à la grisaille et à la crasse dues aux hivers éprouvants, elles paraissaient neuves et propres. Plusieurs résidences à moitié construites offraient un mois de loyer gratuit, ou deux, à quiconque acceptait de signer un bail d'un an, ce qui obligeait les complexes immobiliers, plus anciens, à proposer les mêmes conditions. Ma mère choisit un logement dans Indian School Road, relativement près de tout ce dont elle aurait besoin, même si, évidemment, rien n'était accessible à pied. De toute façon, il n'y avait pas de trottoirs. Peut-être parce qu'il faisait très chaud et parce que l'essence coûtait dix-neuf *cents* le gallon, les gens préféraient prendre leur voiture même pour se rendre une ou deux rues plus loin.

Ma mère aurait pu se contenter d'un studio, mais elle avait loué un deux-pièces pour que je puisse au moins dormir sur le canapé du salon quand je viendrais la voir. Elle dut payer un mois de loyer d'avance, plus un mois de caution, mais ensuite, elle ne ferait plus de chèque avant le mois de novembre, qui lui semblait lointain. Elle fut surprise, et ravie, de découvrir que tous les habitants de la résidence, ou presque, étaient des personnes récemment divorcées qui venaient d'arriver à Phoenix. Et les hommes semblaient trois fois plus nombreux que les femmes. Ce qui était logique, quand on y réfléchissait. Dans la plupart des divorces, c'était l'homme qui se retrouvait à la rue, et la plupart de ces hommes voulaient mettre une certaine distance entre eux et ces épouses qui les avaient envoyés au diable. Personne n'avait beaucoup d'argent, apparemment, mais personne ne s'en souciait. Il y avait quelques voitures de sport tape-à-l'œil sur le parking, mais aussi des voitures ordinaires. Le jardin intérieur possédait une piscine et un barbecue autour desquels les locataires se retrouvaient le soir après avoir enfilé un maillot de bain et pris une bière fraîche. Le samedi, sur les coups de midi, quelqu'un apparaissait au bord de la piscine avec un pichet de margarita et poussait le cri de guerre des Confédérés. Les gens sortaient alors de leurs appartements en clignant des yeux dans le soleil, tels des prisonniers libérés de leurs cellules par un gardien invisible. Les festivités du week-end pouvaient commencer.

Cela devait ressembler, un peu, à la vie que ma mère avait imaginée, là-bas à Gloversville. Elle devait également avoir l'impression d'être arrivée juste à temps car la plupart de ses voisins avaient la trentaine, ce qui ne les empêcha pas de l'accueillir comme la bande de sympathiques ivrognes qu'ils étaient. « Du sang neuf ! » nous lança un jeune type torse nu devant le barbecue en brandissant triomphalement sa spatule luisante, alors que nous installions les affaires de ma mère dans son appartement du premier étage, quelques heures seulement après avoir signé le bail. « D'où vous venez ?

— Du nord de l'État de New York », répondit ma mère par-dessus la balustrade. Elle n'avait pas encore compris qu'ici, en Arizona, clamer que l'on venait de l'Est provoquait plus souvent des sarcasmes que de l'admiration.

« Eh bien, Jean, dit le type quand ils eurent échangé leurs prénoms, je vous conseille de rappliquer. Comment vous aimez vos hamburgers ? » Une fois qu'elle eut répondu à sa question, il lui dit de descendre dès que nous aurions fini de trimbaler nos cartons, puis il pointa sa spatule grasse sur moi. « Amenez votre mari. »

Le lendemain, nous déposâmes la remorque à l'agence U-Haul la plus proche, où une pancarte « cherchons employés » était scotchée sur la caisse. « C'est pas pour ici, expliqua l'homme derrière le comptoir comme s'il craignait que ma mère ne vise sa place. C'est au siège. »

Celui-ci était situé à l'autre bout de la ville, et nous nous y rendîmes directement, ma mère ayant compris qu'il était inutile de se mettre sur son trente et un pour un entretien d'embauche, et quand elle disparut dans les locaux, je dénichai de nouveau un endroit à l'ombre afin d'organiser, avec l'aide d'un plan de Phoenix, le reste de notre journée. Ma mère n'était pas très douée pour ordonner les éléments de sa liste des « choses à faire ». Elle voulait toujours s'occuper des tâches par ordre d'importance, sans prendre en compte la proximité géographique et d'autres enchaînements logiques. Je venais à peine de commencer quand elle réapparut. « Où est la liste ? » demanda-t-elle. Je la lui tendis et elle raya le mot emploi. « Sérieusement ? » dis-je. Sérieusement. Elle avait été engagée sur-le-champ en tant que comptable. Le salaire était misérable, mais l'Arizona était un État violemment antisyndicats et droit du travail, où la notion de minimum vital n'avait pas encore été introduite. Il existait un tas de boulots merdiques, mal payés, avec cependant des possibilités de promotion rapide. Je crois que si ma mère avait accepté celui-ci, c'était parce qu'il se trouvait au bout d'Indian School Road, et malgré son sens de l'orientation épouvantable, elle ne risquait pas de se perdre. Tourner à droite pour aller travailler ; tourner à gauche pour rentrer à la maison. Un jeu d'enfant.

Mais cela posait un autre problème, évidemment. Ma voiture n'était plus la mienne. « J'aimerais mieux qu'il y ait une autre solution », m'avait-elle dit le matin après son moment d'abattement à la cafétéria. Je l'avais vue venir. Les gens qui nous hébergeaient nous avaient expliqué, quand ma mère leur avait dit que je partais à Tucson avec la voiture, que les habitants de Phoenix ne pratiquaient pas le covoiturage. Et ils ne prenaient ni le bus ni le train. Si vous aviez besoin d'aller quelque part, vous montiez dans votre voiture et vous y alliez. Si votre femme avait besoin d'aller quelque part, elle montait dans *sa* voiture et *elle* y allait. On ne montait pas à deux dans une voiture, pas plus qu'on ne montait à deux sur un cheval. Je me souviens d'avoir demandé : « Mais n'est-ce pas un peu… idiot ? – Bienvenue en Arizona », m'avait-on répondu.

Conclusion : étant donné que, de toute façon, je n'avais pas vraiment besoin d'une voiture à l'université, nous nous rendîmes au bureau le plus proche du Department of Motor Vehicles afin d'obtenir un permis d'apprenti conducteur pour ma mère et l'inscrire aux épreuves théorique et pratique une semaine plus tard. Que ferions-nous si elle échouait ? Nous nous efforcions de ne pas y penser. Avec uniquement Camelback Mountain à contourner et quelques arroyos asséchés à franchir, Phoenix était plutôt un bon endroit pour apprendre à conduire. Le plan de la ville ressemblait à une grille ; les rues étaient larges et plates. Pour nous, toutes les intersections se ressemblaient, mais la vue était dégagée, on pouvait donc utiliser quelques points de repère pour s'orienter. Évidemment, il y avait la chaleur. La Mort Grise n'ayant ni climatisation ni direction assistée, nous attendions la fin de la journée pour les leçons de conduite. Les premiers soirs, nous nous entraînâmes dans les rues paisibles des zones résidentielles et sur les parkings déserts des centres commerciaux. Ma mère n'était pas très douée, mais, à sa décharge, ça ne devait pas être facile d'apprendre à conduire si tard, avec quelqu'un qui, dans l'ordre normal des choses, aurait dû être votre élève. En outre, je n'étais pas le plus patient des moniteurs. Le fait qu'elle n'ait jamais conduit était une chose, mais son ignorance des principes fondamentaux était si abyssale que cela semblait délibéré. Elle voyait les panneaux seulement quand je les lui signalais. Pire, elle avait tendance à paniquer. Une fois, alors qu'on s'exerçait à faire des créneaux, elle oublia qu'elle était en marche arrière et, quand elle sentit la voiture reculer, elle accéléra, persuadée que c'était la solution qui s'imposait, malgré mes cris, « Freine ! Freine ! », et elle persista dans son erreur, si bien qu'elle pénétra dans le jardin d'une maison, où elle écrasa un cactus saguaro. Le lendemain, impossible de la convaincre de reprendre le volant sans faire deux promesses : nous mettrions de côté les créneaux pendant un jour ou deux et, quoi qu'elle fasse, je ne lui hurlerais pas après.

Peu à peu, nous abandonnâmes la sécurité relative des quartiers résidentiels pour affronter la circulation d'Indian School Road. Comme le temps pressait, nous décidâmes d'effectuer de véritables trajets, avec de véritables objectifs, comme le supermarché ou le drugstore. Ma mère se garait toujours dans les coins les plus reculés du parking, là où elle risquait moins de rencontrer d'autres voitures et de devoir effectuer une marche arrière. Nous fîmes également le trajet de son nouveau bureau. Aux heures creuses tout d'abord, puis dans les conditions plus réalistes de l'heure de pointe. Elle progressait. Ce n'était pas une bonne conductrice – cela n'arriverait jamais – mais elle n'était pas la menace qu'avait été son fils un mois plus tôt sur l'autoroute avec une remorque. À la fois terrifiée et courageuse, elle agrippait le volant comme si elle redoutait un choc à tout instant, et je finis par comprendre que la peur était sans doute sa meilleure protection contre une catastrophe. En la voyant aussi crispée, je savais que, contrairement à 99 % des conducteurs beaucoup plus doués et expérimentés, jamais, à aucun moment, elle ne laisserait son esprit vagabonder.

Le matin de l'épreuve de conduite, elle avala un demi-comprimé supplémentaire avec son café pour empêcher ses mains de trembler, et, quand nous arrivâmes au bureau du Department of Motor Vehicles, elle affichait un sourire si détendu que je craignais que l'examinateur ne s'aperçoive au premier coup d'œil qu'elle avait pris des médicaments. Mais non. Pendant qu'elle passait l'examen, j'élaborai un plan de secours : j'appellerais le responsable du bureau des inscriptions à l'université pour l'informer que j'arriverais avec une semaine ou deux de retard et le supplier, *je vous en prie*, de ne pas donner ma chambre. Ce que je redoutais le plus, c'était de devoir expliquer ce qui se passait. Non, je ne pouvais pas prévoir précisément quand je rejoindrais mes camarades de classe, je devais attendre que ma mère obtienne son permis de conduire. Et si on me demandait d'évaluer ses chances ? Et si le responsable du bureau des inscriptions voulait savoir pourquoi une femme d'une quarantaine d'années, de nos jours, n'avait jamais conduit auparavant ? Aurait-il mon dossier sous les yeux pendant que nous parlions ? Dirait-il : Oh, oui, d'accord. Russo… Le gars de Gloversville. Pas étonnant. J'étais plongé dans cette conversation imaginaire quand j'entendis le rire de ma mère résonner dans la salle. Elle rejeta la tête en arrière à la manière d'une adolescente en venant vers moi, suivie de près par son examinateur, un petit homme d'au moins quinze ans son cadet, comme un toutou en laisse. « Voici mon fils, disait-elle, celui dont je vous ai parlé.

— Votre maman s'en est bien sortie, me dit-il en me serrant la main. Elle n'a pas écrasé un seul cactus. »

Il lui souhaita bonne chance pour son nouveau travail, ils échangèrent une poignée de main, il serra la mienne de nouveau : une grande famille heureuse et complice. « Quel homme charmant ! » commenta-t-elle au moment où nous partions, assez fort pour qu'il entende.

Pour fêter ça, nous allâmes déjeuner au restaurant et ma mère commanda un Bloody Mary.

« Tu lui as vraiment raconté que tu avais écrasé ce saguaro ? demandai-je.

— Il n'avait jamais rien entendu d'aussi drôle. Il paraît que ça coûte très cher. »

Je m'en doutais. Voilà pourquoi, après avoir rapidement échangé nos places, nous avions fichu le camp rapidement et choisi un autre quartier pour apprendre à faire des créneaux.

Ma mère me montra le permis provisoire qu'il lui avait remis. « Tu sais ce que ça signifie ? dis-je. Tu es libre ! » Car tout garçon de quinze ans sait qu'un permis de conduire est synonyme de liberté et je pensais que ma mère, en quête d'une véritable indépendance, serait sensible à ce symbole. Mais elle me regarda bizarrement. Elle n'avait pas quinze ans, elle en avait quarante-cinq, et un échec aurait entraîné un retour immédiat à Helwig Street.

Toutefois, elle avait bien conscience de vivre un moment crucial et quand on lui apporta son verre, elle se pencha au-dessus de la table pour me tapoter la main. « Ricko-Mio, dit-elle avec un sourire moins serein, plus alarmant, on a réussi. »

Elle avait raison. Il restait quelques tâches sur la liste des « choses à faire », mais rien d'important ou de difficile. « *Tu* as réussi », rectifiai-je. Sachant le prix que ça lui avait coûté, je me sentais fier d'elle soudain, très fier étonnamment, et tant pis si ce que nous avions entrepris frôlait la démence. Une partie de moi-même comprenait la véritable signification de cette fierté inattendue : à l'instar de mon grand-père, je ne la croyais pas capable de faire quoi que ce soit. J'étais fier qu'elle nous ait donné tort, mais surpris aussi. « À vrai dire, ajoutai-je, quand je vois où on en était il y a quinze jours, je ne sais pas comment tu as fait pour y arriver.

— En fait, répondit-elle d'un air si pénétré que je devinai ce qu'elle allait dire, je me suis passé un sacré savon. »

Aujourd'hui, des années plus tard, j'ai encore du mal à croire qu'après m'avoir aidé à m'installer à l'université, elle soit retournée seule à Phoenix. Même si ce n'était pas extrêmement difficile. Nous apercevions la bretelle d'accès de la I-10 du restaurant où nous partageâmes notre dernier dîner. Elle prendrait la nationale jusqu'à la sortie d'Indian School Road, et elle continuerait tout droit jusque chez elle. Nous étions à la fin août, il faisait donc encore jour quand elle partit.

Il ferait nuit quand elle arriverait à Phoenix, mais il n'y aurait pas beaucoup de circulation. Évidemment, si la Mort Grise tombait en panne en plein désert, elle serait livrée à elle-même, et même si elle pouvait toujours trouver une cabine téléphonique, à quoi cela lui servirait-il de m'appeler ? En vérité, je crois que je n'étais pas inquiet. Je l'avais largement sous-estimée, tout comme notre voiture ces dernières semaines, et toutes deux m'avaient donné une leçon. Elles s'en sortiraient très bien.

De fait, en regagnant à pied le campus au milieu de l'animation de Speedway Boulevard, j'eus le sentiment profond que la vie de ma mère et la mienne venaient de diverger, sans doute définitivement. Je la retrouverais pour Thanksgiving et aux vacances de Noël. Mais j'avais vu mon père avant de quitter Gloversville et il avait proposé de payer mes cotisations syndicales le temps de mes études. Ainsi, si je voulais revenir à la maison pendant l'été, je pourrais trouver un travail bien payé sur un chantier, et j'avais décidé de suivre cette idée. Dix-huit ans, c'était l'âge légal pour boire de l'alcool dans l'État de New York, et mon père avait commencé à s'intéresser davantage à moi depuis mon anniversaire. D'ici à l'été prochain, mes grands-parents auraient loué l'appartement de Helwig Street, à l'étage, mais ils avaient une chambre d'amis et ils seraient heureux de me voir. Je pourrais repeindre la maison le week-end pour leur faire économiser de l'argent. Ils me manquaient déjà terriblement tous les deux, et pour la première fois j'éprouvais des remords de les avoir abandonnés. D'une manière ou d'une autre, j'essaierais de me racheter.

Ma mère n'entrait dans aucun de ces projets. Après tout, elle menait enfin la nouvelle vie à laquelle elle aspirait depuis très longtemps. Elle était entourée de gens de son âge, elle avait un bel appartement, des fêtes le week-end et personne pour la surveiller, pour critiquer chacune de ses décisions et lui reprocher de s'amuser un peu. Si la Mort Grise ne rendait pas l'âme et si elle décrochait quelque augmentation, elle parviendrait peut-être à joindre les deux bouts. Pourquoi est-ce que ça ne marcherait pas ? Après tout, Phoenix semblait être la ville idéale pour prendre un nouveau départ, renaître de ses cendres. Il y avait beaucoup d'hommes célibataires autour d'elle. Et maintenant que je n'étais plus dans ses pattes, nul doute qu'elle verrait se présenter de nouvelles opportunités, l'histoire d'amour romantique dont elle rêvait, je le savais, voire un mariage, même si je doutais que cela l'intéresse. Elle voulait uniquement s'habiller pour aller danser ou dîner dans un endroit agréable de temps en temps. Plus rien n'empêchait que son désir soit exaucé. À Gloversville, son mantra était : tout ira bien tant que nous sommes ensemble. Mais ce pacte, non viable entre une mère qui allait vieillir et un fils qui finirait par se marier et avoir des enfants à son tour, pouvait désormais être dissous honorablement par les deux parties. Tel était l'enjeu véritable de ce long périple à travers l'Amérique, de ces terrifiantes bretelles d'accès. Comme elle l'avait dit elle-même : « Ricko-Mio, on a réussi. »

Et puisque nous avions réussi, il était logique que ça s'arrête là, non ?

UN DIAGNOSTIC

Ne *faites pas ça*.

Voilà, en résumé, le conseil de mon beau-père. Ce n'était pas un mauvais homme, mais il avait fait la connaissance de ma mère à notre mariage et, comme tout le monde, il avait été témoin de son état fragile, il avait senti qu'elle était sur le point de flancher. Il avait certainement remarqué également combien elle était dépendante de moi, et que, si jamais je quittais la pièce, elle regardait fixement, d'un air inquiet, l'endroit où j'avais disparu, jusqu'à ce que je revienne. Alors, quand sa fille lui annonça que ma mère voulait s'installer avec nous jusqu'à ce qu'elle trouve un emploi et recommence une nouvelle vie à Tucson, il la mit en garde, en affirmant que ce serait une terrible erreur. « Si tu laisses entrer cette femme, dit-il, tu n'arriveras jamais à t'en débarrasser. »

Elle avait téléphoné ce matin-là, en proie à une violente crise d'angoisse. Il y avait trois heures de décalage entre l'État de New York et l'Arizona, et elle avait attendu autant qu'elle avait pu, mais il était tôt malgré tout, et nous étions dimanche, si bien que Barbara et moi dormions encore. À vrai dire, je redoutais cet appel depuis plusieurs jours. Ma mère et moi bavardions assez régulièrement, je savais donc où elle en était dans le cycle interminable de ses angoisses. Parfois, il lui suffisait de tout décharger sur moi ; elle ouvrait une valve émotionnelle coincée, permettant à la pression de s'évacuer, après quoi elle se ressaisissait et se passait un sacré savon, ce qui l'empêchait de craquer totalement. « Tu ne comprends donc pas ? sanglotait-elle. Je suis un *être humain* tout de même. Est-ce trop de demander de vivre comme tout le monde ? Combien de temps vais-je devoir vivre dans une *cage* ? »

La cage se trouvait de nouveau au 36 Helwig Street, où elle était retournée depuis environ deux ans. À Phoenix, ça s'était bien passé pendant un certain temps, mais ça avait mal fini. Elle était tombée amoureuse d'un homme qui ressemblait à Sam Shepard et était à peu près aussi laconique. Il portait des jeans, des bottes de cow-boy et conduisait un pick-up. Du jour au lendemain, il avait disparu et ma mère avait été dévastée. D'après ce qu'elle m'avait raconté, c'était devenu trop sérieux entre eux, trop vite. N'ayant aucune envie de se marier, il avait quitté l'État en espérant l'oublier. Ce dernier détail ne collait pas avec le personnage, et ultérieurement une amie de ma mère m'avait confié qu'il n'avait pas quitté l'Arizona, ni même Phoenix, ni même le quartier d'ailleurs. Il avait fichu le camp en découvrant l'intensité des sentiments de ma mère envers lui, et avait emménagé dans un autre appartement, quelques rues plus loin, où il fréquentait à présent une autre femme. Quand ma mère aperçut son pick-up sur le parking, ce fut la vraie débâcle. Cette même amie me demanda si ma mère m'avait annoncé qu'elle avait perdu son emploi chez U-Haul. Eh bien, non, mais elle me l'apprit au cours de notre conversation suivante, en précisant que ce n'était pas grave ; de toute façon, elle avait toujours détesté ce travail. La société était mal gérée, rien à voir avec la vieille entreprise G.E. à Schenectady, qui représenterait toujours un modèle à ses yeux. Quelle idée avait-elle eu de partir ? se demanda-t-elle à voix haute. Imaginez un peu si elle était restée. Combien de promotions aurait-elle obtenues à ce jour ? Imaginez un peu son salaire.

Il ne lui fallut pas longtemps pour trouver un autre emploi, mais pas mieux que le précédent, et elle n'avait aucun filet de sécurité en cas de problème, ce qui l'angoissait. Son médecin avait accepté d'augmenter la dose de valium, mais elle n'aimait pas les effets secondaires. Alors qu'elle avait envie d'arrêter totalement de prendre des médicaments, elle en avait besoin pour continuer à fonctionner. Et puis, ça n'allait pas dans la résidence. Au début, il y avait eu une atmosphère de fête, les gens aimaient s'amuser, mais l'ambiance s'était assombrie, de la drogue avait commencé à circuler. (Nous étions au milieu des années 1970, alors c'était possible.) Mais le pire, c'étaient les trajets en voiture : les embouteillages, la chaleur, l'absence de climatisation. Il fallait que ça change, sinon elle allait faire une dépression nerveuse.

Et puis, à mon grand étonnement, dans le sillage du cow-boy fugitif, un autre type apparut soudainement dans sa vie. De plusieurs années son cadet, récemment divorcé, il était très clairement fou d'elle. Je l'avais rencontré et il me plaisait bien, même si quelque chose clochait. Ma mère n'avait jamais su résister au style, et les hommes qui l'attiraient généralement – à l'image de mon père et du récent fuyard – étaient toujours beaux, dotés d'une certaine arrogance et d'un charme juvénile, autodestructeur, un parfum de danger. Russ n'avait absolument rien de tout cela, mais c'était un homme facile à vivre et solide, un homme qui serait bénéfique pour ma mère si elle pouvait voir au-delà de ses qualités terre à terre.

« Je crois qu'il est amoureux de toi, lui dis-je quand elle me demanda ce qu'elle devait faire. Et toi, tu l'aimes ? »

Elle ne répondit pas, alors je dis : « Apparemment, tu as une décision à prendre », et elle fut d'accord sur ce point. Ni elle ni moi n'osions formuler la nature exacte de son dilemme : elle pouvait épouser un homme qu'elle n'aimait pas ou retourner à Gloversville.

Le mariage dura deux ans, une année à Phoenix et une autre à San Francisco, avant d'exploser. Après la séparation, elle s'installa non loin, à Pacifica, une ville recouverte en permanence d'un épais nuage de brouillard humide. Son appartement était situé sur une colline d'où on entendait les vagues s'écraser sur la plage tout en bas, et c'est là qu'elle entreprit, une fois encore, de se reconstituer. Mais elle n'avait plus de travail, et aucun espoir d'en trouver un. J'avais récupéré la Mort Grise quand Russ et elle étaient partis vivre à San Francisco, et j'étais disposé à la rendre, mais ma mère refusa, elle ne voulait plus conduire.

Alors, quand la faible somme d'argent allouée par le jugement de divorce fut épuisée, elle n'eut d'autre choix que de retourner dans le nord de l'État de New York. Nous étions au milieu du semestre et j'enseignais maintenant à l'université, mais je volai quelques jours pour me rendre à San Francisco en avion. Là-bas, je louai une camionnette, j'emballai ses livres et d'autres affaires, les entreposai dans un box et promis de les rapporter à Gloversville durant l'été. Mes grands-parents trouvèrent l'argent nécessaire pour lui payer un billet d'avion à destination d'Albany, un aller simple. Ma tante et mon oncle allèrent la chercher et la ramenèrent à Helwig Street, où mes grands-parents avaient expulsé leur locataire du premier pour lui laisser la place. Elle débarqua à Gloversville avec deux valises et un récit officiel. Non, elle n'avait pas échoué dans sa tentative de commencer une nouvelle vie dans l'Ouest. Non, partir dans l'Arizona n'avait pas été une erreur. Non, elle ne revenait pas à la maison vaincue, mais parce que l'état de santé de son père déclinait rapidement ; il était sous oxygène en permanence et ne quittait presque plus son fauteuil. Sa mère ne pouvait plus supporter seule ce fardeau, alors elle rentrait pour l'aider. Comme souvent avec les récits de ma mère, celui-ci était destiné aux personnes qui n'étaient pas dupes : ses parents, sa sœur, son beau-frère et moi. Peu importe que les gens la croient ou pas, du moment que nul ne contestait publiquement sa version des faits.

Le retour à Gloversville se passa bien durant quelque temps. Elle trouva un emploi et acheta des meubles à crédit. L'état de santé de mon grand-père était véritablement préoccupant et les problèmes de ma mère semblaient insignifiants en comparaison. Elle l'avait toujours adoré, et l'abîme creusé par notre départ pour l'Arizona fut comblé. Plus question de laisser éclater de nouvelles disputes : il avait déjà du mal à respirer. Pendant plus d'un an, ma mère et ma grand-mère vécurent au rythme de ses halètements, jusqu'à ce qu'ils cessent définitivement. Elles se retrouvèrent seules dans la maison de Helwig Street, deux femmes qui n'avaient jamais été d'accord sur rien. Du vivant de mon grand-père, elles parvenaient à cohabiter, aucune des deux ne voulant le déranger, mais maintenant qu'il n'était plus là, le conflit réapparut. Aux vieux ressentiments – ma grand-mère critiquait les choix de ma mère et donnait son avis sans qu'on le lui demande – s'ajouta un sujet de dispute bien plus dévastateur. Leurs opinions divergeaient au sujet de la personnalité de feu mon grand-père. Pour ma grand-mère c'était un mari aimant, l'incarnation de la responsabilité et du devoir, le genre d'homme qui endurait en silence ce qui ne pouvait pas être guéri ; pour ma mère, il avait été un rebelle, prisonnier comme elle d'une ville qu'il détestait, de ses rôles de mari et de père dont il n'avait jamais voulu, mais dont il n'avait jamais réussi à s'extraire. Pour couronner le tout, la récession frappa et ma mère fut mise au chômage, aussi n'y avait-il pas grand-chose à faire durant les longues journées, à part dresser le bilan : elle était de nouveau coincée à Gloversville, sans amis, sans argent, sans avenir, sans vie. Autant d'éléments qui avaient conduit à ce dimanche matin où elle m'avait téléphoné pour me demander combien de temps un être humain pouvait vivre en cage. Il n'y avait qu'une seule personne sur terre qui tenait à elle, qui la comprenait et pouvait l'aider, et c'était moi. Elle avait besoin de prendre un nouveau départ, mais elle ne pouvait pas y arriver seule, et elle ne pouvait appeler personne d'autre.

À cette époque, ma femme et moi vivions dans un mobil-home de cinq mètres de long, stationné sur un terrain pour caravanes à la périphérie de Tucson, où la location de l'emplacement était moins chère. Le mobil-home possédait deux chambres, une à chaque extrémité, signe d'une sagesse architecturale qui nous avait échappé jusqu'à ce que ma mère vienne vivre avec nous. Il nous avait coûté douze mille dollars, sans doute plus que la maison de Helwig Street quand mon grand-père l'avait achetée, une somme terrifiante pour moi. Comment pourrions-nous la rembourser un jour ? Mon travail à l'université me rapportait moins de deux mille dollars par semestre pour dispenser des cours de dissertation à deux classes d'étudiants de première année. Barbara était secrétaire dans une toute petite société de matériel électronique créée par son père avec un autre ingénieur de chez Hughes Aircraft, et qui périclitait rapidement. Ils l'avaient baptisée Iota, un nom qui, à l'époque de notre mariage, semblait bien résumer ses chances de survivre une année de plus. Pour toutes ces raisons, j'avais espéré, jusqu'au dernier moment, que la société de crédit, après nous avoir bien regardés, retrouverait la raison et nous refuserait ce prêt.

« Elle ne restera que le temps de trouver un emploi pour pouvoir se payer un appartement, assurai-je à ma femme. Elle n'a aucune envie de vivre avec nous.

— Ici aussi, c'est la récession, souligna Barbara. Que fera-t-elle dans cette caravane toute la journée pendant que nous serons absents ? Comment se rendra-t-elle aux entretiens d'embauche ? Et, si elle trouve un emploi, comment ira-t-elle travailler ? Et d'abord, qui ira engager quelqu'un qui remue sans cesse les mains ? »

Autant de questions pertinentes. Et de réponses que personne ne voulait fournir.

Quand elle descendit de l'avion, je ne la reconnus même pas. N'ayant pas les moyens de voyager, nous ne nous étions pas revus depuis le mariage, un an et demi plus tôt ; jamais nous n'étions restés séparés aussi longtemps. Il fallut qu'elle prononce mon prénom et que je rattache le son de sa voix à cette vieille femme frêle qui marchait vers moi. Ses cheveux étaient presque entièrement gris, mais ça ne venait pas de là. Elle paraissait deux fois moins grande que la femme qui, quelques années plus tôt seulement, s'était assise au volant d'une voiture qu'elle maîtrisait à peine pour rouler vers Phoenix et la nouvelle vie sur laquelle

elle misait tout. Offrait-elle déjà ce visage lors de mon mariage ? N'avais-je rien remarqué, accaparé par l'événement et mon bonheur ? Quand était-elle devenue si *minuscule* ? Ou était-ce moi, simplement, qui la regardais d'un œil différent ? J'étais marié désormais ; la place occupée par ma mère dans ma vie avait diminué, symboliquement du moins. Non, il n'y avait pas que ça. Ce n'était pas tant la façon dont je la voyais que la façon dont elle se voyait elle-même. C'était à ses propres yeux qu'elle avait diminué de moitié. Quand je lui ouvris mes bras, elle trébucha et faillit y tomber. « Ricko-Mio ! Tu es toujours là. Tu es mon refuge. »

Elle était dans un état épouvantable, brisée, à peine opérationnelle. Bien décidée malgré tout à rebondir le plus vite possible, ma mère éplucha immédiatement les offres d'emploi mais, la plupart du temps, elle ne passait pas un seul coup de téléphone, incapable qu'elle était de contrôler sa voix, parvenant difficilement à tenir l'appareil tant ses mains tremblaient. Dans ses bons jours, elle réussissait à obtenir des entretiens, qu'elle annulait finalement car sa nervosité augmentait à mesure que le jour J approchait. Je l'avais déjà vue en piteux état, mais là, c'était différent. On aurait dit que son monde avait rétréci, ou plutôt, la partie de ce monde où elle se sentait en sécurité. Pour Barbara et moi, le mobil-home paraissait trop petit soudain et les parties communes, notamment la cuisine, trop exiguës. Nous nous marchions constamment sur les pieds. C'était ce que ma mère semblait préférer. À Gloversville, après la mort de mon grand-père, elle avait vécu seule dans notre ancien appartement, au milieu des quelques meubles qu'elle avait achetés et ne pouvait plus payer.

Des journées entières s'écoulaient, me confia-t-elle, sans qu'elle entende le son d'une voix humaine. La surpopulation qui régnait dans notre caravane avait sur elle un effet apaisant. Elle n'était plus seule.

Le fait que je ne m'absente jamais plus de quelques heures avait également un effet bénéfique. Barbara partait travailler tôt, mais ma mère et moi commencions notre journée devant une tasse de café, pour prévoir ce qu'elle essaierait de faire en notre absence, et le soir nous dînions tous ensemble. Je lui donnais mon emploi du temps, ainsi, elle savait à quelle heure se terminaient mes cours et, grosso modo, quand j'allais rentrer. En cas d'imprévu à l'université, je ne manquais pas de téléphoner, car chaque après-midi elle se postait derrière la vitre et attendait que la Mort Grise (toujours de ce monde, eh oui) s'arrête devant le mobil-home. En temps normal, j'aurais corrigé mes copies et préparé mes cours, mais les choses se passaient mieux quand je ne la laissais pas seule trop longtemps. Peu à peu, son état s'améliora. Elle parvint à diminuer la quantité de médicaments qu'elle avalait, et les tremblements de ses mains s'atténuèrent. Elle décrocha d'autres entretiens d'embauche et se rendit même à deux ou trois.

Malheureusement, si ma mère allait mieux, on ne pouvait pas en dire autant de ma femme et moi. Barbara trouvait des excuses pour rester tard au bureau, et je ne pouvais pas lui en vouloir. Car si nous étions trois à table le soir, ma mère s'adressait à moi comme si elle n'était pas là. À croire qu'elle avait oublié que j'étais marié, que cette personne assise avec nous, cette intruse, était mon épouse, et non pas une petite copine dont je me lasserais très vite, ou réciproquement. Pourtant, elle ne détestait pas Barbara, elle ne lui en voulait pas, et très souvent elle la remerciait de lui ouvrir ainsi sa porte. C'était l'*existence* même de ma femme qu'elle ne parvenait pas à intégrer, comme s'il s'agissait d'un hologramme, et quand je posais une question directe à Barbara, souvent c'était ma mère qui y répondait. En fin de soirée, après la vaisselle, Barbara et moi nous retirions dans notre chambre dès que la politesse le permettait, et, une fois les lumières éteintes, nous nous glissions dans notre lit pour parler à voix basse de toutes les choses que, habituellement, nous aurions évoquées à table. Je crois que nous imaginions tous les deux ma mère derrière la porte, brûlant d'envie de mettre son grain de sel. Nous ne pouvions plus inviter d'amis et nous culpabilisions (moi en tout cas) si nous allions quelque part sans elle. Même si nous ne sortions pas souvent.

Iota Engineering affrontait les affres de la mort ; parfois, la société ne parvenait même pas à rémunérer ses employés. Un mois, Barbara fut payée en meubles de bureau. Elle n'avait d'autre choix que de chercher un autre travail. C'était dans ce contexte financier difficile que nous commençâmes à nous rendre, le week-end, dans des magasins discount comme FedMart pour meubler la cuisine de l'appartement que ma mère n'avait pas encore. Procéder petit à petit nous semblait judicieux. Une nouvelle poêle ou une ménagère bon marché réconfortaient ma mère en l'aidant à imaginer le jour où, enfin, elle repartirait d'un bon pied et pourrait vivre, comme elle aimait à le répéter, de manière indépendante. Toutefois, un samedi, j'allai trop loin en chargeant exagérément le caddie, comme pour hâter l'arrivée de ce jour, et quand je levai la tête Barbara avait disparu. Je la trouvai dans la voiture, en larmes. J'avais dépensé de l'argent que nous n'avions pas. Et que nous ne pouvions pas emprunter. Son père ne s'était pas versé de salaire depuis des mois, et la situation de ses parents, alors que la plupart de ses neuf frères et sœurs vivaient encore chez eux, était aussi grave que la nôtre. Personne dans nos deux familles n'avait un sou en poche. Et, bien entendu, je commis l'erreur de dire que nous avions été idiots d'acheter le mobil-home. À cet instant, le regard de ma femme exprima clairement ce que sa gentillesse l'empêchait de dire à haute voix. Nous avions agi comme des idiots, oui, mais il ne s'agissait pas du mobil-home. Même en supposant qu'un jour viendrait où ma mère serait de nouveau capable de vivre seule, que resterait-il de *nous* ?

Ce jour finit par arriver, suivi de beaucoup d'autres, et curieusement, ma femme et moi avions encore un « nous » à protéger et à chérir. À vrai dire, au fil du temps, nos épreuves viendraient illustrer ce vieux dicton selon lequel ce qui ne vous tue pas vous rend plus fort. Les fils, financiers et affectifs, au bout desquels nous nous balancions à Tucson se révélèrent plus résistants que nous ne l'avions imaginé. Il le fallait.

L'appartement meublé que ma mère loua finalement à Tucson lui rappelait celui qu'elle avait adoré à Phoenix, et elle trouva un travail auquel elle pouvait se rendre en bus. Le week-end, je la conduisais à l'épicerie et partout où elle devait aller. De notre côté, Barbara et moi retrouvions tant bien que mal nos habitudes de jeunes mariés, en nous disant que, peut-être, tout finirait par rentrer dans l'ordre. Mais l'été s'abattit sur nous, avec sa chaleur accablante. L'appartement de ma mère se trouvait à plusieurs pâtés de maisons de l'arrêt de bus, et celui-ci n'était pas forcément climatisé, alors souvent elle arrivait déjà épuisée au travail, avec une journée de huit heures devant elle. Elle déjeunait à son bureau car il n'y avait pas de restaurant accessible à pied, sous la chaleur de midi en tout cas et, de toute façon, il n'y avait pas de trottoirs. En juillet vinrent les pluies de mousson ; le ciel s'assombrissait de manière menaçante tous les après-midi, dès qu'elle sortait du travail, et les averses, bien que brèves, étaient apocalyptiques. Sans doute avait-elle le sentiment que le monde physique se moquait d'elle car lorsqu'elle arrivait chez elle, trempée jusqu'aux os, le ciel redevenait bleu, la vapeur montait de l'asphalte, l'air n'était plus seulement chaud, mais humide également. « Quel endroit horrible, horrible ! » se lamentait-elle, exactement comme ce matin-là à Phoenix, après avoir appris qu'elle ne travaillerait plus pour G.E.

Ironiquement, ce qui finit par avoir raison d'elle, ce ne fut ni Tucson avec sa chaleur et ses averses, ni ce travail qu'elle détestait (rien à voir avec G.E. !), ni le fait qu'elle n'ait aucun ami, mais plutôt le retour de son équilibre émotionnel. C'était un des paradoxes de l'état de ma mère : sa tranquillité d'esprit périodique avait généralement du bon et du mauvais. Certes, la panique lui faisait perdre le contrôle d'elle-même, mais, dès qu'elle se ressaisissait, elle voyait au-delà de son supplice. À Gloversville, son ultime tentative, désespérée, pour mener une existence épanouissante l'avait empêchée d'imaginer sa vie à Tucson. Dans son esprit, elle voyait tout à l'échelle de Gloversville, mais en mieux. Elle m'imaginait vivant tout près d'elle, dans la même rue peut-être, ou juste au coin. Mais Tucson était comme Phoenix : une ville étendue, avec les mêmes carrefours hideux, où vous étiez toujours à une demi-heure d'un autre endroit. Un océan de voitures. Et elle n'en avait pas, ou elle n'en voulait pas. À Tucson, « à proximité », ça ne signifiait pas dix minutes de marche, mais vingt minutes de voiture, et beaucoup plus si vous habitiez, par exemple, sur un terrain pour caravanes à la périphérie.

Pis encore, son incapacité à prévoir ce que deviendrait sa vie à Tucson était aggravée par son incompréhension de la nôtre. Elle n'avait aucune idée du travail que nous devions fournir, moi pour préparer mon doctorat, Barbara pour subvenir à nos besoins pendant ce temps. Même avant l'arrivée de ma mère, nous vivions dans des conditions difficiles, à différents égards. Si l'argent faisait défaut, le temps encore plus. J'avais besoin de mes dimanches pour corriger les copies, et les vendredis et samedis soir, pour mettre du beurre dans les épinards, je chantais dans un restaurant très fréquenté. En outre, tous les membres de la nombreuse famille de Barbara vivaient à Tucson, ce qui entraînait un tas d'autres obligations. Cependant, chaque fois qu'un événement imprévu survenait dans la vie de ma femme, je faisais de mon mieux pour l'aider, et ma mère voyait bien que ce n'était pas facile. « Tu es toujours là quand j'ai besoin de toi », m'avait-elle dit un jour chez le dentiste après s'être cassé une dent. Le plan que nous avions élaboré dans le mobil-home avait pour objectif de restaurer l'indépendance de ma mère, et les principaux éléments étaient en place. Elle avait un appartement et un travail. Mais elle prenait conscience maintenant que tout cela n'était pas viable. La vérité, c'était qu'elle avait besoin de moi, au moins sur le plan affectif, en permanence. La seule solution susceptible de fonctionner à long terme serait une version de l'ancien modèle de Helwig Street, où chacun occupait une place centrale dans l'existence quotidienne de l'autre. Mais tôt ou tard, Barbara et moi nous aurions des enfants, et une fois père, j'aurais encore moins de temps à lui consacrer. Et quand j'aurais obtenu mon doctorat, ma carrière universitaire débuterait. Et qui pouvait dire où elle me conduirait ? À l'époque de Gloversville, peut-être donnions-nous l'impression d'être séparés uniquement par la géographie, par tous ces kilomètres, mais à présent ma mère comprenait que notre séparation était non seulement plus profonde qu'elle ne l'avait imaginée, mais qu'elle allait encore s'accentuer.

Quand revint la période des vacances, elle s'était passé un sacré savon. Venir vivre à Tucson avait été une erreur. Il fallait le reconnaître. De surcroît, impossible de tout recommencer à cinquante-cinq ans. Alors, même si elle détestait Gloversville, et Dieu sait qu'elle détestait cette ville, peut-être était-ce un endroit fait pour elle, le seul si ça se trouve. Sa mère avait été heureuse de la voir revenir, elle l'accueillerait de nouveau. À elles de trouver un moyen de s'entendre. D'ailleurs, elle avait eu une idée. Au lieu de vivre au premier étage dans notre ancien appartement, elle s'installerait dans la chambre vide du bas et elles partageraient les frais. En louant l'appartement du haut, elles doperaient leurs revenus et se mettraient à l'abri des soucis financiers. Pour calmer mes inquiétudes, elle ajouta que ce n'était pas comme si nous étions condamnés à ne plus nous revoir. Il y avait beaucoup plus d'universités à l'est du Mississippi qu'à l'ouest, j'avais donc plus de chances de me retrouver enseignant dans cette partie du pays, et nous pourrions passer les vacances ensemble. Elle avait pensé à tout, comme elle avait prévu, il y avait longtemps, de m'accompagner dans l'Ouest, me livrant les détails de son plan seulement après avoir pris sa décision. Il ne m'était pas demandé ce que j'en pensais, j'étais simplement informé, ce qui était aussi bien.

Peut-être que le fait de venir vivre à Tucson était une mauvaise décision, comme elle l'affirmait, mais retourner à Gloversville en serait une autre. Ce que je ne pouvais pas exprimer ouvertement, c'était cette conviction grandissante que ma mère était perdue dans le labyrinthe de ses pensées et de ses impulsions, et que si elle avait dû s'en échapper un jour, elle l'aurait déjà fait. Depuis que j'avais moi-même quitté Gloversville, j'avais fini par comprendre que telles étaient également les craintes de mon grand-père. Je me souvenais de notre dernier jour dans Helwig Street, quand il nous regardait derrière la fenêtre, en respirant son oxygène, pendant que mes amis et moi chargions la remorque. Au fil des longs mois de conflit amer, son angoisse s'était muée en résignation face au raz-de-marée de la détermination de ma mère, mais quand ses yeux avaient croisé les miens, je n'avais pas saisi la véritable nature de son inquiétude. Il redoutait ce qu'il allait advenir de ma mère, évidemment, mais aussi ce qu'il allait advenir de moi. Même s'il en avait eu le désir, il manquait de souffle pour exprimer toutes ces choses, et puis, cela aurait constitué une terrible trahison pour la fille qu'il ne pouvait cesser d'aimer, malgré tout. Sans doute était-ce moins pénible d'entretenir la vieille histoire familiale. Ma mère souffrait des nerfs. Comme un tas de gens.

Ironie du sort, la seule personne qui osa mettre en doute ouvertement cette histoire fut mon père. Il n'était pas du genre à se laisser aller aux regrets ou aux excuses, mais l'été de mes vingt et un ans, alors que nous travaillions ensemble sur un chantier routier à Albany, il décida sans doute que le moment était venu de m'expliquer pourquoi il avait été si absent quand j'étais enfant. Nous nous étions arrêtés dans une demi-douzaine de routiers sur le chemin du retour, conformément à notre dangereuse habitude, et nous étions passablement éméchés. « J'aurais dû penser plus à toi, avoua-t-il. Mais c'était facile de t'oublier. Il se passait toujours quelque chose d'autre : un cheval qui ne pouvait pas perdre ou une partie de poker. Tu semblais te débrouiller très bien sans moi. » Quand il se tut, je crus qu'il avait terminé, mais il ajouta une dernière phrase. « Et puis, je ne pouvais pas être ton père sans être aussi marié à cette folle. » Mon expression dut lui paraître étrange car il se pencha en avant sur son tabouret de bar afin de m'observer de près. « Tu *sais* que ta mère est cinglée, hein ? »

J'ignore quelle tête je faisais à ce moment-là, évidemment, mais je me souviens que j'étais incapable de dire un mot. Je suis sans doute resté bouche bée, submergé par une succession d'émotions indésirables. De la colère tout d'abord, face à l'apparente décontraction avec laquelle mon père, qui n'avait aucun droit de le faire, avait proféré ce jugement. Après tout, si ma mère était folle, il en avait sa part de responsabilité. Mais, plus forte que la colère, il y avait cette sorte de soulagement totalement inattendu, car à peine eut-il rendu son verdict que je compris que c'était la vérité, et que je le savais moi aussi, au moins depuis ce matin-là à Phoenix quand elle avait finalement avoué qu'aucun poste ne l'attendait véritablement chez G.E. ; et, à dire vrai, sans doute qu'une partie de moi-même le savait depuis encore plus longtemps. De combien de crises, suivies de sacrés savons, avais-je été témoin enfant, trop effrayé pour en tirer la conclusion qui s'imposait ? Et plus tard, adolescent, combien de fois avais-je chassé cette terrible idée : il y avait peut-être un truc qui clochait chez ma mère ? N'avais-je pas suspecté depuis toujours que d'autres membres de la famille – mes grands-parents et ma tante au minimum – savaient eux aussi, mais refusaient d'en parler ? Maintenant, pour la première fois, je découvrais à quel point j'avais été seul avec mes peurs et mes soupçons, combien je m'étais senti abandonné avec le fardeau de ce savoir d'adulte auquel je n'aurais pas dû avoir droit.

Et, finalement, je me sentis coupable. Le fait que je sois parvenu à la même conclusion impitoyable que mon père constituait une terrible trahison, assurément. Je ne sais plus si la culpabilité est venue immédiatement ou plus tard. Je sais seulement qu'il y avait de quoi occuper une vie entière. Comment, sinon, expliquer ma volonté de mettre en danger mon jeune couple dix ans plus tard, et, tandis que les trois décennies suivantes se déroulaient et que l'état de ma mère empirait, toutes les fois où j'avais répété les mêmes erreurs, refusant d'admettre la prééminence d'autres loyautés, consécutives à celles qui avaient été forgées dans Helwig Street ? Disons simplement que ma mère n'était pas la seule à être prisonnière d'une dangereuse boucle de comportements répétitifs.

Peu de temps après qu'elle eut quitté Tucson pour revenir à Gloversville, je débutai une décennie de nomadisme universitaire durant laquelle je sautai d'un poste à l'autre, en essayant d'enseigner et d'écrire simultanément. Pendant quelque temps, après la naissance de nos filles, nous fûmes même encore plus pauvres que lorsque nous étions étudiants. Et j'étais rebelle. Indifférent aux nominations et promotions, je faisais un pied de nez aux chefs de département qui me conseillaient sur ce que je devais faire pour réussir. Je quittai des postes pour d'autres moins bien payés mais qui me laissaient plus de temps libre. L'été, quand la plupart de mes collègues donnaient des cours de rattrapage, j'écrivais des histoires et dépensais un argent que nous n'avions pas en frais d'envoi pour les proposer à des magazines. J'écrivais de manière hystérique, obsessionnelle et, au début, pas très bien. Je parlais du crime, des villes, des femmes et d'autres choses que je connaissais mal, dans une langue très différente de ma voix naturelle, ce qui explique pourquoi les rédacteurs en chef n'étaient pas intéressés.

Mon premier travail à temps plein fut un poste d'assistant sur un campus annexe de Penn State University. Altoona se trouvait à une bonne journée de voiture de Gloversville, suffisamment proche donc pour une visite pendant les vacances, trop loin en revanche pour que ma mère s'attende à me voir davantage. Nous continuions à bavarder au téléphone au moins une fois par semaine, et ces appels constituaient pour elle une bouée de sauvetage. Je savais que ça allait mal. Elle s'était installée dans la chambre libre du bas, comme prévu, mais ma mère et ma grand-mère, âgée maintenant de plus de quatre-vingts ans et percluse d'arthrite, ne s'entendaient toujours pas. Elles n'aimaient pas les mêmes émissions de télé, pas les mêmes plats, et au lieu de trouver des arrangements, ma mère insistait pour cloisonner leurs existences. La salle à manger et le salon ayant à peu près les mêmes dimensions, elles établirent leur camp respectif. Elles étaient obligées de partager la cuisine, mais ma mère refusait de cuisiner ou de laisser ma grand-mère cuisiner, sous prétexte que ce serait à elle de tout nettoyer ensuite. Alors, au déjeuner, chacune se préparait un sandwich avec ses propres ingrédients, et pour le dîner, chacune se faisait réchauffer son plat surgelé dans le four. Ensuite, chacune regardait son émission sur sa propre télé, ce qui provoquait des disputes sans fin à cause du volume. Ma grand-mère semblait comprendre que le comportement de sa fille confinait à la démence, mais aborder le sujet de front n'aurait fait qu'aggraver les choses. Maintenant que son mari avait disparu, l'équilibre des pouvoirs s'était modifié. À moins de menacer de flanquer ma mère dehors, ce qu'elle ne ferait jamais, ma grand-mère n'avait aucun moyen de pression et, peu à peu, ma mère parvint à imposer ses volontés. Quand nous leur rendions visite, durant les vacances généralement, elles enterraient la hache de guerre, mais on voyait bien qu'elles n'avaient pas l'habitude de se parler, si ce n'est pour exiger que l'autre baisse le son de son téléviseur. Un jour où mon père était passé dire bonjour, il comprit au premier coup d'œil en voyant tous les meubles de ma grand-mère entassés dans une seule pièce et ceux de ma mère dans une autre, et les deux postes de télé, séparés de quelques pas, qui diffusaient à tue-tête des programmes différents. Il observa longuement ma mère, puis il dit : « Jean, qu'est-ce qui ne tourne pas rond chez toi ? »

Peu de temps après, on lui diagnostiqua un cancer des poumons, et cela coïncida plus ou moins avec ma nouvelle affectation à New Haven. Cela voulait dire que je n'étais plus qu'à quatre heures de route de Gloversville, au lieu de huit, un rapprochement qui, compte tenu de la dégradation de la situation là-bas, semblait préférable, à défaut d'être désirable. Mon père suivit une chimiothérapie et des rayons, et son cancer entra en rémission, avant de revenir de manière plus agressive. Finalement, trop malade pour vivre seul, il fut admis à l'hôpital des anciens combattants d'Albany, où j'allais lui rendre visite un week-end sur deux. L'idée de mourir semblait moins l'inquiéter que le fait de ne pas avoir quelqu'un pour jouer aux courses à sa place. « Tu vas aller faire un tour à Helwig Street en partant d'ici ? » me demandait-il, incrédule, comme un homme qui vient d'échapper à une balle encore plus dangereuse que la mort. « C'est complètement dingue ce qui se passe là-bas. »

Au printemps de notre deuxième année à New Haven, je vendis mon premier roman, en conséquence de quoi on m'offrit mon premier poste en tant qu'écrivain. Jusqu'alors, j'avais été un professeur qui avait la manie de l'écriture, et on me tolérait sans forcément m'encourager. Ce nouveau poste, à Carbondale dans l'Illinois, m'offrait tout ce dont je rêvais depuis dix ans : un véritable programme d'apprentissage de l'écriture, de bons collègues et du temps pour me consacrer à mon propre travail. Mais c'était trop loin, je le savais. Je ne serais plus à quatre heures de Gloversville, mais à trois jours. Ma mère avait besoin que je sois plus près d'elle, pas plus loin. Je lui expliquai pourquoi je devais accepter ce poste, et elle fut d'accord pour dire que je serais idiot de refuser, mais, peu de temps après notre installation à Carbondale, je reçus ce qui serait le dernier de ces coups de fil hystériques dans lesquels ma mère exigeait de savoir pourquoi elle ne méritait pas d'avoir une vraie vie comme tout le monde, et combien de temps encore elle devrait rester en cage. J'appelai ma tante pour savoir si les choses étaient aussi graves qu'il y paraissait, et j'appris qu'elles étaient encore pires, bien pires. Un tas de vieux conflits remontaient à la surface, des conflits jamais résolus, mais surtout impossibles à résoudre. Ma tante me dit une chose qui m'effraya plus que le reste. On avait prescrit à ma grand-mère un nouveau médicament sous forme de gélules, à prendre pendant les repas, mais ma mère s'était mis dans la tête, je ne sais pourquoi, que les gélules devaient être écrasées dans les aliments, ce qu'elle faisait, malgré les protestations et les larmes de ma grand-mère. Quand ma tante, ayant découvert ce qui se passait, expliqua à sa sœur que les médicaments devaient simplement être pris *pendant* les repas, celle-ci sortit de ses gonds et hurla que si jamais il arrivait malheur à leur mère, ce serait entièrement la faute de ma tante. Depuis des années, affirma-telle, elle supportait la dégradation de l'état de santé de ma grand-mère, c'était elle qui devait prendre toutes les décisions, mais si on remettait en question son jugement, alors elle ne voulait plus s'occuper de rien. Ma tante n'avait qu'à assumer toutes ces responsabilités à sa place, on verrait bien ! Apparemment, cette dispute avait précipité le coup de téléphone à Carbondale. Ma tante connaissait et appréciait beaucoup ma femme, et elle savait que nous avions déjà fort à faire avec nos métiers et nos petites filles, et, quand je lui demandai si je devais venir chercher ma mère, elle avoua à contrecœur que ce serait sans doute préférable.

Le temps que j'arrive à Gloversville, elle s'était un peu calmée. Savoir que j'allais venir, que je serais là à la fin de la semaine lui permit de s'éloigner du précipice, mais manifestement elle allait mal, bien plus que lorsqu'elle était venue vivre avec nous à Tucson. À l'époque, je possédais un pick-up, à l'arrière duquel nous chargeâmes ses affaires, des livres essentiellement. Tout ce qui ne rentrait pas resta là-bas. J'avais emprunté une cellule amovible et cadenassée afin de pouvoir tout protéger quand nous nous arrêtions la nuit dans les motels. Ensemble, nous traversâmes le pays, en empruntant les mêmes routes que vingt ans plus tôt. Le pick-up était climatisé, mais ma mère enchaînait les crises de panique, elle jurait qu'elle n'arrivait plus à respirer, et nous dûmes rouler avec les vitres baissées malgré la canicule du mois d'août. Entre deux crises, elle me raconta combien ces dernières années avaient été épouvantables, énumérant toutes les responsabilités qui lui incombaient, et les humiliations infligées par sa sœur et sa mère. « Tu ne peux pas imaginer à quel point elles ont été cruelles, répétait-elle sans cesse. Je n'ai jamais voulu en parler. »

Tandis que nous poursuivions notre lent voyage vers l'ouest, ma femme était occupée à chercher un logement pour ma mère. Avant mon départ pour Gloversville, nous avions négocié au mieux les conditions de ce nouvel arrangement. En supposant que ma mère ne représentait pas un danger, elle resterait avec nous jusqu'en septembre. Elle était à la retraite maintenant, elle touchait une pension, elle n'avait pas besoin de travailler, et elle avait droit à une aide-ménagère, si nous réussissions à en trouver une. À mi-chemin de l'Illinois, j'appelai Barbara, qui m'annonça qu'il y avait une place disponible dans une résidence pour personnes âgées, exactement le genre d'endroit auquel ma mère opposerait son veto. Le lendemain, je lui expliquai patiemment que cet appartement ne serait qu'une solution temporaire, le temps de trouver mieux, que c'était à cinq minutes seulement de notre maison, et qu'elle pourrait rester chez nous jusqu'à la fin du mois d'août pour se rétablir et prendre ses nouveaux repères avant d'emménager. Sa seule autre option étant de retourner à Gloversville, elle fut obligée d'accepter, mais elle mettait une condition : la résidence devait être réservée aux personnes âgées, elle refusait de vivre avec des fous.

Elle voulut savoir également si ma vitre du côté conducteur était baissée entièrement car elle n'arrivait plus à respirer. Je savais ce qu'elle éprouvait. Moi aussi, j'étouffais.

Cinq ans plus tard, en 1991, on m'offrit un poste d'enseignant à Colby College dans le Maine. Ce qui rendait ce poste particulièrement attrayant, c'était qu'il s'agissait d'un mi-temps, chose plutôt rare dans le monde universitaire. Enfin je gagnais de l'argent avec mon travail d'écrivain, presque assez – sauf imprévu – pour en vivre. À Colby, j'aurais plus de loisirs pour écrire, je bénéficierais d'une couverture sociale et d'un prêt pour les frais de scolarité de nos filles. Si tout allait bien, je m'imaginais écrivant à temps plein dans quelques années. De surcroît, nous avions hâte de laisser derrière nous les étés humides, pleins d'insectes et d'ouragans, du sud de l'Illinois, sans parler des fondamentalistes religieux passifs-agressifs. J'en avais assez d'ouvrir la porte le dimanche matin à des inconnus qui voulaient me parler de Jésus. Quand nous déclinions poliment (généralement) leur offre, ils jetaient un coup d'œil à l'intérieur de la maison, secouaient la tête et nous conseillaient de mettre notre fierté de côté. « Tous ces livres, ça ne sert à rien, me disaient-ils, si vous ne connaissez pas le Grand Livre. »

Toutefois, nous avions également de bonnes raisons de rester. Barbara aimait son travail, nos filles avaient leurs amis et j'étais presque sûr que l'université s'alignerait sur la proposition de Colby. Et puis, évidemment, il y avait ma mère. Elle avait déménagé deux fois depuis que je l'avais amenée à Carbondale, et même si elle détestait cette région, elle y avait ses habitudes. Elle songeait avec affection à Gloversville, l'endroit d'où on l'avait chassée. Chaque semaine, elle appelait sa sœur et sa mère, et elle concluait la conversation en disant qu'elles lui manquaient terriblement, et qu'elle les aimait. Quelle chance elles avaient de ne pas vivre dans le Midwest ! Durant les longs mois de printemps et d'été, quand les alertes aux ouragans clignotaient en permanence en bas de l'écran du téléviseur, elle téléphonait pour se livrer à ses habituelles lamentations : « Quel endroit horrible, horrible ! »

Elle avait hâte de retourner dans le Maine, évidemment, car elle serait plus près de chez elle, mais pourrait-elle supporter le voyage ? Quoi que l'on fasse, ce serait un cauchemar logistique. Supposons que l'on aille dans le Maine, que l'on trouve un logement, que l'on emménage et que l'on revienne chercher ma mère. On ne pouvait pas la laisser seule plus de temps qu'il n'en fallait au lait pour tourner. Son bien-être affectif était lié à notre proximité. Les rares fois où nous nous absentions une semaine entière – pour emmener les filles à Disney World, par exemple –, il fallait la prévenir longtemps à l'avance pour qu'elle se fasse à cette idée, puis elle exigeait les numéros de téléphone de tous les endroits où nous logerions, et aussi ceux de différents amis au cas où elle aurait besoin d'aide. Malgré cela, son niveau d'angoisse atteignait des sommets dans les jours précédant notre départ, et nous étions certains qu'elle augmentait de son propre chef la dose de médicaments qu'elle avalait. Étant donné qu'il nous faudrait peut-être un mois pour nous installer dans le Maine, la laisser seule à Carbondale était hors de question. Le scénario inverse – l'installer dans un nouvel appartement, dans un nouvel endroit, puis retourner dans l'Illinois pour s'occuper de notre déménagement – serait encore plus dramatique, si toutefois cela était possible. Conclusion, nous serions obligés de déménager tous ensemble, et de stocker nos affaires dans un garde-meubles le temps de trouver à nous loger.

À vrai dire, quand j'eus accepté la proposition de Colby, nous découvrîmes que tout allait être beaucoup plus compliqué. Les rares logements décents aux abords de Waterville étaient pris d'assaut par les enseignants et le personnel de l'université. Trouver un appartement pour ma mère serait un véritable défi. En outre, les prix de l'immobilier étaient élevés. Barbara effectua deux voyages de reconnaissance ce printemps-là, fit plusieurs visites et revint découragée les deux fois. Il n'y avait rien de comparable, loin s'en faut, à la maison que nous vendions à Carbondale. Pis encore, elle *ne* se vendait *pas*. Après deux mois, personne ne nous avait même fait l'affront d'une offre ridiculement basse, alors qu'à Waterville, où nous voulions habiter à cause des écoles, les logements s'arrachaient avant même que nous puissions les visiter. Puisque nous devions déménager en été, on nous conseilla de louer un chalet au bord d'un des lacs environnants pour avoir tout loisir de chercher sur place. Si quelque chose nous plaisait, nous pourrions faire une offre en vingt-quatre heures.

À mesure que la date du départ approchait, ma mère recommença à montrer des signes de confusion. Il y avait un tas de choses à faire, répétait-elle, et elle devait se débrouiller toute seule. En réalité, lui rappelais-je, elle n'avait absolument rien à faire. J'avais engagé un déménageur et je m'étais arrangé pour que ses affaires soient chargées à bord du camion un jour avant les nôtres. Je mettrais moi-même dans des cartons ses livres et tout ce qui n'allait pas dans le camion. Et le soir précédant le départ, elle dormirait chez nous. Oui, d'accord, disait-elle, mais il lui restait quand même des centaines d'autres tâches à accomplir. Et quand je lui demandais lesquelles, elle se laissait tomber dans le fauteuil le plus proche en déclarant qu'elle était trop fatiguée pour réfléchir. Impossible également de se mettre d'accord pour régler les détails les plus simples. Nous étions en juin et la température atteignait presque les quarante degrés. Malgré cela, elle insistait pour que l'on se rende à la compagnie du téléphone afin de résilier sa ligne, puis à l'opérateur du câble, etc. Nous pouvions faire tout ça par téléphone, lui fis-je remarquer. Non, elle n'avait jamais eu de *chance* avec le téléphone. Elle craignait qu'on ne lui rende pas ses cautions, et c'était de l'argent dont elle avait besoin. Je promis de la rembourser moi-même en cas de problème, mais elle ne voulait pas de mon argent, elle voulait le sien. Le jour où ses affaires devaient être chargées à bord du camion, il faisait déjà trente-sept degrés à neuf heures du matin, et quand le camion arriva, quand deux jeunes Noirs maigrelets en descendirent, je devinai qu'il allait y avoir un problème. Le chauffeur ne devait pas avoir plus de dix-huit ans et l'autre, qui semblait en avoir quinze, ne pesait pas plus de cinquante kilos tout mouillé. « Reste ici », dis-je à ma mère, et je sortis pour discuter avec le chauffeur et signer les papiers. « Ma mère est un peu perturbée, l'avertis-je. Je vais essayer qu'elle ne reste pas dans vos jambes. » J'aurais voulu transmettre cette information vitale à l'autre jeune également, mais il était entré directement. Il se trouvait à l'intérieur depuis dix secondes environ quand j'entendis ma mère gémir, « Oooh ! Oooh ! Oooh ! », comme s'il la poignardait avec une épingle à chapeau. En arrivant sur le lieu du drame, je découvris qu'il avait soulevé le buffet bas par un côté, avec l'intention de l'emporter dehors. Il n'était pas très lourd. D'un seul coup d'œil, il avait vu que ce n'était pas du massif, mais de l'aggloméré, et il l'avait soulevé. « Vous allez le casser ! hurlait ma mère, les mains plaquées sur la bouche. Vous allez le casser ! »

Dans la voiture, elle demeura immobile, le visage dans les mains, revoyant encore le gamin manipulant son buffet. « Il faut te calmer, lui dis-je. S'il est cassé, je le remplacerai.

— Mais je l'adore !

— Maman, il vient de Kmart. »

Elle mit une bonne minute à réagir face à cette vérité fâcheuse. « Tu n'as pas des choses que tu adores, toi ? » Je ne répondis pas, et elle demeura muette jusqu'à ce que nous pénétrions dans l'allée de la maison que nous quitterions définitivement le lendemain matin. « Tu crois vraiment que je ne fais pas d'efforts ? demanda-t-elle, les mains tremblantes et la lèvre inférieure frémissante. Parce que j'en fais ! J'espère que tu ne devras jamais en faire autant. »

Il n'y avait pas grand-chose à répondre à cela. Elle faisait des efforts. Elle essayait. Comme souvent avec ma mère, c'était l'absence totale de réussite qui nuisait à sa crédibilité.

Et donc, tout ce qui ne rentrait pas dans nos deux petites voitures se retrouva au garde-meubles, pour être livré Dieu sait quand, Dieu sait où. Un cauchemar pour ma mère qui préférait faire de mauvais choix plutôt que de laisser les choses en suspens. Et, pour toutes les personnes concernées, les cinq jours qui suivirent en furent un également. Barbara fit le trajet dans une voiture, avec Emily et Kate qui écoutaient de la musique au casque sur le siège arrière, et ma mère voyagea avec moi dans l'autre voiture. Enchaînant les crises d'angoisse, elle ne pouvait pas respirer si toutes les vitres n'étaient pas baissées, et elle ne cessait de murmurer : « Bon sang, c'est encore loin ? » Ce voyage n'en finissait pas, un vrai supplice. Le matin, elle mettait une heure et demie à se préparer, et en fin d'après-midi, comme elle n'en pouvait plus, nous étions obligés de nous arrêter. Elle avait besoin d'une chambre d'hôtel pour elle seule, et c'était très bien, car nous aussi. Il lui fallait encore une heure ou plus pour prendre sa douche et s'habiller pour le dîner, et ensuite, nous devions trouver un restaurant. « Désolée, je ne peux pas supporter ça », disait-elle si l'endroit était trop bruyant ou si elle sentait une odeur de graillon en entrant. Quand enfin nous avions trouvé un établissement qui lui convenait, la première chose qu'elle faisait, c'était de dire à notre serveur de baisser la climatisation car on gelait, et très souvent la table ne lui plaisait pas. Évidemment, ce qu'elle avait envie de manger ne figurait jamais au menu. « Ah, si seulement ils avaient des sandwiches au fromage grillé, soupirait-elle. Vous ne voulez pas leur demander de m'en préparer un ? » Ce n'était jamais elle qui commandait. Elle expliquait ce qu'elle voulait et comptait sur moi, l'homme de la table, pour communiquer ses désirs. Si un serveur s'adressait à elle, elle répondait : « Mon fils va commander pour moi. » Parfois, quand elle n'aimait pas la façon dont les choses se déroulaient, elle ajoutait, de manière qu'on l'entende : « S'ils connaissaient leur métier, ils sauraient que c'est l'homme qui commande. » Emily, toujours prête à jouer les conciliatrices avec sa grand-mère, essayait de la calmer. « Je crois que ça ne se passe plus comme ça, mamie », disait-elle. « Et certainement pas au TGI Friday », ajoutait sa sœur. Quant à moi, à cette heure-là, j'en avais par-dessus la tête. « Il y a deux cents personnes ici, maman. Il faut choisir ce qui est au menu. » Parfois, Barbara remarquait qu'il y avait des sandwiches au fromage grillé dans le menu enfant. C'était à moi qu'il incombait, alors, de les commander. « C'était parfait », disait ma mère quand elle avait fini et qu'elle était de meilleure humeur.

« Je ne demandais rien de plus. » À ce moment-là, généralement, j'avais bu une ou deux bières ou une margarita. *Pour l'amour du ciel, ferme-la, s'il te plaît, et mange ta Jell-O !* Voilà ce que j'avais envie de lui dire. Les plats du menu enfant étaient toujours accompagnés de Jell-O.

Le deuxième jour de notre voyage, nous fûmes réveillés à l'aube par un appel de la réception du motel. Durant la nuit, quelqu'un s'était introduit dans ma voiture en brisant le pare-brise avec un démonte-pneu. On n'avait rien volé, mais impossible de reprendre la route avant d'avoir passé la matinée à faire changer le pare-brise. Les sièges avant et le plancher furent aspirés, mais de minuscules éclats de verre s'étaient incrustés dans le tissu, et le temps que je revienne au motel où m'attendait impatiemment ma famille, mon caleçon était taché de rouge. Ma mère allait devoir voyager dans l'autre voiture. « Laquelle veux-tu conduire ? » demandai-je à Barbara. Autrement dit : préfères-tu supporter ma mère pendant sept heures dans ta voiture ou avoir les fesses en sang dans la mienne ? Au bout de vingt-cinq ans, elle était habituée à ce genre de choix. Néanmoins, elle sembla réfléchir longuement.

Finalement, nous prîmes une serviette du motel pour la mettre sur le siège, et je m'installai avec précaution derrière le volant. « Essaie de ne pas trop te tortiller », me conseilla ma femme.

Je lui adressai un sourire que j'espérais plein de reconnaissance. « Toi aussi. »

Nous avions loué un grand chalet au bord de Great Pond pour cet été de chasse à la maison et à l'appartement. Les filles s'approprièrent immédiatement le grenier. Elles pouvaient écouter leur musique au casque sans déranger les adultes, et le lac étant à quelques mètres seulement de la terrasse elles pouvaient se baigner quand elles voulaient, c'est-à-dire tout le temps. En fin d'après-midi, Kate et moi allions pêcher, mais nous n'avons jamais rien pris. Et quand le temps le permettait, je faisais des barbecues. Les nuits étaient si calmes que nous entendions le clapotis de l'eau contre l'appontement et très souvent nous nous endormions avec le chant des huards.

Barbara et moi nous étions partagé nos deux tâches principales. Avec l'aide d'un agent immobilier, elle écumait le marché. La plupart des maisons agréables, celles que nous pouvions nous offrir du moins, se trouvaient dans des lotissements en dehors de la ville, alors que nous voulions être *en* ville, près de l'université si possible, mais dans les quelques quartiers corrects, les prix dépassaient nos moyens. L'intérêt d'aller vivre dans une ville industrielle crasseuse, c'était de pouvoir s'acheter une belle maison, pensions-nous. Apparemment, nous avions tort. Barbara revenait un peu plus déprimée de chacune de ses expéditions.

Et elle n'était pas la seule. Ma mission – trouver un logement pour ma mère – n'était pas plus simple. Maintenant que nous n'étions plus sur la route, elle allait mieux, mais c'était toujours un paquet de nerfs, et je savais qu'elle ne retrouverait sa sérénité que quand les choses seraient « réglées », comme elle disait. C'est-à-dire qu'elle ait un logement, que ses affaires soient installées et qu'elle puisse reprendre ses habitudes. Un joli petit appartement d'une pièce, douillet, clair, avec de la moquette, rien d'extravagant. Mais dans une résidence réservée aux personnes âgées (pas de familles avec des enfants). Et elle ne voulait pas entendre parler de « maison de retraite ». Comme elle n'acceptait pas qu'on lui donne de l'argent (du moins pas plus que le nécessaire, comme du temps de Helwig Street), nous constatâmes rapidement qu'elle n'avait pas les moyens de se loger au prix du marché. Cela voulait dire trouver un logement subventionné, dont le loyer serait indexé sur sa retraite. Malheureusement, ces aides fédérales ou locales étaient soumises à des règles strictes, dont la plus gênante était l'interdiction de rejeter des sections 8, des personnes « dérangées », et ma mère refusait de vivre avec ces gens-là. En théorie, elle n'avait rien contre le fait de louer un appartement dans la maison d'un particulier, mais elle ne supportait pas les vieilles installations sanitaires, il fallait donc que la cuisine et la salle de bains soient modernes. En outre, ne pouvant plus monter les escaliers trop raides, elle devrait habiter au rez-de-chaussée, une préférence partagée par la plupart des propriétaires de ces maisons. Mais dénicher un appartement au rez-de-chaussée ne suffisait pas car elle détestait entendre des gens marcher au-dessus de sa tête, il fallait donc qu'il y ait de la moquette sur le plancher de l'étage supérieur. Après une semaine passée à éplucher les annonces dans le journal local, à s'arrêter devant des immeubles pour repartir aussitôt dès qu'elle voyait au bord du trottoir une voiture posée sur des parpaings (une spécialité du Maine), un jardin envahi de mauvaises herbes, ou quand la maison elle-même semblait délabrée, nous découvrîmes que le logement recherché par ma mère n'existait pas, tout simplement, pas à Waterville du moins. Ayant localisé les bons quartiers, nous les parcourions rue par rue en espérant que depuis la veille un panneau « à louer » serait apparu derrière une fenêtre, comme par magie, mais en vain, et chaque jour ma mère était un peu plus abattue. Finalement, je décidai de me rendre à

Colby College, prétendument pour me présenter à mes nouveaux collègues, surtout avec l'espoir de dégotter quelques tuyaux. Comme je l'ai déjà dit, les rares beaux appartements du centre étaient très vite loués par les professeurs et le personnel de l'université. Et la bonne période pour trouver un logement, c'était à la fin mai, un peu avant que l'année scolaire se termine, pas à la mi-juillet. Dans ces conditions, nous avions plus intérêt à chercher du côté de Winslow ou Oakland. Plusieurs personnes me conseillèrent d'aller voir à Farmingdale.

Mais Farmingdale se trouvait à une bonne demi-heure de route, le bout du monde pour ma mère dont l'état se dégradait de plus en plus. L'appartement qu'elle avait imaginé n'était pas seulement clair et propre, avec de la moquette au premier étage et des installations sanitaires modernes, il était situé à quelques pas de notre maison, celle que nous n'avions pas encore trouvée et que nous n'aurions sans doute pas les moyens de nous offrir une fois que nous l'aurions trouvée. Même si nous dénichions la maison parfaite, elle ne serait pas parfaite si elle était trop éloignée. Le soir où une de mes collègues m'appela pour me dire qu'elle venait de repenser à une résidence située à Farmingdale, sur une colline qui dominait la Kennebec River, je proposai, au cours du dîner, de nous y rendre le lendemain car la journée promettait d'être douce et ensoleillée. Nous pourrions manger au bord de l'eau et aller visiter la résidence. Quel mal y avait-il ? Je ne m'attendais pas à ce que cette faible argumentation ait du succès, mais si.

Les appartements étaient effectivement situés sur une colline qui dominait la rivière. Ils étaient propres, les parties communes bien entretenues. Mieux encore : à en croire la pancarte, un logement était disponible.

« C'est affreusement loin de vous », dit ma mère au moment où nous pénétrions dans la propriété. « Ce n'est pas tout près de Waterville, concédai-je. Le problème, c'est que nous ne savons pas où nous allons atterrir. » C'était la vérité. Si ma mère et moi avions élargi le champ de nos recherches, Barbara aussi. Une des plus belles maisons que nous avions vue se trouvait à Winthrop, dans la banlieue d'Augusta, à environ dix minutes de l'endroit où nous étions à cet instant.

L'appartement disponible était une grande pièce au rez-de-chaussée, avec de la moquette, à défaut d'être aussi clair et spacieux que nous l'aurions souhaité. Mais la résidence semblait dater d'une dizaine d'années, les installations sanitaires étaient donc modernes et je fis remarquer la borne de raccordement pour le câble. C'était de loin le meilleur appartement que nous ayons visité et je voyais que ma mère en avait conscience, tout en se disant que ça ne correspondait pas exactement à ce qu'elle avait imaginé. Elle ne demandait pas grand-chose, pourtant. Ne pourrait-elle pas, pour une fois, avoir ce qu'elle voulait ? Dans la cuisine, en présence de la gardienne de la résidence, elle promena le bout de son index sur la surface de la cuisinière.

Dehors, avisant une autre résidence un peu plus haut sur la colline, ma mère voulut en savoir plus car ça paraissait joli.

« C'est pour les familles, expliqua la femme. Et vous disiez que vous n'en vouliez pas, je crois ?

— C'est affreusement près, dit ma mère. Les enfants viennent jusqu'ici ?

— Jamais, répondit la gardienne. Les deux résidences sont totalement séparées.

— Je crois que nous allons continuer à chercher, déclara ma mère en hochant la tête dans ma direction.

Mon fils et sa famille vont vivre à Waterville, ils n'aimeraient pas que je sois si loin. »

Dans la voiture, elle sortit un mouchoir en papier de son sac à main et ne cessa d'essuyer le bout de son index. « Tu as remarqué comme c'était *sale* ? dit-elle. Et ne viens pas me raconter que les enfants ne descendent pas la colline. En plus, elle a avoué qu'ils acceptaient des sections 8.

— C'est une loi fédérale, lui rappelai-je. Si les logements sont subventionnés, ils n'ont pas le droit de refuser les personnes qui ont droit à ces aides. C'était pareil dans l'Illinois, si tu te souviens bien. »

Évidemment qu'elle s'en souvenait. « Tu te rappelles le premier endroit où j'ai vécu ? Avec cette femme répugnante, en face, qui refusait de prendre ses médicaments ? »

Je voyais bien que le fait de ne pas trouver d'appartement la rongeait et, quand on revint au chalet, elle demanda : « Pourquoi il n'y a pas quelque chose comme ça à Waterville ?

— Je ne sais pas, maman, répondis-je. Mais il faut prendre ce qui est au menu. »

Sa bouche se crispa. Je prononçais souvent cette phrase depuis quelque temps.

C'est alors que la chance nous sourit. Deux fois, même. Au cours d'une de ses excursions au printemps, Barbara avait vu une maison qu'elle adorait, mais qu'elle trouvait trop chère. Elle était toujours à vendre, et le prix avait légèrement baissé, mais ce qui la rendait vraiment intéressante, c'était une chose à laquelle nous n'avions pas pensé : les impôts. Mes collègues et quasiment tout le monde, agents immobiliers compris, nous avaient mis en garde contre les taxes foncières affreusement élevées dans cet État. Il ne nous était pas venu à l'esprit que presque partout les gens s'estimaient trop imposés ; une conviction particulièrement vivace dans le Maine. Un après-midi, par curiosité, Barbara s'est installée avec notre agent immobilier et elle a fait des calculs, pour finalement s'apercevoir que cette maison n'était pas totalement inaccessible et que, en comparaison de l'Illinois, les impôts dans le Maine étaient indolores. Certes, votre maison coûtait plus cher, mais un pourcentage moindre de cette somme allait dans la poche de l'État. Ce résultat était un encouragement. Mieux encore : cette maison étant en vente depuis presque deux ans, les vendeurs étaient certainement motivés. Quel mal y avait-il à aller voir ? Question idiote puisque l'amour s'immisce toujours par le regard. Nous avons vu et, évidemment, c'était la maison idéale. De retour à l'agence immobilière, nous avons refait les calculs, avec le même résultat. Ce serait difficile, mais pas impossible. J'appelai mon agent littéraire pour lui demander quels revenus nous pouvions raisonnablement espérer pour l'année suivante, puis nous avons dit à l'agent immobilier que nous déciderions le lendemain matin si nous faisions une offre ou pas, après une nuit de réflexion. Mais, le temps de regagner le lac, nous avions changé d'avis et nous appelâmes l'agent pour lui demander de faire une offre qui nous permettrait de savoir si le terme « motivé » avait le même sens pour les vendeurs que pour nous, quelques mois plus tôt, dans le sud de l'Illinois, quand il était synonyme de « désespoir » ou de « je suis sur le point de prier pour la première fois depuis vingt-cinq ans ».

Nous aurions pu deviner la réaction de ma mère en apprenant que nous avions enfin trouvé notre maison, eh bien non. Elle avait toujours résisté à ma litanie, selon laquelle, le moment venu, elle serait obligée de choisir au menu. Habituellement, elle tenait bon, elle maintenait qu'il suffisait de continuer à chercher, il y avait forcément quelque chose que nous n'avions pas encore trouvé, voilà tout. Et, bien sûr, quand elle disait *nous*, elle parlait de moi. Mais le long trajet depuis l'Illinois l'avait ébranlée plus que nous ne le pensions, tout comme les déceptions immobilières à répétition. Le Maine lui-même – la profonde immobilité des bois, l'humidité et l'odeur de pin du chalet, le chant solitaire des huards sur le lac en pleine nuit – semblait la désorienter ; ces habitudes rustiques étaient les nôtres, pas les siennes, et elle essayait de plus en plus désespérément d'exercer un contrôle sur une petite partie de notre nouvelle existence. Un soir où Barbara et moi devions dîner avec un collègue et son épouse à Belgrade Lake, non loin du chalet, nous laissâmes ma mère seule avec les filles pendant deux ou trois heures. Emily et Kate étaient dans leur grenier adoré, casques sur les oreilles comme toujours pour écouter de la musique et danser. Leur exubérance juvénile devait être insupportable pour ma mère. Finalement, malgré leurs écouteurs, elles l'entendirent qui les appelait du bas de l'escalier. Pour leur demander de faire moins de bruit. Elle essayait de compter ses pièces de monnaie.

Le lendemain, la situation atteignit un seuil critique. Nous venions de négocier toute la semaine avec des vendeurs soudain *démotivés* qui jouaient comme s'ils avaient toutes les cartes en main, ce qui voulait dire que c'était le cas. Apparemment, ils avaient appris que leur acheteur potentiel était professeur à Colby College, et dans une ville industrielle comme Waterville, c'était inespéré pour eux. En outre, nous étions déjà au début du mois d'août ; les cours allaient débuter dans quelques semaines. Sans doute avaient-ils entendu dire également que nous habitions au bord de Great Pond, dans un chalet sans chauffage qui se transformerait en glacière dès la fin du mois de septembre. À leurs yeux, nous étions comme Napoléon. Sur un coup de tête nous avions envahi la Russie, et l'hiver approchait.

Le soir en question, nous étions tous les cinq devant la télé, dont nous avions baissé le son pour entendre le téléphone s'il sonnait. Soudain, par la porte du patio juste entrouverte, car les nuits commençaient à être froides, nous avons entendu un bruit de feuilles de papier que l'on froisse, mais amplifié, comme à travers un mégaphone. Pour une raison inexpliquée, une lumière orange dansait à la surface lisse du lac. Le chalet à deux portes du nôtre était en feu ! D'énormes colonnes de fumée montaient dans le ciel. Tout autour de nous, les habitants de la crique étaient sortis sur leurs vérandas. Quand les flammes jaillirent du chalet pour s'attaquer aux deux sapins les plus proches, je dis : « Je ne veux pas paraître alarmiste, mais nous allons sauter dans la voiture pour monter jusqu'à la route. » À pied, il aurait fallu escalader la colline en suivant le chemin de terre, et ma mère ne gravissait plus les pentes, même en plein jour. Le vent avait beau être faible, il tournait dans notre direction. Je devrais la porter, laissant à Barbara le soin de s'occuper des filles. Nous venions de nous entasser dans la voiture quand les camions de pompiers dévalèrent la route, et nous nous retrouvâmes coincés dans notre allée. En compagnie des voisins, nous regardâmes le chalet brûler entièrement, tandis que les pompiers semblaient se contenter d'empêcher les flammes de se propager d'arbre en arbre et de maison en maison. Comme souvent avec ma mère, face à un véritable problème, un danger évident et immédiat, elle restait d'un calme remarquable ; elle rassura Kate et Emily en leur répétant que tout irait bien, les pompiers savaient ce qu'ils faisaient.

Cet épisode eut pour effet de modifier sa façon de voir les choses. « J'ai changé d'avis au sujet de l'appartement de Farmingdale, annonça-t-elle le lendemain matin au petit déjeuner. Prenons-le. »

Je hochai simplement la tête, de peur de tout gâcher par un enthousiasme excessif. « Tu ne veux pas retourner le voir ?

— Non, j'ai pris ma décision.

— Tu es sûre ?

— Appelons la gardienne maintenant. Comme ça, tout sera réglé. »

À partir de là, nous pûmes contacter les déménageurs et convenir d'une date pour la livraison de ses affaires. De son côté, elle pouvait commencer à faire une liste de courses.

« Apparemment, on va peut-être obtenir la maison que l'on veut », lui dis-je. De fait, cela se produisit le lendemain. « Tu peux habiter avec nous pendant quelque temps si tu as des doutes, ajoutai-je en sentant Barbara se raidir à côté de moi. On peut continuer à chercher.

— Je n'en ai pas. Appelons maintenant. »

Maintenant, ça voulait dire dans la seconde. Tant mieux. J'avais besoin de l'entendre prononcer ces mots. Sinon, si l'appartement de Farmingdale ne lui plaisait pas finalement (et il ne lui plairait pas), elle se souviendrait que c'était entièrement ma faute ; je devais au moins la rendre complice.

Alors, nous appelâmes. L'appartement était toujours disponible. Oui, nous pouvions nous rendre à Farmingdale dans la matinée pour verser une caution. À notre retour, nous prendrions contact avec la compagnie du téléphone, l'opérateur du câble et autres services.

L'après-midi, pendant que Barb et les filles étaient sorties, elle appela sa sœur à Gloversville pour fêter ça avec elle, en lui décrivant l'appartement dans le détail, précisant que la résidence était très calme – que des personnes âgées, pas de sections 8 – et située au sommet d'une colline qui dominait la rivière. Ma tante dut dire que c'était formidable car j'entendis ma mère confirmer. Évidemment, elle s'en était persuadée. « Et tu sais ce qui est encore mieux ? ajouta-t-elle. Ce n'est pas juste un nouvel appartement. C'est une nouvelle vie. »

Quand elle raccrocha, elle rayonnait. « Oh ! Ricko-Mio, dit-elle en m'étreignant. Comme je me sens bien ! Je ne sais pas pourquoi j'ai mis si longtemps à me décider. »

Mais, le soir même, elle commença à redescendre de son nuage hystérique. Les déménageurs de l'Illinois avaient appelé ; ils ne pourraient pas lui livrer ses affaires avant quinze jours. Non, ils ne pouvaient pas lui fournir de date précise car elle avait très peu de choses, et donc ses meubles et ses cartons voyageraient au fond d'un camion qui se rendrait en Nouvelle-Angleterre avec une cargaison plus importante. Et, bien entendu, ses doutes concernant cet appartement avaient refait surface. « Avant d'installer le moindre meuble, il faudra faire tout nettoyer par des professionnels, dit-elle. Tu te souviens de la pellicule de gras sur la cuisinière ? »

Je faillis répondre non car je ne m'en souvenais pas, mais je décidai de dire que oui, c'était tout gras.

« Ce ne sera pas de l'argent gaspillé », ajouta-t-elle, intraitable sur cette question. Une personne extérieure aurait certainement eu l'impression qu'elle parlait de son argent.

Là encore, j'acquiesçai, sincèrement cette fois. Pour le prix d'un nettoyage, nous nous offrions notre tranquillité d'esprit. Temporaire, certes, mais pas moins indispensable pour autant.

PERTURBÉE

« Il est à toi, tu sais », dit ma mère, me faisant sursauter. Elle s'était endormie dans son fauteuil, et cela faisait une heure que, sans bruit, je déposais ses livres dans des cartons en vue d'un nouveau déménagement. Elle habitait maintenant à Winslow, dans son troisième appartement depuis notre installation dans le Maine, dix ans plus tôt. Venait-elle de se réveiller ou m'avait-elle observé en silence ? J'écoutais sa respiration lente et régulière en travaillant et je n'avais noté aucun changement. Je m'efforçais de ne jamais regarder ma mère quand elle dormait. Alors que les autres personnes se détendaient dans leur sommeil, ma mère se crispait, son visage était un masque grimaçant, comme si, même en dormant, elle combattait les démons prêts à avancer dès que sa conscience baissait la garde. Un mois plus tôt, elle avait fait une nouvelle dépression, sérieuse, après quoi elle avait sombré dans un de ces états apathiques qui suivaient souvent une phase maniaque. À l'autre bout du tunnel, il y avait toujours un retour à l'équilibre mental et, pendant quelque temps au moins, elle avait retrouvé sa capacité à voir les choses telles qu'elles étaient, débarrassée de ses pensées acérées et dangereuses. Mais cette dernière crise semblait l'avoir ébranlée plus que les précédentes, et les choses pour lesquelles nous avions livré des batailles rangées autrefois semblaient ne plus avoir aucune importance. Ce qui était à la fois réjouissant et un peu énervant, et durant tout l'après-midi, en mettant les livres dans les cartons pendant que ma mère piquait du nez dans son fauteuil, je ne pus m'empêcher de me demander si quelque chose ne s'était pas brisé en elle, finalement. Je craignais que ce ne soit son esprit. Et j'avais presque la nausée quand je songeais qu'il m'était arrivé, parfois, de souhaiter secrètement que cela se produise, car c'était son indomptable volonté qui alimentait cette guerre coûteuse, perdue d'avance, sa détermination implacable qui était responsable de sa souffrance apparemment infinie. Mais maintenant, en la voyant aussi amorphe et malléable, comme ces dernières semaines, je comprenais que j'avais eu tort de nourrir cet espoir.

« J'aimerais que tu l'emportes chez toi », ajouta-t-elle en parlant de l'exemplaire de l'*Hôtel du Lac* d'Anita Brookner sur lequel je venais de tomber. Je lui avais prêté ce livre un an plus tôt, et à l'époque elle avait affirmé qu'elle l'avait beaucoup aimé, mais quand je lui avais offert d'autres Brookner, elle s'était empressée de dire non, il n'y avait plus assez de place sur ses étagères.

Ce qui était vrai, pensai-je, en mettant le roman de côté. Sa bibliothèque était pleine à craquer, sur la plupart des rayonnages, les livres formaient deux rangées. Mais évidemment, il n'y avait pas que ça. Je n'arrêtais pas de lui acheter ou de lui prêter des livres dont je pensais qu'ils lui plairaient, suffisamment distrayants du moins pour lui faire oublier la liste de plus en plus longue de ses maux. Elle souffrait d'arthrite invalidante dans les doigts, les orteils et le bas du dos. Pour se soulager, elle prenait un anti-inflammatoire qui lui rongeait l'estomac comme si quelqu'un triturait à l'intérieur avec une truelle. Elle avait des reflux gastriques, de l'hypertension et un dérèglement de la thyroïde, autant de problèmes qui nécessitaient un traitement médical, et elle se plaignait de ce que ses jambes se « bloquaient » quand elle devait gravir une pente ou parcourir une certaine distance. Elle souffrait également, par intermittence, d'AIT – de mini-attaques – qui la laissaient épuisée et effrayée, ce qui renforçait les risques d'un nouvel épisode. Et même s'il avait existé un traitement pour tous ces maux, il n'aurait pu lutter contre le cycle incessant de ses angoisses et le sentiment que les murs de son existence se refermaient sur elle.

De temps en temps, je tirais le gros lot, un roman « dans la veine » d'Agatha Christie, de Margery Allingham, de Mary Stewart, ou d'un autre de ses auteurs préférés, mais généralement, après avoir lu quelques pages, elle déclarait que c'était de la camelote, de l'escroquerie, du commercial. Et quand je revenais la voir, les livres étaient posés sur la table près de la porte, dans un sac en plastique hermétique, pour que je les donne à la bibliothèque. Comme le suggérait le sac hermétique, il s'agissait d'un problème de contamination. Ma mère adorait chacun des livres qui peuplaient sa bibliothèque car ils lui avaient offert d'innombrables heures d'évasion. Elle ne voulait pas qu'ils côtoient des ouvrages qu'elle jugeait indignes.

Ce que je pouvais comprendre, plus ou moins, et c'était pourquoi, bien que j'aie déjà dû le faire une dizaine de fois, au minimum, ça ne m'embêtait pas de mettre ses livres dans des cartons à chaque nouveau déménagement. Ma mère possédait ce que l'on pouvait véritablement appeler une bibliothèque. Même si celle-ci comptait moins de cinq cents ouvrages, des livres de poche bon marché en majorité, dont certains avaient été achetés vingt-cinq *cents* en solde, ils exprimaient ses goûts et sa personnalité. Je possédais dix fois plus de livres, mais ce n'était pas une bibliothèque. Ma femme et moi avions mis nos livres en commun depuis longtemps (nos goûts étant compatibles dans l'ensemble, sans être identiques) et un grand nombre de nos étagères accueillaient des ouvrages écrits par d'anciens étudiants ou collègues. Il y avait également une incroyable quantité d'épreuves brochées envoyées par des éditeurs en quête d'un commentaire approbateur. Et, bien entendu, il y avait des livres que, pour une raison ou une autre, je me sentais obligé de lire. Barbara et moi avions le plus grand mal à nous séparer des livres, même ceux que nous n'aimions pas, sachant que derrière les pires échecs se cachait un auteur qui avait trimé amoureusement, pendant Dieu sait combien de temps. C'est du sentimentalisme, évidemment, et si vous y succombez vous ne créerez jamais une bibliothèque, pas comme celle de ma mère, en tout cas. Si un inconnu entrait chez elle, un rapide examen de ses livres lui donnerait une assez bonne idée de la personne qu'elle était, alors qu'il pourrait juste dire de nous : *La vache, ces gens-là ont des tonnes de livres.*

« Pourquoi tu ne veux pas que je t'achète d'autres étagères ? demandai-je en reprenant mon travail. Ton nouvel appartement est plus grand. Je suis sûr qu'il y aura assez de place. »

En vérité, j'espérais provoquer une sorte d'enthousiasme pour ce nouveau logement, tout en sachant que je n'obtiendrais aucune réponse de ce genre. Son prochain appartement, situé dans une structure médicalisée, était affreusement cher (mais nous lui avions caché le prix) et très haut de gamme et ma mère en détestait absolument tout : les activités organisées dans la bonne humeur, le repas de midi pris dans une immense salle, les rampes fixées aux murs dans tous les couloirs (ce qui laissait entendre que toute personne qui ne se déplaçait pas avec un déambulateur avait besoin de s'y accrocher pour se tenir droit), le minibus qui transportait les résidents au supermarché, chez le médecin ou chez le coiffeur (qu'elle ne prendrait jamais car « mon fils se charge de tout ça »). Nous l'avions inscrite sur les listes d'attente d'autres résidences, mais les choses ne progressaient pas assez vite et ma mère me reprochait de ne pas appeler tous les jours pour vérifier. Je lui expliquai que cela revenait à demander si quelqu'un était mort, avait été hospitalisé ou était mal en point car c'étaient la maladie et la mort qui libéraient des places. Alors, au lieu de continuer à attendre, elle avait opté pour cette maison de retraite – qu'elle détestait déjà –, parce que au moins elle serait « installée ».

« Je ne veux pas d'une nouvelle étagère, soupira-telle. Je veux juste que tout cela soit terminé. »

Elle parlait du déménagement, mais pas seulement.

« Rien ne t'oblige à aller où que ce soit, maman, lui rappelai-je. Si c'est trop pénible, tu peux rester ici.

— On a signé un bail.

— On peut le rompre.

— Tu as engagé des déménageurs. On a résilié l'abonnement au câble, le téléphone… tout.

— Oui, mais on peut annuler tout ça. »

Elle se massa les tempes. « Est-ce qu'on pourrait, s'il te plaît, *s'il te plaît*, arrêter de parler de ça ? »

L'appartement de Farmingdale n'avait duré qu'un an. Il était trop loin de Waterville, comme je le savais avant même de le visiter. Nous avions essayé d'atténuer la distance en l'invitant à dîner chaque semaine et en l'emmenant assister à des pièces de théâtre scolaire ou à d'autres activités qui impliquaient ses petites-filles, ainsi qu'à des manifestations universitaires comme la fête annuelle des Chants et Lumières de Noël. Mais, surtout, nous avions cherché à établir un sentiment de continuité en réinstaurant nos habitudes. Le samedi était consacré aux courses, comme autrefois dans l'Illinois, après quoi nous allions déjeuner, elle et moi, une chose qu'elle attendait toujours avec impatience. Et bien sûr, nous nous parlions au téléphone durant la semaine. Malgré cela, elle ne cachait pas qu'elle se sentait isolée à Farmingdale, loin de moi principalement, mais aussi d'Emily et de Kate qui grandissaient à toute vitesse. Il y avait beaucoup de femmes de son âge dans la résidence de Farmingdale, mais elle ne s'était fait aucune amie, affirmant que les habitantes du Maine étaient provinciales, fermées et ennuyeuses. Elles s'intéressaient peu à la politique, encore moins au sport et pas du tout à la mode. Elles aimaient les fruits de mer frits et les pâtisseries lourdes. Elles étaient paresseuses et suffisantes. Elles passaient leur temps à échanger des ragots sur des personnes que ma mère ne connaissait pas, et elles se fichaient de ses opinions.

Alors, quand un appartement situé non loin de notre maison de Waterville était arrivé sur le marché, Barbara et moi nous étions empressés d'aller le visiter. Ainsi, si c'était une porcherie, inutile de lui donner de faux espoirs. Mais c'était un appartement très agréable qui occupait la moitié du rez-de-chaussée d'une grande et vieille maison pleine de coins et de recoins ; le propriétaire et sa femme vivaient à l'angle de la rue. Deux fois plus vaste que l'appartement exigu de Farmingdale, il possédait des fenêtres hautes, une cheminée et une jolie véranda pour s'asseoir l'été. Naturellement, c'était également plus cher, mais nous étions ravis de combler la différence, ou plutôt nous aurions été ravis si nous avions pensé qu'elle serait heureuse dans cette maison. La beauté, voyez-vous, est dans l'œil de celui qui regarde, et Barbara secouait la tête d'un air consterné. Au fil des ans, elle était devenue presque aussi douée que moi pour voir les choses avec les yeux de ma mère, et c'était ce qu'elle était en train de faire. Les installations de la cuisine et de la salle de bains dataient de la même époque que celles de Helwig Street, à Gloversville, et le réfrigérateur ne possédait pas de dégivrage automatique. Dans la buanderie non chauffée, il y avait des prises pour un lave-linge et un sèche-linge, deux choses que ma mère, habituée à vivre en appartement, ne possédait pas. Les superbes meubles encastrés en chêne avaient besoin d'être sérieusement nettoyés. Idem pour les planchers. Ma mère préférait largement la moquette car on pouvait l'aspirer.

« Tu crois qu'elle va détester ? demandai-je.

— Pas immédiatement. Pas avant qu'on ait signé le bail. »

C'était quasiment ce qui s'était passé. Quelques jours plus tard, nous étions dans la cuisine, le propriétaire et son épouse attendaient notre décision dans le salon. Ma mère avait soulevé toutes les objections pertinentes et prévisibles. À cause de son dos, elle ne pourrait pas dégivrer le réfrigérateur. (Pas de problème, on en achèterait un neuf.) Et impossible de se rendre dans une laverie automatique. (Qu'à cela ne tienne, on dénicherait un bon lave-linge – sèche-linge d'occasion.) Elle détestait le parquet. (Quelques tapis feraient l'affaire.) Ayant deviné la suite, Barbara avait quitté la pièce. « Et bien entendu, tout aura besoin d'être nettoyé par des professionnels », avait-elle ajouté *sotto voce* en promenant son index sur la cuisinière. « Tout est recouvert d'une pellicule de graisse. » (De la pièce voisine nous était parvenue la voix de l'épouse du propriétaire : « Qu'est-ce qu'elle a dit ? »)

Nous avions donc signé le bail et, de retour chez nous, ma mère avait appelé ma tante à Gloversville pour lui parler de son nouveau logement, en ajoutant qu'il lui rappelait la maison de Helwig Street, et qu'elle serait tout près de nous. À l'entendre, elle déménageait pour moi. J'en avais assez, d'après elle, de supporter une demi-heure de voiture jusqu'à Farmingdale pour l'emmener faire ses courses. Maintenant, nous pourrions faire nos emplettes ensemble à Waterville et elle serait véritablement intégrée à la vie d'Emily et de Kate, comme avant. Son enthousiasme, je le savais, était davantage destiné à elle-même qu'à sa sœur. Elle se passait un de ses « sacrés savons » ; elle se persuadait qu'elle faisait le bon choix, que tout irait bien, enfin.

Et pendant quelque temps, les choses s'étaient améliorées en effet, avant de finir par se dégrader. C'était une vieille maison et les hautes fenêtres, si elles étaient élégantes, ne coulissaient pas très bien de haut en bas et les carreaux vibraient quand le vent soufflait ou quand un gros camion passait. L'été, la rue était trop bruyante, trop chaude pour s'asseoir sur la véranda, du moins l'affirmait-elle. Ses voisins n'étaient pas âgés, ce qui voulait dire qu'ils faisaient du bruit. La femme qui occupait l'appartement du dessus avait le pas lourd et elle écoutait de la musique. À travers le mur de sa chambre, ma mère entendait la locataire de l'appartement voisin – une jeune femme triste et inconsolable – pleurer le départ de son petit ami. Je lui rendais visite souvent, sans rien entendre de tout cela, mais la maison était vieille, effectivement, et pleine de bruits.

Il y avait cependant d'autres désagréments, inévitables, mais réels. Si ma mère vivait plus près de nous désormais et voyait plus régulièrement ses petites-filles, celles-ci allaient au collège et au lycée et elles avaient leur vie, avec un tas d'amis. Barbara travaillait à temps plein à Colby College ; quant à moi, j'écrivais et j'enseignais, alors, même si ma mère habitait à trois minutes de chez nous au lieu d'une demi-heure, elle ne nous voyait pas dix fois plus : les calculs arithmétiques se révélaient erronés, comme toujours semblait-il avec ma mère. Et maintenant qu'elle ne vivait plus dans une résidence pour personnes âgées, quand elle se rendait à la boîte aux lettres elle ne rencontrait pas d'autres femmes de son âge pour parler, même brièvement, du temps qu'il faisait, pour savoir qui avait attrapé un rhume ou reçu de la visite au cours du week-end. Quand je l'appelais en fin de journée pour prendre de ses nouvelles, la première chose qu'elle me disait, avant même « bonjour », c'était : « Tu te rends compte que ta voix est la première que j'entends depuis ce matin, à part la télévision ? »

Et puis, un jour, une chauve-souris est tombée dans la cheminée, et voilà. Nous étions à Winslow, à dix minutes, sur l'autre rive de la Kennebec River, où j'avais déniché une petite résidence pour personnes âgées, et finalement, cela arriva au bon moment. À dire vrai, nous n'avions jamais cru que ce logement de Winslow conviendrait mieux que les autres, et pourtant si, car contre toute attente ma mère s'était fait une amie là-bas, une femme de son âge, venue « de loin » elle aussi, et donc sans attaches. Dot était une personne gentille, douée d'un formidable sens de l'humour, et qui semblait posséder les énormes réserves de patience que nécessitait cette amitié. Elle avait de la famille dans le sud de l'État, et parfois elle parlait de déménager pour s'en rapprocher, ce qui avait pour effet d'affoler ma mère.

Dot était une des nombreuses raisons qui nous incitaient à envisager ce futur déménagement avec scepticisme. J'étais tout à fait disposé à accomplir le trajet chaque semaine pour emmener ma mère faire des courses ou partout où elle voulait aller. Certaines semaines, si elle avait rendez-vous chez le médecin, je devrais effectuer deux fois l'aller-retour, un gros effort, mais c'était faisable. Et, bien entendu, nous pourrions nous parler au téléphone. Toutefois, il n'existait aucune certitude qu'elle trouverait quelqu'un qui lui plairait autant que Dot. Mais ma mère se targuait de deviner l'avenir. Si elle restait à Winslow, elle se retrouverait seule le jour où Dot partirait. D'accord, avais-je dit, mais pourquoi ne pas attendre ce moment-là pour déménager ? Pourquoi ne profitait-elle pas de son amie le plus longtemps possible ? Le simple fait d'envisager un déménagement dans un avenir plus ou moins proche signifiait qu'elle n'était pas bien là où elle était. Alors, non, elle s'en irait. Et si elle ne trouvait pas une nouvelle amie, elle s'en passerait.

« Et voilà, dis-je en scotchant son dernier carton. C'est terminé.

— Tu devrais rentrer chez toi, me dit-elle avec un de ses sourires tristes. Tu as des responsabilités là-bas.

— Maman. On n'a plus à s'occuper de quoi que ce soit, lui rappelai-je. Je reviendrai une heure avant l'arrivée des déménageurs. On les laisse entrer et on s'en va. Ils vont tout emporter d'ici et tout décharger là-bas. »

Je m'attendais à ce qu'elle s'oppose à cette nouvelle stratégie. Par le passé, elle avait toujours insisté pour être là lors du chargement et du déchargement, comme si sa présence physique et l'attention portée aux plus petits détails empêcheraient que soient endommagés des objets qui, une fois remis à leurs places appropriées et habituelles, reconstitueraient leur petit monde intérieur. Les poussées d'angoisse qui en résultaient au cours des semaines précédant un déménagement la rendaient impossible à vivre, et naturellement elle était totalement anéantie au cours des semaines suivantes, trop épuisée même pour se nourrir. Depuis quelques années, elle chancelait, sa démarche était devenue instable (en fait, elle avait besoin des rampes dont étaient équipés les murs de sa nouvelle résidence). Comme elle avait le chic pour se placer sur le chemin des déménageurs quand ils transportaient des choses lourdes ou fragiles, elle représentait un danger pour elle et pour eux. Et si par malheur un objet était sali ou éraflé à bord du camion, elle poussait des cris d'effroi et exigeait que tout soit nettoyé immédiatement, avant de franchir le seuil de son appartement, si bien que tout s'arrêtait. La disposition du moindre meuble était une guerre en soi et le bon sens n'était pas autorisé à pénétrer sur le champ de bataille. Si la prise du câble se trouvait sur un mur, ma mère tenait à ce que le poste de télé soit contre le mur opposé, inévitablement, ce qui obligeait l'opérateur à envoyer un technicien pour installer une nouvelle prise. Aucun adepte du feng shui ne pouvait aborder avec plus de sérieux l'agencement d'une chambre, qu'elle devait « sentir », sans tenir compte de l'aspect fonctionnel. S'il n'y avait que deux prises électriques dans une pièce, vous pouviez compter sur ma mère pour les cacher derrière des meubles, après quoi il fallait faire appel à un électricien pour en installer une ou deux supplémentaires.

J'étais bien décidé à éviter cette angoisse inutile en lui faisant quitter l'appartement de Winslow dès l'arrivée des déménageurs et en l'accueillant dans notre maison de Camden pour la journée, en attendant que ses affaires soient installées dans son nouveau logement. À cet effet, j'avais tracé un plan des lieux et lui avais demandé de choisir où devaient se trouver les plus gros meubles, en précisant qu'elle n'était pas tenue par ce choix et que tout pourrait encore être déplacé plus tard, en cas de besoin.

« Tu n'auras absolument rien à faire, dis-je pour la rassurer. Tu n'as pas à t'inquiéter. Appelle-moi en cas de problème. »

Il me suffisait de la regarder pour savoir que son imagination galopait déjà. Et si jamais ils lui coupaient le téléphone trop tôt ? Et si elle ne pouvait pas me joindre. Et si ? Et si ? Et si ?

« Tu préfères venir avec moi à Camden maintenant ?

— Dot et moi, on va au restaurant manger des fruits de mer. Tu as oublié ?

— Non, je n'ai pas oublié. Et je sais que tu attends ce moment avec impatience. C'était juste une proposition. Je t'appellerai demain. On reparlera de tout ça si tu veux. Tout ira bien. »

J'étais à mi-chemin de ma voiture quand sa porte s'ouvrit derrière moi, et je l'entendis qui m'appelait.

« Quoi ? » demandai-je en me retournant. Elle brandissait le Anita Brookner. Vous voyez ? J'oubliais des choses. J'avais oublié ce livre, en tout cas. *La preuve* que les choses pouvaient mal se passer.

En fait, même si elle ne le disait pas, tout se passait mal.

Sa dépression la plus récente avait été occasionnée par un certain nombre de facteurs liés qui pouvaient se résumer à ceci : nos vies changeaient. Grâce au succès du film que Robert Benton avait tiré de mon roman *Un homme presque parfait* et à quelques propositions d'écrire des scénarios, j'avais quitté mon poste à Colby College pour écrire à plein temps, une décision que ma mère trouvait à la fois irréfléchie et dangereuse. Vingt ans plus tôt, elle avait eu la même réaction face à ma décision soudaine de devenir romancier, un acte d'orgueil démesuré, pensait-elle, qui menaçait ma carrière stable de professeur d'anglais. Mes récents succès en tant qu'écrivain étaient tangibles, mais pour elle, ils demeuraient totalement inexplicables. Elle lisait chaque critique avec une authentique fierté, et souvent même elle les découpait ; elle se délectait des prix modestes que remportaient mes livres. Si elle en avait eu les moyens, nul doute qu'elle aurait engagé des tueurs pour liquider les journalistes qui avaient l'audace de douter de mon génie. Après la sortie du film *Un homme presque parfait*, le roman fit une brève apparition dans la liste des best-sellers du *New York Times,* et elle en fut sidérée. Elle résuma la chose ainsi : « C'est comme si ça arrivait à quelqu'un d'autre », et je ne pouvais qu'approuver car j'avais un peu la même impression.

À quelques commentaires qu'elle laissa échapper, je compris qu'elle était totalement déconcertée par le nombre de gens qui, apparemment, avaient envie de lire des histoires se déroulant dans des trous paumés semblables à celui dont elle avait voulu s'enfuir à tout prix. Plus déroutant encore : non seulement j'écrivais des romans sur ces endroits, mais en plus j'y retournais régulièrement. Pourtant, je possédais un doctorat et un passeport valide et je gagnais correctement ma vie au milieu de collègues distingués. Alors, pourquoi allais-je « m'encanailler » (par l'imagination) à Gloversville ? Sans doute était-elle convaincue qu'à court terme les gens décideraient qu'ils en avaient assez des histoires qui se passaient dans des villes industrielles crasseuses, et si je quittais mon travail, que me resterait-il ?

Le succès de mes écrits de fiction se heurtait violemment à sa propre expérience, et à l'idée profonde qu'elle se faisait du fonctionnement du monde. Après tout, elle avait grandi durant la Dépression. À ses yeux, mon métier de professeur était aussi solide que l'université qui m'employait. Puisque Colby ne risquait pas de s'envoler et puisqu'on ne pouvait pas me retirer mon poste, alors j'étais paré pour la vie, ou pour reprendre son expression : *installé*. Pourquoi aller au-devant du désastre en m'exposant à des risques inutiles ? Pourquoi choisir l'instabilité ? Je recevais un joli chèque tous les quinze jours, alors que la vie d'un écrivain était faite de festins ou de famine. Les festins n'étaient pas seulement aléatoires, ils s'accompagnaient d'un tas de « si » et de « quand » – du genre : *si* tu arrives à terminer le livre sur lequel tu travailles et *quand* tu pourras le rendre – et ces incertitudes étaient du bois sec qui n'attendait plus qu'une étincelle pour provoquer une déflagration. Nous avions déjà une fille à l'université, l'autre allait bientôt la rejoindre. Pouvions-nous assurer ces frais exorbitants grâce uniquement à ce que j'écrivais ? Je l'assurai que oui et tentai de lui expliquer que mon travail d'enseignant était contre-productif et que le temps passé en cours diminuait plus qu'il n'augmentait mes revenus potentiels, mais c'était peine perdue. Pour elle, quitter mon poste de professeur n'était pas uniquement de la folie, mais un type particulier de folie qu'elle connaissait bien. Quarante ans plus tôt, sur un coup de tête, elle avait quitté une bonne place, et regardez où ça l'avait menée.

Cela allait même plus loin que ça. Parmi les certitudes auxquelles ma mère était très attachée, il y avait l'idée que nous nous étions fait un serment, elle et moi, du temps de Helwig Street. Tous les deux, nous ferions front face à toutes les formes d'opposition que prenait le monde extérieur : ses parents, mon père, Gloversville, les soucis d'argent. Aujourd'hui, quarante ans plus tard, j'étais un adulte avec une femme et des enfants, mais ce lien originel, pensait-elle, restait en vigueur. Même si elle aimait beaucoup Barbara, même si elle adorait ses petites-filles, rien de tout cela ne pouvait altérer cette relation initiale qui, dans son esprit, nous rendait indivisibles. Elle ne nous avait jamais considérés comme deux personnes distinctes, mais plutôt comme une entité unique, bizarrement séparée par le temps et le sexe, tels deux jumeaux nés à vingt-cinq ans d'écart et faits, d'une manière étrange, pour partager un même destin. Si je m'apprêtais à commettre une erreur colossale, son devoir l'obligeait à l'empêcher, c'était une obligation morale. Ayant été orgueilleuse elle-même, elle savait ce qui venait après l'orgueil. De surcroît, cet orgueil faisait courir à mon propre avenir, mais aussi à celui de ma famille et, oui, à elle-même, un danger inutile. Car au cas où les choses tourneraient mal, un fils qui ne reconnaissait pas la primauté du contrat de Helwig Street était capable, si les ressources venaient à manquer, de faire passer son épouse et ses enfants avant elle. Je ne pense pas que ma mère était parvenue à ces conclusions de manière consciente ; c'étaient des murmures permanents, ambiants, nés dans un tréfonds obscur, aussi incontestablement réels que tout ce qui l'entourait pour la simple et bonne raison que, même pendant son sommeil aux mâchoires crispées, jamais ils ne se taisaient.

Malgré tout, ma mère aurait peut-être pu se passer un sacré savon et réussir à contrôler la majeure partie de ses angoisses si je n'avais pas aggravé les choses en lui annonçant, peu de temps après avoir quitté mon poste de professeur, notre intention de déménager sur la côte. Même si elle comprenait la logique de cette décision. Maintenant que je n'étais plus lié à l'université, plus rien ne nous retenait à Waterville. Quelques années plus tôt, nous avions acheté à Camden un appartement en copropriété qui nous servait de refuge le week-end et l'été. C'était une construction de deux étages qui occupait un bon quart d'une ancienne église méthodiste. Notre appartement, situé sous le plus petit des deux clochers, était un endroit lumineux et aéré, surtout la chambre principale, tout en haut, d'où nous avions vue sur le port. Barbara et moi adorions cet endroit, mais nous dûmes reconnaître, finalement, que ce n'était pas pratique. D'abord, nos filles allaient déjà au lycée à l'époque et elles ne supportaient pas qu'on les arrache à leurs amis et à leurs activités de Waterville. Ensuite, bien qu'elle ne l'ait jamais exprimé ouvertement, cela contrariait ma mère. Si nous passions le week-end là-bas, j'étais obligé de l'emmener faire ses courses le vendredi à la place du samedi, jour dévolu à cette activité depuis très longtemps. Et l'été, même si nous l'invitions fréquemment, elle se sentait abandonnée. Elle aimait bien Camden, ses boutiques et ses restaurants qui offraient un contraste éclatant avec l'ambiance sombre et moribonde de Waterville, et cependant les collines, si belles, lui procuraient un sentiment de frustration et de défaite. Tous les endroits où elle avait envie d'aller se trouvaient à cent mètres de notre porte, mais en bas de la colline. Si elle n'avait aucun mal à s'y rendre, une fois arrivée, elle n'avait plus assez de forces dans les jambes pour faire le trajet en sens inverse et cela voulait dire que la personne qui l'accompagnait devait remonter chercher la voiture. La partie rationnelle et raisonnable de son cerveau comprenait notre préférence pour Camden, son éclat et son animation ; mais la partie irrationnelle, craintive, nourrissait l'idée que nous avions délibérément choisi un endroit où elle ne pouvait pas nous suivre, ni vivre normalement si elle s'y rendait. Voilà précisément le genre de conflit qu'elle cherchait en permanence, et en vain, à résoudre. D'un côté, nous ne l'avions jamais abandonnée une seule fois en trente-cinq ans. De l'autre, nous donnions toujours l'impression d'être sur le point de le faire.

En outre, le plus terrible de ses démons personnels était celui qui se logeait dans les détails, et cela était particulièrement vrai de notre projet d'aller vivre sur la côte. Si nous avions pu lui fournir une série de dates gravées dans la pierre – pour vendre la maison de Waterville, trouver une nouvelle maison à Camden, lui dénicher un nouvel appartement et pour les déménagements eux-mêmes –, elle aurait pu les noter sur son calendrier et les rayer, une par une, comme elle l'avait toujours fait avec les jours de fête sur le calendrier liturgique. Or nous n'avions rien de « sûr » à lui offrir. Le prix de l'immobilier étant plus élevé sur la côte, il était tout à fait possible que nous n'ayons pas les moyens de nous offrir ce que nous cherchions… mais peut-être que la chance nous sourirait. Pour compliquer encore les choses, plusieurs usines des environs de Waterville venaient de mettre la clé sous la porte et la moitié de la ville était à vendre, ce qui voulait dire que nous allions avoir du mal à nous débarrasser de notre maison, un impératif pour pouvoir en acheter une autre à Camden.

Ce n'étaient là que les difficultés apparentes. À supposer que nous trouvions une nouvelle maison après avoir réussi à revendre l'ancienne, qu'arriverait-il ensuite ? Impossible de le prévoir avec certitude. En temps normal, le besoin qu'éprouvait ma mère de se sentir « installée », de retrouver ses vieilles habitudes dans un environnement différent aurait été un plus, mais là, il y avait trop de variables pour prédire comment les choses allaient se passer. Si nous louions un appartement sur la côte pour l'installer, six mois ou un an pouvaient s'écouler avant qu'on la rejoigne, et jamais elle ne resterait aussi longtemps dans un endroit inconnu, à une heure de nous. Si nous emménagions en premier, le même délai risquait de survenir dans l'autre sens car le logement des personnes âgées était aussi problématique qu'à Waterville. Les choix plus nombreux allaient de pair avec des prix plus élevés, et ma mère serait encore plus dépendante de nous financièrement. Partout où nous nous renseignions, il y avait des listes d'attente. Combien de temps devriez-vous attendre un appartement dans une résidence qui en comptait douze si trois personnes se trouvaient devant vous ? Ou huit personnes dans une résidence de vingt-cinq appartements ? La réponse à ces deux questions était la même : le temps qu'il faudrait. Si j'inscrivais ma mère trop tôt sur la liste et si un appartement se libérait avant qu'elle soit prête ?

Nous lui avions présenté un Rubik's Cube d'options, et nous aurions dû savoir qu'elle serait déroutée. Tout ce que nous pouvions faire, c'était l'assurer que nous nous occuperions de tout le moment venu. D'ici là, elle devait se montrer patiente. C'était une stratégie vouée à l'échec, mais nous n'en n'avions pas d'autre. C'était ça ou bien…

Au cours des trente-cinq dernières années, Barbara et moi avions évoqué tour à tour l'inévitable question du « ou bien ». Cette fois, ce fut Barbara. Nous *avions* le choix, me rappela-t-elle. Soit nous demandions à ma mère de vivre dans l'incertitude jusqu'à ce que nous puissions tout arranger, soit nous mettions nos propres vies en attente. Nous n'étions pas *obligés* de vivre sur la côte pour être heureux. J'avais quitté l'université, mais Barbara y travaillait encore et elle aimait son travail. Nous n'étions pas *obligés* de déménager ; nous en avions envie, voilà tout. La question que nous devions formuler correctement, avant d'y répondre avec soin, était celle à laquelle nous avions déjà été confrontés si souvent. En définitive, faire ce que nous avions envie de faire – ce que d'autres personnes comme nous semblaient faire sans y penser – en valait-il vraiment la peine ? La récompense était-elle à la hauteur des risques ? Ma mère n'était plus très jeune et sa santé se dégradait de manière évidente. Même si nous avions réussi à gérer ses deux derniers déménagements, dont elle était à l'origine, autant qu'elle nous l'avait permis, il lui avait fallu de longs mois pour s'en remettre. Un nouveau déménagement – contre sa volonté cette fois – pouvait lui être fatal. Pourquoi ne pas tout mettre en attente ?

Face à cet argument convaincant, ma réponse tenait en un seul mot : les gènes. Certes, la santé de ma mère déclinait, mais ma grand-mère avait souffert elle aussi d'hypertension artérielle, de dérèglement thyroïdien, d'arthrite invalidante et de mini-attaques, et elle avait vécu plus de quatre-vingt-dix ans, comme toutes ses sœurs. À l'inverse, mon père n'avait pas fêté ses soixante-cinq ans, tout comme deux de ses frères, idem pour les parents de Barbara. Si ma mère vivait jusqu'à quatre-vingt-dix ans, nous aurions soixante ans quand nous pourrions prendre en toute liberté des décisions concernant nos vies. J'étais un Russo mâle, une lignée marquée par ses propres défis génétiques, au premier rang desquels figurait le cancer. Ajoutez-y un problème environnemental : j'avais grandi à Gloversville où le nombre de cancers était largement supérieur à la moyenne, selon les statistiques. Autrement dit, si ma mère atteignait les quatre-vingt-dix ans, il était probable qu'elle me survive. Quand je téléphonais à mon cousin Greg et que je lui demandais des nouvelles de ma tante, il plaisantait toujours en répondant que ces vieilles femmes – sa mère et la mienne – nous enterreraient tous les deux. Sauf que ce n'était pas une plaisanterie. Quand, au cours de ces trente-cinq dernières années, demandai-je à ma femme, avions-nous eu le privilège de prendre une décision capitale sans aucune influence extérieure ? Nous devions toujours penser aux besoins de ma mère avant de penser aux nôtres. Nous avions bien mérité un répit. N'avions-nous pas gagné le droit de penser d'abord à nous pour une fois ? Ce n'était pas comme si nous projetions de l'abandonner. Nous lui trouverions un endroit agréable pour vivre, comme nous l'avions toujours fait. Nous prendrions en charge les frais qu'elle ne pouvait pas assumer et ferions en sorte que le déménagement soit le moins stressant possible.

J'avais raison, évidemment, et Barbara le reconnut. Après tout, elle m'opposait le même argument depuis trente-cinq ans chaque fois que venait mon tour d'aborder le redoutable « ou bien ». Le problème, c'était que j'avais tort également, et nous le savions l'un et l'autre. Aussi ne fus-je pas surpris quand Barbara évoqua mon grand-père. « Quel était son dicton, déjà ? » demanda-t-elle. Il avait toujours un tas d'aphorismes à sa disposition, mais je savais très bien auquel elle faisait allusion.

« Avec ta grand-mère, tu as toujours le choix, aimait-il répéter quand j'étais enfant. Tu peux faire ce qu'elle veut ou regretter de ne pas l'avoir fait. » Il parlait de sa femme, évidemment, mais il aurait pu tout aussi bien parler de sa fille obstinée. En fait, c'était le cas.

La maison que nous achetâmes à Camden, pour finir, était une vieille demeure élégante. Et un gouffre financier potentiel. Sous sa réincarnation la plus récente, elle avait pris la forme d'un logement pour trois familles. Les locataires principaux avaient vécu au rez-de-chaussée de la maison principale, là où se trouvaient la chambre la plus grande et une jolie salle de bains. Au premier étage, il y avait deux autres chambres, plus petites, et un minuscule appartement doté de sa propre entrée. À une époque, un grand garage avait été ajouté derrière la maison et, au-dessus, un second appartement, plus vaste, avec un grenier au deuxième étage. Au départ, nous n'étions pas intéressés, mais Chris, notre agent immobilier, savait que j'étais écrivain et il pensait que le grenier ferait un formidable espace de travail. « Et si vous aménagez le petit appartement, dit-il, il pourra accueillir votre mère. » Dès le départ nous l'avions mis au courant du défi qui s'offrait à nous : non seulement nous devions vendre notre maison de Waterville et trouver quelque chose d'abordable à Camden, mais nous devions également trouver un logement pour ma mère. Il avait promis de guetter les occasions qui se présenteraient.

« Rien ne vous y oblige », ajouta-til avec un sourire en voyant que sa proposition avait fait blêmir Barbara. Une race très observatrice, les agents immobiliers. Ma femme rejoindrait leurs rangs ultérieurement.

Toutefois, Chris avait raison au sujet de l'espace de travail, et même si la maison principale nécessitait beaucoup de travaux, ça correspondait à ce que nous recherchions. L'installation électrique n'était pas aux normes (un chantier coûteux) et la cuisine était restée enlisée dans les années 1960. Un grand nombre de fenêtres avaient besoin d'être remplacées. Mais le véritable problème, c'était le minuscule appartement délabré. Nous n'avions aucune intention de le louer, alors qu'en faire ? Prétendre qu'il n'existait pas ? D'un autre côté, c'était une des raisons pour lesquelles cette maison était dans nos prix. Elle était en vente depuis plusieurs années, d'après l'agent du vendeur, car les acheteurs potentiels étaient rebutés par la séparation en trois espaces familiaux. Il pensait qu'elle serait finalement achetée par un promoteur qui ferait des aménagements et louerait les trois logements. À cause du petit appartement, cette maison n'était définitivement pas pour nous, mais elle avait quelque chose, quelque chose qui m'incitait à ne pas tirer un trait dessus d'emblée. Peut-être était-ce dû au fait que nous cherchions depuis des mois en vain. Quoi qu'il en soit, je suggérai que nous retournions voir cet appartement encore une fois, en partant du principe que si nous envisagions la maison sous son pire aspect, nous aurions moins de mal à renoncer à ce qui nous plaisait.

Vous entriez dans l'appartement par la cuisine et immédiatement, vous pensiez : Non, non, non, trois fois non. Les appareils électriques étaient si vieux et sales que j'imaginai aussitôt ma mère passant son index sur la surface de la cuisinière. Le linoléum taché et fendu se décollait du sol. Le salon était bas de plafond et si exigu qu'il pourrait à peine accueillir un canapé, une table basse et peut-être un petit poste de télé dans un coin. La chambre avait les dimensions d'un placard encastré ; on pouvait y mettre un lit une place avec une table de chevet, ou un lit deux places sans table de chevet. Dans la salle de bains, quand vous vous asseyiez sur les toilettes, vos genoux touchaient la douche d'un côté, le mur de l'autre. Le seul bon point était la véranda vitrée qui donnait sur le patio derrière la maison. Je sortis et restai là un instant. En hiver, on entrapercevait l'océan à travers les arbres nus. Je nous imaginai assis là, l'été, en train de lire, rafraîchis par la brise venue du large. Ce serait agréable.

Dans le minuscule appartement étouffant, Barbara et Chris attendaient que je revienne sur terre pour que nous puissions nous en aller. En entrant, j'eus une illumination. « Là où vous êtes, dis-je, ce sera notre chambre. »

Chris ouvrit de grands yeux. Ma femme fronça les sourcils. Quelle chambre ? Pas la sienne, certainement pas.

Mais en une fraction de seconde, je vis qu'elle me suivait, je lisais dans son esprit la même chose que dans le mien, et, avant que j'aie terminé mes explications, elle m'avait devancé. Il fallait supprimer la cuisine, abattre le mur qui la séparait du salon, ainsi que celui qui se trouvait entre la chambre et la salle de bains. Les quatre pièces exiguës n'en formant plus que deux, l'appartement pouvait devenir une « suite » relativement luxueuse, avec sa propre véranda. Chris nous regardait avec un large sourire. « C'est pour des moments comme celui-ci, dit-il, que je suis agent immobilier. »

Au lieu de retourner à Waterville comme prévu, nous prîmes une chambre au bed and breakfast, et au cours du dîner, dans le restaurant de fruits de mer local, autour d'une bouteille de vin, nous fîmes des calculs, en nous efforçant de contenir la montée de notre excitation irrationnelle. C'était impossible. Nous avions les moyens d'acheter la maison ou d'effectuer les travaux d'aménagement, mais pas les deux. À moins d'étaler tout cela sur plusieurs années. À moins d'emménager dans le loft au-dessus du garage pendant que les travaux s'effectuaient dans la grande maison. À moins de vendre un autre scénario. À moins de vendre la maison de Waterville qui, sur le marché depuis un mois, n'avait pas encore reçu une seule visite. À moins de dénicher un logement à proximité pour ma mère. En outre, nous devrions engager un ingénieur civil pour être sûrs de ne pas abattre des murs porteurs. Et il faudrait faire venir les filles pour savoir si elles se voyaient retourner dans cette maison plus tard, avec leurs propres enfants. Mais au moment même où nous avions imaginé ce que nous pouvions faire de cette maison, comment ses nombreux défauts pouvaient être transformés en atouts, nous l'avions déjà achetée dans notre tête. À nous de gérer l'impossible.

Et ma mère ? Eh bien, à vrai dire, elle n'avait joué aucun rôle dans notre réflexion, jusqu'à ce qu'un soir, peu de temps après, en rentrant tard à la maison, nous trouvions un message sur le répondeur. Je devais la rappeler dès mon retour, à n'importe quelle heure. OK, pensai-je. Le moment est venu. On va payer. Je composai le numéro.

Elle décrocha dès la première sonnerie. Elle réfléchissait à la question depuis longtemps, me dit-elle, d'un ton de défi, enflammé. Et elle avait pris une décision importante. Elle rentrait chez elle.

Retourner à Gloversville une fois de plus était peut-être une idée folle, mais elle n'était pas nouvelle, loin de là. Autant que je pouvais en juger, elle avait commencé à germer dans le chalet que nous avions loué lors de notre arrivée dans le Maine, puis elle avait progressé et s'était éloignée au gré des fluctuations de son esprit. Le problème (j'en avais conscience depuis notre voyage dans l'Arizona), c'était qu'il existait deux Gloversville aux yeux de ma mère, celui qu'elle avait toujours essayé de fuir quand elle y vivait et l'autre, qu'elle considérait, avec nostalgie, comme son vrai foyer chaque fois qu'elle s'en éloignait. Quand elle y habitait, c'était un endroit minuscule, isolé, fruste, borné, qui l'empêchait d'être elle-même : libre, anticonformiste, sans entraves. Mais dès qu'elle quittait le nid, ces choses qu'elle détestait prenaient un aspect plus séduisant. La petitesse tant abhorrée devenait synonyme de confort, pas besoin de voiture pour vivre là. Les personnes chères, celles-là mêmes qui violaient votre intimité et vous abreuvaient de conseils inopportuns, se trouvaient juste à côté. Et, vues de loin, elles paraissaient moins indiscrètes que prévenantes et bienveillantes ; leur sollicitude était un filet de sécurité.

Il me fallut plus de temps pour comprendre que, de même qu'il existait deux Gloversville, ma mère avait également deux sœurs. En vérité, Phyllis et elle n'auraient pas pu avoir deux tempéraments plus opposés, et quand ma mère vivait là-bas, c'étaient toujours leurs différences qui définissaient leurs relations. Ma mère voyait en ma tante quelqu'un de conventionnel, toujours prêt à s'ingérer dans les affaires des autres et à juger ; des traits de caractère hérités de leur mère, pensait-elle. Les points de discorde étaient nombreux, mais ce qui exaspérait ma mère, c'était que les ambitions de sa sœur et de l'homme qu'elle avait épousé, mon oncle Mick, ne dépassaient pas les limites de la ville. Pour mon oncle, qui avait grandi dans une ferme et était trop jeune pour avoir fait la Seconde Guerre, Gloversville représentait la grande ville et il ne cachait pas qu'il y était très attaché. Leur fils aîné, Greg, mon cousin et ami d'enfance, était parti à l'université, mais il était revenu pour épouser une fille du cru et vivre avec un salaire de misère. Sa femme et lui habitaient près de chez ma tante et mon oncle, et près de chez eux habitait la mère de Mick, Beatrice. Que trois générations vivent dans le même pâté de maisons, c'était une chose que ma mère avait trouvée plus que dérangeante à l'époque où elle était revenue s'installer dans Helwig Street avec ma grand-mère. Ils entraient les uns chez les autres, sans même frapper, ils fouillaient dans les réfrigérateurs sans vergogne et se servaient sans demander la permission. Dépourvus de toute notion élémentaire d'intimité, ils ne voyaient aucune raison de ne pas commenter les faits et gestes des autres. Comment pouvait-on supporter de vivre ainsi ?

Mais dès qu'elle était loin de Gloversville, ma mère percevait les choses sous un autre angle, et à mesure qu'elle vieillissait, sa nostalgie pour cette promiscuité qui l'avait toujours étouffée s'amplifiait. « Comme on était heureux dans Helwig Street », se remémorait-elle, les yeux embués par les souvenirs, comme si nous avions été cruellement chassés du paradis. « On n'avait pas beaucoup d'argent, concédait-elle, en imaginant bizarrement que c'était l'unique obstacle à notre bonheur, mais tout paraissait si *paisible*. Tu te souviens comment on cognait sur le sol ? » Je m'en souvenais. Quand nous voulions parler à mes grands-parents, ou eux avec nous, nous cognions sur le sol de la cuisine (et eux au plafond) avec un manche à balai, et nous nous réunissions dans le couloir du fond, sans nous voir, mais suffisamment près pour nous entendre même en chuchotant. À l'époque, je considérais le manche à balai comme un des nombreux avantages de cette cohabitation sur deux étages et supposais que tout le monde devait envier la facilité et l'efficacité avec lesquelles nous communiquions, sans avoir besoin de décrocher le téléphone. Alors que ma mère citait toujours en exemple cet usage du balai pour expliquer que nous serions beaucoup plus heureux quand nous aurions enfin quitté Helwig Street. Nous serions indépendants, disait-elle, sans avoir au-dessous de nous des gens qui se croyaient autorisés à nous convoquer de manière aussi grossière.

Dans ses moments de lucidité, ma mère savait que ce retour à Gloversville était une chimère, mais le désespoir avait une façon bien à lui de transformer toutes les images projetées dans la salle de cinéma de son esprit, ni floues ni voilées comme on aurait pu le croire, mais brillantes, en haute définition. Le Maine apparaissait dans des tons sépia sourds, alors que Helwig Street – et la 6e Avenue où vivait sa sœur – semblaient si proches qu'on pouvait presque les toucher, tout était peint dans des couleurs primaires éclatantes. L'image de ce qu'elle deviendrait une fois revenue chez elle lui apparaissait de manière tout aussi vivace. À Gloversville, elle n'approcherait pas des quatre-vingts ans. Elle aurait l'âge qu'elle avait lors de son précédent séjour, quand ma grand-mère était encore de ce monde. Certes, elle n'était pas au mieux de sa forme déjà à cette époque, mais elle s'était plutôt bien débrouillée et elle en ferait autant.

Elle habitait dans le premier appartement de Farmingdale depuis quelques mois seulement quand elle émit l'idée de retourner chez elle. C'était un samedi après-midi, juste après les courses ; nous regardions un match avant que je retourne à Waterville. Elle n'était pas dans son assiette.

« Autant voir les choses en face, dit-elle finalement. Je déteste le Maine. Je n'aurais jamais dû venir ici. » Je fus obligé de sourire car, à l'entendre, elle avait décidé ça toute seule. « C'était une erreur. J'aurais dû aller directement de l'Illinois à Gloversville. Je ne sais pas ce qui m'a pris.

— Très bien, répondis-je, mais puisqu'il s'agit de voir les choses en face, continuons. Tu détestes Gloversville. Depuis toujours. La dernière fois que tu y es retournée, c'était, je te cite : "une terrible erreur". »

S'il y avait une chose que ma mère détestait, c'était qu'on lui lance ce genre de déclarations au visage, et cela eut pour effet de la déprimer. « C'est vrai, j'ai toujours détesté Gloversville, reconnut-elle une demi-heure plus tard, à la fin du match, alors que je me levais pour partir. Mais les choses ont changé là-bas. »

C'était vrai. Elles étaient devenues encore plus problématiques. Par le passé, elle avait encore la maison de Helwig Street, or celle-ci avait été vendue, en partie pour payer les frais qu'avait nécessités l'état de santé de ma grand-mère à la fin de sa vie. Mais ma mère faisait allusion au fait que mon oncle et ma tante avaient échangé leur maison avec celle de mon cousin Greg et de sa femme Carole, qui avaient deux enfants et besoin d'une chambre supplémentaire. Phyllis et Mick occupaient maintenant l'appartement du rez-de-chaussée de la maison voisine. L'idée de ma mère, quand elle l'exprima enfin, était qu'ils chassent leurs locataires du premier étage pour qu'elle puisse s'installer à leur place. « Au moins, j'aurais enfin une vraie vie là-bas, conclut-elle. C'est trop demander ?

— Tu oublies que tu ne peux plus monter les escaliers », ne pus-je m'empêcher de lui faire remarquer. Cette considération avait régi toutes nos recherches d'appartements depuis l'Illinois. Et quand elle nous rendait visite aujourd'hui, toutes les activités devaient se dérouler au rez-de-chaussée car l'escalier qui menait aux chambres des filles était trop raide. « Là-bas, je pourrai, déclara-t-elle avec une expression qui interdisait toute contradiction. Je te rappelle que j'ai toujours habité au premier étage à Gloversville. »

En fait, poursuivit-elle, le seul vrai problème, c'était le Maine. Une fois de retour à Gloversville, non seulement elle se sentirait mieux, mais elle *irait* mieux. Pourquoi ? Parce que là-bas, au moins, elle existerait. Sa famille serait tout près, ainsi que d'autres personnes qui l'avaient toujours connue, qui savaient qu'elle était un être humain, qui croyaient en elle, mais aussi en son pouvoir de résilience et en sa capacité à accomplir des choses. Dans le Maine, il n'y avait rien de tout cela.

Je ne voyais pas l'intérêt de discuter pour savoir si elle « existerait » davantage à Gloversville qu'à Camden, alors je passai à d'autres détails problématiques, tout en étant convaincu que cette tactique se révélerait aussi futile.

« Comment feras-tu tes courses ? Comment iras-tu chez le médecin ou chez le coiffeur ?

— Greg m'emmènera.

— Greg jongle avec trois boulots, et Carole travaille à la banque toute la semaine.

— Dans ce cas, j'irai avec Mick et Phyl.

— Sauf que tu aimes qu'on respecte ton planning. Souviens-toi, quand tu vivais avec grand-mère, tu te plaignais toujours de ce que le jour des courses changeait toutes les semaines. Ils t'appelaient pour te dire d'être prête dans cinq minutes et trois quarts d'heure plus tard tu attendais encore. Pourquoi ce serait différent maintenant ? Ils ont changé ? Et toi ? »

Sa bouche n'était plus qu'un trait.

« S'il le faut, je marcherai jusqu'au supermarché.

— En hiver ? »

Oui, affirma-t-elle, même en hiver. Et puis, si je m'inquiétais à cause de l'argent, ce n'était pas la peine. Elle trouverait un travail.

Évidemment, je savais que ces affirmations insensées étaient des ballons d'essai dont elle devait tester la crédibilité en les laissant s'envoler, et, malgré l'audace de ce dernier ballon – elle trouverait un travail –, elle savait qu'il ne prendrait jamais de la hauteur, quelle que soit la quantité de conviction enflammée qu'elle y insufflerait.

« Maman, dis-je, je n'essaie pas de te contrarier, mais on ne peut pas prendre de décisions concrètes qui reposent sur des fantasmes. »

Elle demeura muette un instant ; son visage était sombre comme un ciel d'orage. « J'aimerais que tu ne contredises pas tout ce que je dis, lâcha-t-elle. Tu prends un malin plaisir à dénigrer toutes mes idées. Tu ne peux pas être de mon côté pour une fois ?

— Que voudrais-tu me faire admettre, au juste ? »

Elle réfléchit.

« Que Greg m'emmènera faire des courses. C'est mon neveu et il m'aime.

— Oui, évidemment, et il le fera. C'est pourquoi ce ne serait pas bien de le lui demander. Il a déjà trop de responsabilités et trop peu de moyens. Il n'a pas besoin d'un fardeau supplémentaire. »

Elle me lança un regard triomphant, comme si elle attendait cet aveu depuis le départ.

« C'est tout ce que je suis, alors ? Un fardeau ? C'est ça que tu dis ?

— Non, je dis que c'est à moi qu'il incombe de te conduire chez le coiffeur, pas à Greg.

— Très bien. Dans ce cas, je suppose que je suis condamnée à rester dans ma cage. »

Le lendemain, elle appela pour s'excuser. Après mon départ, elle s'était passé un sacré savon. Son problème, avait-elle conclu, était toujours le même. Elle voulait être indépendante, elle ne voulait pas représenter un fardeau ni une responsabilité, même pour moi. J'avais ma carrière, une femme et deux filles à élever ; elle ne supportait pas que je sois obligé de penser à elle par-dessus le marché. Elle ne comprenait pas pourquoi ses pensées l'entraînaient toujours vers Gloversville, comme s'il s'agissait d'un royaume enchanté. Elle savait bien que non. À l'avenir, je devais tout simplement l'ignorer quand elle était « comme ça ».

Le problème, et elle le savait parfaitement, c'était qu'on *ne* pouvait *pas* l'ignorer quand elle était « comme ça ». Depuis, nous avions répété le même exercice futile et amer à deux reprises, et chaque fois le volume montait d'un cran ou deux. Et là, à l'aube de notre départ pour la côte, nous nous retrouvions en terrain connu. Seule différence : sa fureur était amplifiée par de nouveaux changements survenus dans le paysage de Gloversville. Plus tôt dans l'année, mon oncle Mick était mort après une longue et horrible maladie, laissant ma tante ravagée par le chagrin et par le soulagement coupable que l'on éprouve quand un être cher cesse enfin de souffrir. Ma mère et elle se parlaient plus régulièrement au téléphone, une fois par semaine généralement, et elles évoquaient leur enfance dans West Fulton Street, un des nombreux quartiers d'immigrés de Gloversville. Je crois qu'elles appréciaient l'une et l'autre ces promenades dans le passé et cette nostalgie d'une époque plus simple leur permettait de gommer plus facilement leurs nombreuses différences d'opinions et de caractère. Toutefois, ces derniers temps, d'après ma tante avec qui je conversais régulièrement moi aussi, l'humeur de ma mère s'était assombrie, comme si elle n'avait même plus accès aux plaisirs du passé et, la dernière fois que Phyllis lui avait demandé comment se passait le présent, ma mère lui avait répondu que ça ne servait à rien d'en parler, car elle n'avait pas de vie, et inutile de faire semblant. En entendant ces paroles, ma tante m'appela pour m'annoncer qu'un nouvel orage s'annonçait.

Évidemment, je n'avais pas besoin de cette mise en garde. J'avais moi-même semé les nuages en ignorant le « ou bien » de ma femme et en plantant le panneau « à vendre » dans le jardin devant notre maison de Waterville. Malgré tout, quand l'orage éclata, même moi je fus stupéfait par sa violence. Cette fois, au lieu de m'annoncer ce qu'elle avait *envie* de faire, elle m'annonçait ce qu'elle avait l'*intention* de faire, avec ou sans mon aide. Comme nous avions déjà évoqué le scénario de Gloversville, elle connaissait toutes mes objections par cœur et elle n'avait aucune intention de les écouter de nouveau. Elle n'était plus une enfant à qui il fallait dire ce qu'elle pouvait ou ne pouvait pas faire. Elle retournait là-bas, un point c'est tout. Je ne pouvais rien faire pour l'en empêcher. Et si je refusais de payer le déménagement elle laisserait tout ce qu'elle possédait, absolument tout. Si je refusais de l'emmener en voiture, elle prendrait le car. Si je refusais de la conduire à la gare routière, elle prendrait le taxi. Sa place était à Gloversville. Elle y retournait.

« Soit, dis-je. Mais où, précisément ? » Je connaissais la réponse, bien sûr. Mon oncle étant décédé, ma tante vivait seule désormais dans son appartement de deux chambres au rez-de-chaussée, et ma mère convoitait cette chambre inoccupée.

« À ton avis ? Chez ma sœur. »

Je n'avais aucune envie de poser la question évidente, mais impossible d'y échapper. « Elle te l'a proposé ? »

C'était une question cruelle car je connaissais la réponse. Ma tante m'avait confié plusieurs fois qu'elle n'était pas certaine de rester à Gloversville. Ses deux filles lui avaient suggéré de venir vivre avec elles, et elle envisageait de le faire. Je me demandais à présent si elle avait évoqué cette possibilité devant ma mère, et si c'était cela qui avait provoqué une nouvelle crise. Car si Phyllis avait l'intention de s'en aller, alors l'ultime refuge de ma mère, son dernier espoir de mener cette existence indépendante qui n'existait que dans son imagination, s'évanouissait devant ses yeux.

« Comment ça "est-ce qu'elle me l'a proposé" ? Qu'est-ce que tu sous-entends, au juste ? » Avant que je puisse répondre que je ne sous-entendais rien, que je posais une simple question, elle enchaîna, d'une voix tremblante de rage. « Tu laisses entendre que ma sœur refuserait de m'accueillir ? »

J'inspirai à fond et baissai la voix, espérant contrebalancer sa fureur par le calme et la raison, même si, à vrai dire, je n'avais jamais vu cette stratégie (ni aucune autre, d'ailleurs) fonctionner quand elle était totalement incontrôlable.

« Je dis juste que ta sœur a perdu son mari récemment. Je dis juste qu'elle est rongée par le chagrin et elle-même ne sait pas comment ça va se passer ensuite.

— Tu sais quoi ? répondit ma mère. Ça devient clair, enfin.

— Pardon ?

— Ce que tu penses de moi. Ce que tu as toujours pensé de moi.

— Maman…

— L'idée ne t'a pas effleuré que peut-être je pouvais *aider* ma sœur à surmonter son chagrin ? Qu'il y a peut-être sur terre quelqu'un qui m'aime vraiment ? En tant qu'être humain ? Qui apprécie ma compagnie ? Et qu'au lieu d'être un fardeau, comme je le suis pour toi, je pourrais rendre la vie de quelqu'un d'autre plus agréable ?

— Maman…

— Pourquoi tu ne le dis pas franchement ? Tu crois que je suis incapable d'être heureuse. Et que je suis incapable de rendre quelqu'un d'autre heureux. »

À mon grand étonnement, je m'entendis répondre, le cœur serré : « Très bien, maman. Tu as gagné. Appelle tante Phyllis. Si vraiment tu veux retourner à Gloversville, je ne t'en empêcherai pas. »

Le silence immédiat et profond au bout du fil suggéra que je n'étais pas le seul à être surpris. Elle s'était préparée à affronter une joute verbale et à présent elle devait improviser. « Comme tu le disais, ajoutai-je, tu n'es plus une enfant. »

Après avoir raccroché, j'appelai ma tante pour lui donner une version abrégée de ce qui venait de se passer. « Oh, pauvre Jean, soupira-t-elle.

— Oui », dis-je, bouleversé qu'elle puisse résumer aussi précisément la situation désespérée de sa sœur en trois petits mots. Et, soudain, je sentis tout le poids et la vérité des questions amères que ma mère m'avait lancées au visage. Avais-je pensé un seul instant que ma tante pouvait apprécier sa présence ? Qu'il pouvait y avoir quelqu'un, quelque part, qui ne voyait pas en elle un fardeau ? Qu'il existait peut-être un endroit pour elle, une vie ? Car la réponse honnête à ces questions était un retentissant non. Non, rien de tout cela ne m'avait traversé l'esprit. Pis encore, si j'appelais ma tante maintenant, c'était pour m'excuser car ma mère, qui m'avait plus d'une fois accusé d'essayer de la maintenir en cage, venait de s'échapper. Et Phyllis, que je voulais épargner, allait avoir une matinée difficile.

« Elle n'arrête pas de répéter qu'elle veut être près de sa famille, expliquai-je. Avec des gens qui l'aiment.

— Mais c'est *vous*, sa famille, souligna ma tante. Toi, Barbara et les filles.

— Je sais.

— Ça te coûterait des milliers de dollars pour la faire venir ici, et dans deux mois tu serais obligé de revenir la chercher.

— Je sais, répétai-je mollement.

— Oh, mon chéri, je suis désolée. Après tout ce que tu as fait... pendant toutes ces années. J'aimerais savoir quoi te dire.

— J'aimerais aussi. »

Nous restâmes silencieux un moment. Puis ma tante demanda : « Comment va Barbara ?

— Elle est à bout », avouai-je, heureux que le rôle de ma femme, qui avait supporté tout cela avec patience pendant trois longues décennies, soit finalement reconnu. « Elle est toujours là. Mais franchement je me demande pourquoi.

— J'ai de la peine pour elle. »

Soudain, j'eus hâte que cette conversation se termine. On ne pouvait pas rêver d'une meilleure confidente que ma tante, mais j'avais toujours l'impression que notre compréhension partagée de l'état mental de ma mère ressemblait à un complot contre une femme malade, et je soupçonnais Phyllis de ressentir elle aussi, trop intensément, ce sentiment de trahison. Le plus impardonnable peut-être, c'était qu'en téléphonant à ma tante ce soir-là, afin de la préparer à l'appel qu'elle recevrait le lendemain matin, j'empoisonnais le puits avant l'arrivée de ma mère assoiffée.

Cela dut se produire un peu avant l'aube car il était encore très tôt quand la sonnerie du téléphone nous réveilla. « C'est terminé, déclara ma mère sans même un bonjour. Finalement, je n'irai nulle part, je crois.

— Je suis désolé, maman », répondis-je, mais elle avait déjà raccroché.

Je demeurai allongé dans mon lit un long moment, à essayer d'imaginer cette terrible conversation avec ma tante qui avait dû lui expliquer, le plus gentiment possible, que sa proposition ne marcherait pas, et qu'il y avait de fortes chances pour qu'elle-même ne reste pas à Gloversville, et qu'avant la fin de l'année elle mette en vente la maison, même si cela ne lui rapporterait pas grand-chose. Après avoir tout mis en ordre, elle irait probablement vivre chez une de ses filles. Connaissant ma tante, je devinais qu'elle avait plaidé ma cause, qu'elle avait rappelé à ma mère que je l'aimais, que j'avais toujours été là quand elle avait besoin de moi, et que sa place était près de moi pour que je puisse veiller sur elle, et qu'elle avait de la chance d'avoir un fils prêt à faire tout ça.

Mais au bout d'un moment une autre éventualité me traversa l'esprit : ma mère n'avait pas appelé sa sœur ; tout cela, c'était uniquement entre elle moi, comme toujours. Prisonniers d'un drame à deux personnages, nous n'avions pas besoin d'autres interprètes.

Dans notre nouvelle maison de Camden, une des priorités était de construire des étagères dans la chambre du bas, qui servirait de bibliothèque-salle de lecture quand nous n'aurions pas d'invités. Nous avions engagé un menuisier afin qu'il se mette au travail dès le lendemain de la signature. « Sur tout le mur ? » demanda-t-il, perplexe, convaincu que nous étions deux cinglés, une fois que nous lui eûmes expliqué ce que nous désirions. Après tout, il y avait déjà des étagères de salon, du sol au plafond, et le mur en question était très long. Personne ne possédait autant de livres. Nous lui assurâmes que nous savions ce que nous faisions et il accepta à contrecœur, comme si nous lui demandions de refaire une salle de bains et d'y installer trois toilettes côte à côte. « Du moment que vous ne vous en prenez pas à moi ensuite. »

En un sens, le menuisier avait raison. Nous avions commis une erreur d'appréciation… en *sous-estimant* nos besoins. J'avais oublié qu'en plus des livres de Barbara et des miens, provenant de notre maison de Waterville, il fallait ranger ceux de mon bureau à Colby College. Après avoir déballé nos livres, nous les avions alignés à la va-vite sur les étagères, presque pêle-mêle, en pensant que nous pourrions les classer plus tard, tranquillement, afin que Dickens, Trollope et Austen se côtoient confortablement, et que Hammett, Chandler, McCain et Ross MacDonald soient suffisamment proches pour échanger à voix basse des mensonges de durs à cuire une fois les lumières éteintes. De retour de Winslow, où j'avais empaqueté les livres de ma mère, je me laissai tomber dans un fauteuil du salon, l'*Hôtel du Lac* à la main, trop fatigué pour faire autre chose que de contempler le mur recouvert de mes propres livres, et l'impressionnante pyramide de ceux qui se trouvaient encore dans des cartons empilés dans un coin, jusqu'au plafond. Je les comptai, en essayant de calculer combien d'étagères il faudrait ajouter, et en me demandant où nous allions les trouver sur la côte du Maine, quand nous aurions le temps de chercher et à quel endroit nous les installerions ensuite, mais la journée avait été dure et j'étais beaucoup trop fatigué pour résoudre un problème qui incluait autant de variables. J'étais même trop épuisé pour m'arracher à ce fauteuil et chercher l'étagère qui accueillait les autres romans d'Anita Brookner. Peut-être étaient-ils encore dans un de ces cartons ? Assis dans ce fauteuil, totalement vidé, je me demandai si je n'étais pas en train de céder au découragement, moi aussi. Au fil des ans, j'avais remarqué que je pouvais être sujet aux mêmes sautes d'humeur que ma mère, surtout après avoir passé un long moment en sa compagnie. Il fallait que je sois vigilant car sa dépression avait tendance à infecter à la fois mon écriture et ma vie de famille. Je pensais retrouver le moral en rentrant chez moi, mais, curieusement, je me sentais encore plus mal. Face à tous ces livres, sur les étagères ou dans les cartons, je ressentais soudain quelque chose de semblable à cette angoisse – de la peur, en fait – qui s'emparait de ma mère quand ses habitudes étaient bousculées.

Une de ses convictions, qu'elle chérissait et que je trouvais absurde, avait toujours été que nous étions fondamentalement identiques, elle et moi. Et si nous n'étions pas forcément d'accord, c'était parce que j'avais vingt-cinq ans de moins, mais, avec le temps, nul doute que je changerais d'avis. De surcroît, au cœur de nos désaccords les plus profonds, pensait-elle, il y avait cette ressemblance essentielle entre nous : nos pôles magnétiques se repoussaient. J'avais longtemps cru qu'elle avait élaboré cette théorie ridicule afin de s'expliquer comment elle avait pu mettre au monde un enfant qui n'aurait pas pu être plus différent d'elle si elle l'avait trouvé. Mais si elle avait raison, finalement ? Étais-je vraiment si différent ? À cet égard, ses relations avec sa propre mère, une femme qu'elle jugeait conventionnelle, moralisatrice et refoulée, étaient édifiantes. D'un côté, on ne pouvait pas nier que les deux femmes n'étaient d'accord sur rien, ou presque, mais il existait entre elles des similitudes de caractère tout à fait étranges et inquiétantes. Un de mes souvenirs les plus anciens et vivaces de ma grand-mère concernait son combat permanent contre les briques de lait. Elle préférait le lait en bouteille, mais quand les livraisons à domicile avaient cessé elle n'avait eu d'autre choix que de se satisfaire des briques de supermarché, qu'elle tentait immanquablement d'ouvrir du mauvais côté, avant de les attaquer au couteau à légumes. À l'instar de ma mère, une fois qu'elle avait entrepris une action quelconque, même si elle se fourvoyait, elle était incapable de faire marche arrière, et les conséquences pouvaient être explosives, voire sanglantes. Très souvent je la découvrais dans la cuisine, en train de pousser des gémissements aigus, avec une mare de lait rosé à ses pieds. Quand je lui demandais ce qui s'était passé, elle me montrait son pouce ou son poignet entaillés en disant avec une voix de petite fille : « Me suis blessée », comme si c'était l'explication que j'attendais.

Très vite, ses attaques féroces, irrationnelles, contre ces briques de lait devinrent légendaires, matière à sketches hilarants lors des réunions de famille, mais quand j'étais enfant, même si je n'aurais pas su dire pourquoi, elles me perturbaient. Qu'une personne puisse rester fidèle à une stratégie aberrante n'avait pour moi aucun sens, or, comme la plupart des enfants, je voulais que les choses aient un sens, que le monde soit rationnel. « Mamie, disais-je en ramassant la brique de lait mutilée par terre. Regarde. » Je pressais du bon côté et la brique s'ouvrait sans protester. Je croyais lui prouver que les blessures, le sang, le lait renversé n'avaient pas de raison d'être, mais évidemment, je me trompais. La mutilation du carton et la blessure étaient nécessaires. Elles satisfaisaient un besoin que je ne pouvais pas comprendre, mais pas moins réel pour autant.

En outre, même si, là encore, je n'aurais pas pu l'expliquer, la syntaxe de ma grand-mère et le ton de petite fille qu'elle employait uniquement quand elle s'était blessée me fichaient la trouille. On aurait dit deux personnes différentes, et que celle qui tenait le couteau à légumes venait de poignarder un pauvre passant. En me montrant ses entailles et perforations rageuses, elle donnait l'impression de quêter de la compassion et de la compréhension, mais malgré tout mon amour pour elle, j'étais incapable de les lui donner. J'avais le sentiment que ce comportement insensé devait changer : faire la guerre aux briques de lait, c'était de la démence, tout simplement. Peut-être que dans un recoin de mon cerveau d'enfant j'avais relié les accès de folie de ma grand-mère, brefs mais récurrents, à ce phénomène qui s'emparait de ma mère de temps à autre. Je serais beaucoup plus âgé quand je commencerais à établir un certain rapprochement entre les sacrés savons que se passait régulièrement ma mère et les « Me suis blessée » de ma grand-mère – les deux comportements induisaient une personnalité divisée ou fracturée – mais peut-être avais-je déjà perçu une corrélation à l'époque. De même, la conclusion logique ne m'avait pas totalement échappé. Si ma mère était comme ma grand-mère avec ses briques de lait, cela voulait dire qu'elle n'avait jamais retenu la leçon. À l'instar de sa propre mère, elle continuerait à donner des coups de couteau et à se faire mal. Quarante ans plus tard, cela me semblait être une très bonne description de la réalité.

Toutefois, le fait que ma mère ressemble plus à sa mère qu'elle ne voulait bien l'admettre signifiait-il que je ressemblais plus que je ne l'aurais voulu à la mienne ? Le fait que, parfois, je fasse preuve vis-à-vis du comportement de ma mère de plus d'indulgence et de perspicacité que ma femme disons, qui en avait assez, à juste titre, voulait-il dire que je ressemblais à ma mère, comme elle l'affirmait sans cesse avec assurance, ou simplement que je l'avais observée plus longtemps ? La seconde explication, assurément. Pour en avoir une preuve convaincante, il me suffisait de poser les yeux sur le livre que je tenais à la main. J'ouvris l'*Hôtel du Lac* et lus la première page.

En regardant par la fenêtre, on ne voyait rien d'autre qu'un terrain qui se perdait dans le gris. Mais il n'était pas impossible qu'au-delà de ce jardin gris, où ne poussait apparemment qu'une bizarre végétation au feuillage rigide, se trouvât l'immense lac gris dont les eaux s'épandaient, comme se diffuse un anesthésique, jusqu'à son autre rive invisible, et qu'au-delà encore se dressât, sommet imaginaire dont la brochure touristique attestait pourtant l'existence, le pic de la Dent d'Oche, où devait déjà tomber la neige, légère et silencieuse. Car on était à la fin septembre et la saison était finie. Les vacanciers avaient plié bagage, les prix de séjours étaient réduits et les distractions se faisaient rares dans la petite ville riveraine, dont les habitants, peu communicatifs de nature, devenaient volontiers taciturnes sous l'effet de l'épaisse nuée qui s'abattait parfois sur eux pour plusieurs jours.

Comment avais-je pu imaginer que ma mère aimerait un livre qui débutait de cette façon ? Le mot « gris » apparaissait trois fois dans les deux premières phrases pour décrire le paysage, alors que le paysage intérieur de ma mère était déjà gris. Elle lisait pour fuir la grisaille et s'évader dans un monde plus lumineux, plus coloré. Elle aimait que les livres l'entraînent dans des endroits nouveaux et exaltants, et peut-être aurait-elle apprécié un roman qui se passait dans un hôtel suisse chic, au bord d'un lac, mais jamais elle n'aurait voulu y aller hors saison, à prix réduit, quand tous les gens intéressants étaient partis. J'avais fait étudier ce roman à Colby l'année précédente, les détails narratifs étaient donc encore présents dans mon esprit. Le personnage principal est une romancière d'un certain âge nommée Edith Hope qui, contrairement à Anita Brookner, écrit le genre d'histoires d'amour que ma mère aurait sans doute aimé lire. À l'hôtel, Edith fait la connaissance d'un certain Neville, qui lui fait une demande en mariage insultante : non pas un mariage d'amour, mais une union de convenance qui offrira à l'un et à l'autre une « couverture » en société, en même temps que la liberté romantique. De crainte qu'Edith ne rejette d'emblée cette demande peu flatteuse, Neville ajoute cruellement que, compte tenu de son âge et de son physique plus que banal (avec ses cardigans, elle ressemble à Virginia Woolf), elle a peu de chances de trouver mieux.

Mes étudiants de Colby, des jeunes gens très perspicaces habituellement, avaient immédiatement identifié Neville comme le méchant du roman, ignorant les cruautés plus subtiles qu'Edith avait endurées toute sa vie de la part de sa mère et de ses amies, celles-là mêmes qui l'avaient expédiée en Suisse après qu'elle était tombée amoureuse et s'était ridiculisée à Londres. Les filles de mon cours, qui avaient toutes une vingtaine d'années, refusaient fermement d'admettre cette sinistre possibilité que la proposition de Neville soit effectivement ce qu'Edith pouvait espérer de mieux, et elles étaient unanimes pour déclarer qu'elle devait rejeter cette offre cynique, et attendre l'amour. Si leurs camarades masculins pensaient autrement, ils gardèrent leurs commentaires pour eux, ce qui soulignait l'influence de la formation culturelle reçue par les deux sexes à la fin des années 1980.

Voilà, c'était pour *ça* que j'avais offert ce livre à ma mère au départ, car elle avait reçu sa formation culturelle dans une ville industrielle du nord de l'État de New York quarante ans plus tôt, et j'étais curieux de savoir si elle comprendrait ce qui avait échappé à mes étudiantes. L'expérience s'était révélée à la fois gratifiante et décourageante. Ma mère n'avait pas aimé ce livre et elle n'avait aucune envie de lire d'autres romans de Brookner, mais comme je le devinais, le thème de la cruauté des femmes envers les femmes avait résonné profondément en elle et l'identification avec la pauvre Edith Hope, sans être totale, avait été suffisante pour déclencher une de ses diatribes contre sa mère et sa sœur, qui avaient fait de leur mieux, me rappela-t-elle, pour l'ébranler à chaque occasion, et auraient sans doute fini par réussir à détruire sa confiance en elle si elle ne s'était pas enfuie de Gloversville. Le choix auquel se trouvait confrontée Edith ne l'intéressait pas vraiment. La solution, aux yeux de ma mère, consistait à revenir l'année suivante, en pleine saison cette fois, avec une plus jolie garde-robe, et alors elle rencontrerait certainement un homme d'une classe supérieure. Pour elle, Neville n'incarnait pas le méchant, mais un être insignifiant.

Autant de réactions totalement prévisibles, même si je ne les avais pas prévues. En vérité, ma mère s'était toujours méfiée des femmes. À la banque ou à la poste, s'il y avait la queue à deux guichets, elle choisissait invariablement celui qui était tenu par un homme, même s'il y avait moins de monde au guichet de la femme. Plus les circonstances étaient importantes – envoyer un mandat, par exemple, ou régler une facture –, plus elle était décidée à attendre. Si un nouveau guichet s'ouvrait, et si une employée lui demandait si elle pouvait faire quelque chose pour elle, ma mère lui souriait et répondait : « Merci, mais je préfère attendre avec le monsieur », comme si c'était tout à fait raisonnable, comme si cette préférence était une chose bien établie et indéniable. Évidemment, à cette époque, il était probable que l'homme occupât un poste plus élevé, mais c'était surtout le fait que ma mère obtenait de meilleurs résultats avec les hommes. Elle était séduisante et très souvent ils se mettaient en quatre pour l'aider. Quand elle se trompait en remplissant un formulaire, ils lui en donnaient un nouveau et rectifiaient eux-mêmes l'erreur, alors qu'une femme l'aurait sans doute envoyée sur les roses.

Mais ça allait bien plus loin. Durant toute mon enfance, je n'avais jamais vu ma mère avec une amie. Il y avait bien eu une femme, une collègue de chez G.E., dont elle avait été proche pendant un moment, jusqu'à ce qu'elles se disputent à cause de ce que ma mère appelait une trahison, l'autre femme ayant obtenu une promotion que ma mère se croyait acquise. Un schéma qui se reproduirait encore et encore au cours des décennies suivantes. Elle faisait la connaissance d'une femme de son âge, dans le cadre d'un nouveau travail généralement, et elles découvraient qu'elles partageaient les mêmes goûts ; se développait alors une timide amitié qui semblait destinée à évoluer vers une plus grande proximité affective, mais un drame se produisait. Qu'il s'agisse d'un différend dans le travail ou d'un homme auquel elles s'intéressaient toutes les deux, ma mère finissait toujours par avoir l'impression qu'on la poignardait dans le dos. Sans doute fut-elle déçue par les hommes autant que par les femmes, mais elle considérait les premiers comme des cas individuels, isolés. Souvent, quand elle repensait à une relation amoureuse ratée, elle se jugeait responsable, elle reconnaissait que tous les signes étaient là, mais elle avait été trop aveugle, trop absorbée, pour voir ce qui se cachait derrière le charme de cet homme, alors que quand une femme la décevait, toutes les femmes étaient coupables, et cela renforçait encore sa décision de ne plus perdre son temps avec des amitiés féminines. Voilà pourquoi je n'avais pas envie de la voir renoncer aussi facilement à son amitié avec Dot, à Winslow. Leur camaraderie durait depuis un certain temps déjà, et j'en étais venu à me demander si la longévité de cette relation n'était pas le signe d'un progrès.

Mais peut-être pas. Comme le prouvait sa réaction à la lecture de l'*Hôtel du Lac*, sa méfiance envers les femmes était profondément ancrée. Sans doute avait-elle perçu que Brookner était une âme sœur, sur le plan thématique du moins, mais cela ne changeait rien. Bien qu'elle ait compris ce roman mieux que n'importe lequel de mes étudiants, elle l'avait détesté tout autant, pour une raison exactement inverse. Parce qu'il mettait en cause une idée féministe toute faite sur la solidarité féminine, mes étudiants en avaient conclu que Brookner leur mentait sur le monde. Alors que ma mère détestait ce livre parce qu'il lui disait la vérité. Or, ce n'était pas pour ça qu'elle lisait de la fiction.

De fait, les livres que j'avais mis dans des cartons pendant tout l'après-midi, aussi variés soient-ils – romans d'amour historiques, romans policiers, thrillers romantiques, récits de voyage –, avaient tous en commun un conformisme rassurant qui ne pouvait s'expliquer uniquement par les époques – des années 1930 aux années 1960 – auxquelles ils avaient été écrits. À cet égard, l'importante collection de romans policiers de ma mère était particulièrement édifiante. Elle préférait de loin le modèle anglais qui insistait sur le rétablissement de l'ordre. Dans les livres de ses auteurs britanniques préférés, ceux de « l'âge d'or » – Josephine Tey, Margery Allingham, Dorothy Sayers, Ngaio Marsh, John Dickson Carr et Agatha Christie –, même si le mal rôdait au coin de la rue, dans le brouillard, et si un meurtre horrible venait tout chambouler temporairement, à la fin, le détective, souvent un aristocrate dévoyé comme Lord Peter Wimsey ou Roderick Alleyn, démasquait le coupable grâce à une époustouflante démonstration de logique, à de l'intuition et, souvent, une compréhension des réalités sociales complexes, qui faisait la renommée des aristocrates, dans ces romans tout du moins.

Les romans policiers américains la laissaient froide. Elle les trouvait moins astucieux, ce qui n'était pas faux : on sait que Raymond Chandler n'arrivait pas à suivre ses propres intrigues. Mais surtout, ils fonctionnaient sur des principes totalement différents. Ici, les détectives n'élucidaient pas les crimes grâce à de brillantes déductions ou de mystérieuses connaissances. Dans les romans noirs américains, les qualités premières du héros sont l'honnêteté et la capacité à encaisser les coups. Sam Spade ne cherche pas à restaurer l'ordre existant car, comme il le sait trop bien, cet ordre est corrompu dès le départ. Les méchants sont généralement des hommes riches qui ont fait fortune de manière malhonnête ou, pis encore, des individus au sens moral limité qui aspirent uniquement à l'argent et au pouvoir, et qui veulent s'élever dans l'échelle sociale, peu importe de quelle façon. Dans ce monde obscur, les flics se laissent soudoyer, les avocats et les juges ont tous un prix, de même que les médecins et les journalistes. Dans cet océan de corruption, votre seul espoir est un homme solitaire, quelqu'un que l'on peut engager, mais qui ne se laisse pas acheter par ceux qui ont de l'argent. Il n'existe sans doute pas dans la littérature de personnage plus romantique que Philip Marlowe, dont le nom à lui seul évoque la chevalerie errante, et ma mère était elle-même une romantique de premier ordre, mais elle n'avait rien à faire de Marlowe, pas plus que d'Anita Brookner. Les hommes comme Marlowe finissaient toujours par lui dire ce qu'elle ne voulait pas entendre. Certes, Marlowe pouvait peut-être retrouver votre enfant ou votre mari disparu, mais souvent, à l'arrivée, vous le regrettiez car il avait également découvert des choses que vous ne vouliez pas savoir sur cet enfant ou ce mari, ou sur vous-même, une chose que vous ne vouliez pas voir, ou reconnaître. Était-ce de l'évasion, ça ? Mieux valait écouter les bonnes nouvelles d'un dandy comme Lord Peter, dont la date limite de consommation aurait expiré depuis longtemps dans le monde réel, si un individu semblable avait existé un jour.

Les romans historiques que préférait ma mère en disaient long eux aussi. On y trouvait une vaillante héroïne qui, invariablement, se montrait digne du jeune homme intrépide dont elle était tombée amoureuse, souvent en testant son courage dans l'univers qu'il habitait. Si elle tombait amoureuse d'un pirate, elle devenait pirate elle-même pendant un certain temps. Mais on comprenait que les libertés qu'ils prenaient avec les mœurs sociales n'étaient qu'une étape, comme l'adolescence, et leurs aventures s'achevaient toujours par le mariage, une institution qui saurait dompter les pulsions sauvages de l'héroïne et transformer le héros en citoyen responsable. Afin de faciliter les choses, on découvrait que l'ancien pirate était en réalité un aristocrate chassé de sa propriété, qu'il récupérait dans le dernier chapitre. C'était un fantasme complexe qui permettait à ma mère de s'imaginer dans la peau d'une rebelle, tout en étant, au fond d'elle-même, une conformiste. Bien qu'elle affirme ne pas être pudibonde, elle préférait que la sexualité ne soit pas explicite, mais reléguée dans la marge ou suggérée par des petits surnoms (« mon adorable friponne ») attribués à l'héroïne par son amant. La réalité, surtout si elle était sinistre, devait être bannie impérativement, quel que soit le genre de l'ouvrage. Elle prétendait aimer tout ce qui concernait l'Irlande, l'Angleterre ou l'Espagne, mais en vérité il fallait que les intrigues ayant pour cadre ces décors soient chaleureuses et réconfortantes, plus proches de Maeve Binchy que de William Trevor. Comme on pouvait s'y attendre, étant donné qu'elle estimait avoir été prisonnière toute sa vie, elle adorait les histoires de voyages dans le temps, mais uniquement si les personnages se retrouvaient projetés dans des endroits qu'elle aimait. Elle ne s'intéressait absolument pas à l'avenir ou au passé si les aventures romantiques en étaient absentes.

Néanmoins, aussi éclairants que soient les goûts littéraires de ma mère, plus j'y réfléchissais, plus je me disais que ni sa bibliothèque, ni la mienne ne représentaient tout à fait ce que j'aurais souhaité. Si mes livres étaient plus sérieux et littéraires que les siens, cela était davantage dû à l'éducation qu'à la nature. Si je ne lisais pas beaucoup de romans d'évasion, c'était parce que je menais une vie agréable dont je n'avais ni envie ni besoin de m'évader. Je n'étais pas un être supérieur, uniquement une personne éduquée, et cela, je le devais en grande partie à ma mère. Peut-être avait-elle tenté de me dissuader de devenir écrivain, mais si j'en étais un aujourd'hui, elle en était la principale responsable. Quand nous vivions dans Helwig Street, après ses longues journées de travail chez G.E., après avoir préparé son frugal repas et fait la vaisselle, la lessive (sans l'aide d'un lave-linge) et le repassage, après avoir vérifié que tout était prêt pour l'école le lendemain, elle aurait pu s'écrouler devant la télé, mais elle ne le faisait pas. Elle lisait. Tous les soirs. Ses goûts, qui n'avaient pas été formés comme le seraient les miens plus tard par une pléthore de professeurs de littérature, étaient tout aussi dogmatiques ; elle lisait Daphné Du Maurier et Mary Stewarts jusqu'à ce que les couvertures se détachent et que les livres doivent être remplacés. C'est grâce à ma mère que j'ai appris que lire n'était pas un devoir, mais une récompense, grâce à elle que j'ai eu l'intuition d'une vérité essentielle : la plupart des gens sont enfermés dans une existence solitaire, une vie restreinte par le manque et l'absence d'imagination ; des limites que ne connaissent pas les lecteurs. Vous ne pouvez pas créer un écrivain sans créer d'abord un lecteur, et c'est ce que ma mère a fait de moi. En outre, même si je n'avais plus l'âge de m'intéresser à ses livres, ceux-ci participèrent à la fabrication de l'écrivain que je deviendrais plus tard, un écrivain qui, contrairement à beaucoup d'auteurs formés à l'université, ne considérait pas le mot « intrigue » comme un gros mot, qui faisait attention au public et au rythme, et qui se montrait peu tolérant vis-à-vis des prétentions littéraires.

Non, afin de démontrer que ma mère et moi n'étions pas deux petits pois dans une même cosse génétique, il fallait que j'identifie un trait de ma nature élémentaire, une habitude mentale ou un talent inné que j'avais toujours possédé, dont je pouvais retrouver la trace chez le garçon que j'étais à l'époque de Helwig Street, et non chez celui que j'étais devenu entre-temps. Se pouvait-il que je l'aie devant les yeux, littéralement ? Se pouvait-il que notre bibliothèque – non pas les livres eux-mêmes ni leur contenu, mais plutôt leur rangement aléatoire – explique enfin pourquoi ma mère et moi nous disputions sans cesse ? Quinze jours plus tôt, Barbara et moi avions disposé à la hâte sur les étagères tous les livres qu'elles pouvaient contenir, avant de nous atteler à des tâches plus pressantes. À vrai dire, depuis notre emménagement à Camden, nous vivions en mode « ça maintenant, ça plus tard ». Les dizaines de tâches à effectuer quotidiennement étaient en permanence classées par ordre de priorité, puis déclassées. En réalité, le mode « ça maintenant, ça plus tard » consistait à trancher, de manière sensée et à toute vitesse, entre ce qui devait être fait immédiatement et ce qui pouvait attendre. La logique et la raison avaient leur rôle à jouer, mais souvent, il fallait s'en remettre à l'intuition. Ce qui entrait à la périphérie de votre vision pouvait être aussi important que ce qui se trouvait devant vos yeux. À partir de données incomplètes, vous deviez faire des suppositions et essayer de calculer trois ou quatre coups à l'avance, afin d'échapper à la Loi des conséquences imprévues. Tout aussi essentiel : vous deviez accepter l'idée que vous alliez commettre des erreurs de temps en temps. Si vous faisiez une bourde, il ne fallait pas se mettre martel en tête, et surtout, il convenait de rebrousser chemin promptement. Il fallait également comprendre qu'à tel ou tel moment certaines décisions ne pouvaient pas être prises, et espérer que, l'instant venu, quelques problèmes se régleraient d'eux-mêmes. Nous étions engagés dans une sorte de triage domestique, et j'avais toujours été doué pour ça, Dieu seul sait pourquoi, car c'était un talent dont ma mère était totalement dépourvue. Je n'avais pas oublié qu'à Phoenix j'avais dû réorganiser ses listes quotidiennes de « choses à faire » pour qu'elles aient un peu de sens et nous éviter de perdre du temps en revenant sur nos pas. À dix-huit ans déjà, je me méfiais de son sens de l'organisation, et de son incapacité, une fois qu'elle avait entrepris une tâche, de l'abandonner pour quelque chose de plus urgent. Elle n'aurait pas pu vivre pendant deux jours avec le chaos qui régnait dans notre bibliothèque, et à plus forte raison pendant deux semaines. Tout jeune déjà, je voyais ce que lui coûtaient ses prises de décision erronées, je voyais bien qu'à cause de son adhésion inflexible à un mauvais séquençage elle découvrait, toujours trop tard, que son embarcation, qui aurait pu facilement faire demi-tour au large, devait maintenant manœuvrer dans l'exiguïté du port.

Je comprenais maintenant que, depuis cette époque, j'essayais de réordonner les listes de « choses à faire » de ma mère, avec des résultats pour le moins mitigés. Parfois, elle adhérait à mes principes d'organisation et s'exclamait : « Oh, comme tu es malin ! » Mais la plupart du temps elle insistait pour faire les choses à sa manière, après quoi elle était extrêmement agacée quand je soulignais que *B* devait venir après *A*, que la réussite de *A* était la clé qui menait à *B*, puis à *C*, que *A* était le socle indispensable sur lequel reposerait le reste de l'alphabet. Ce à quoi elle rétorquait que tout le monde ne voyait pas les choses de la même façon et que pour elle *B* était plus important que *A*. Pire, elle était très fière de sa logique dévoyée. Elle aimait expliquer, en enchaînant les détails bancals, comment elle en était arrivée à ses conclusions douteuses. En un sens, elle n'était guère différente des détectives de ses mystères de chambres closes qui dévoilaient au cours du dernier chapitre insoutenable comment l'acte ignoble avait été commis, que le meurtrier était cul-de-jatte, voilà pourquoi, une fois qu'il avait ôté ses prothèses, personne ne l'avait vu s'enfuir sur ses moignons derrière la haie. Et le lecteur s'entendait dire : « Pardon ? »

Quand j'avais dix-huit ans et ma mère une quarantaine, nos désaccords sur les questions d'organisation étaient rarement graves. Elle aimait dire qu'il y avait bien des moyens d'arriver à ses fins et que, quand j'aurais son âge, j'aurais de curieuses habitudes, moi aussi. Mais le temps passant, alors que je devenais de plus en plus responsable des retombées de sa volonté inébranlable de faire les choses sans tenir compte de leur ordre naturel et pratique et que grandissait mon exaspération face à ses explications interminables et assommantes, les disputes s'envenimaient. Parfois, plutôt que de discuter, je levais les mains au ciel. « Fais ce que tu veux ! lui lançais-je en prenant la porte. Tu me raconteras comment ça s'est fini. » Parfois le téléphone sonnait une heure plus tard et elle me disait : « Je comprends ce que tu voulais dire. » Mais, tout aussi souvent, elle prenait un ton triomphant, une fois qu'elle avait réussi à faire entrer la cheville carrée dans le trou rond à coups de marteau et brûlait d'envie de me démontrer l'ingéniosité de sa solution violente. Voilà sans doute ce que je recherchais : cette différence programmée, sans doute d'origine génétique, entre ma mère et moi, la cause de notre conflit incessant et la raison pour laquelle j'étais généralement incapable, comme elle le disait, de me « ranger de son côté ».

Sauf que ça ne marchait pas vraiment, là non plus. D'abord, s'il était peut-être exact que je possédais un certain don pour le tri domestique alors que ma mère était nulle dans ce domaine, il existait une autre vérité, plus significative : ma mère et ma grand-mère n'étaient pas les seules à s'entêter face au danger. J'aurais bien aimé me voir dans le rôle de Sisyphe, accablé par une fatigue existentielle après avoir tenté pendant plus de trois décennies d'ordonner correctement les listes métaphoriques des « choses à faire » de ma mère, sans sa permission et sans son aide. Mais, en vérité, j'étais fatigué de gérer les conséquences de ce que j'avais moi-même mis en branle au printemps quand j'avais obstinément ignoré le « ou bien » de Barbara. Car nul doute qu'une partie de moi-même savait que c'était de la folie de planter ce panneau « à vendre » devant notre maison de Waterville, et plus encore d'imaginer que je pourrais mettre de côté ma mère et ses besoins jusqu'à ce que l'on s'installe.

Plus précisément, le moment était venu d'admettre qu'aucun de mes plans ne fonctionnait. Depuis notre arrivée à Camden, nous étions littéralement une famille divisée. Les chambres des filles se trouvaient au premier étage de la maison principale, tandis que Barb et moi occupions l'appartement au-dessus du garage, si bien que nous étions rarement au courant de leurs allées et venues. Nous avions projeté d'utiliser l'argent de la vente de la maison de Waterville pour transformer l'appartement du haut en chambre avec salle de bains, mais il n'y avait pas eu une seule visite en plus d'un mois, ce qui voulait dire que nous risquions d'être bannis de notre maison en travaux dans un avenir proche, tout en assumant *deux* crédits. Dans six semaines, il faudrait payer les frais d'inscription universitaire d'Emily et ceux de la nouvelle école privée de Kate. En outre, la résidence médicalisée haut de gamme que nous avions finalement dénichée pour ma mère nous coûterait presque aussi cher que des frais de scolarité. Nous lui avions caché le prix de l'hébergement, mais elle le découvrirait forcément, tôt ou tard. Barbara, qui avait quitté son poste à Colby College, cherchait un nouveau travail dans la région et n'en trouvait pas. Mon agent pour le cinéma, sur la côte Ouest, cherchait des projets de scénarios pour moi et n'en trouvait pas. Il devenait évident que les retombées financières d'*Un homme presque parfait* sur lesquelles je comptais ne se matérialiseraient pas, tout simplement parce qu'il n'y en avait aucune, pas pour les auteurs du moins, seul un idiot avait pu croire le contraire. Et, pour couronner le tout, je ne pourrais pas remettre mon prochain roman (et donc me faire payer) avant un an. Le problème, ce n'était pas le séquençage, mais plutôt mon refus de reconnaître que je m'étais trompé. Après avoir compris comment nous pouvions aménager la maison de Camden, puis nous être imaginés dedans, je n'avais plus qu'une idée en tête : mener le projet à son terme, insensible à la raison. Alors qu'il y avait eu de nombreuses occasions de faire demi-tour avec le bateau, j'avais maintenu notre cap hasardeux avec obstination, en manœuvrant avec habileté dans le minuscule et coûteux port de Camden, où nous étions maintenant prisonniers.

Tout cela commençait à prendre l'apparence d'un gigantesque « je te l'avais dit ». Ma mère avait toujours eu la profonde conviction que nous étions faits de la même étoffe. Enfant déjà, chaque fois que nous étions en désaccord, elle me disait que plus tard, quand j'aurais son âge, je penserais comme elle, une affirmation qui ne manquait jamais de provoquer ma fureur car elle laissait entendre que je n'étais pas sa progéniture, mais son clone, et au fil des ans rien ne m'avait procuré plus de plaisir que de songer à quel point elle avait tort : assurément, je ne pensais pas comme elle, et le temps, au lieu de combler le fossé, l'avait creusé. Ce que je n'avais pas compris, c'était qu'en plus d'avoir tout à fait tort elle avait parfaitement raison ou, plutôt, elle aurait eu raison si elle avait formulé cette affirmation un peu différemment. Elle disait qu'un jour je *penserais* comme elle ; en fait, elle voulait certainement dire qu'un jour je *serais* comme elle : obsessionnel, obstiné et rigide.

Comment avais-je pu ne pas voir en moi les traits que je lui avais attribués avec tant d'assurance ? Les preuves étaient partout. Prenez, par exemple, ma première année à l'université, quand j'étais devenu accro au flipper. Pendant plusieurs mois, une machine installée au sous-sol du foyer avait pris possession de mon esprit. Cela avait débuté de manière innocente. Un soir, après un dîner à la cafétéria, j'étais descendu dans la salle de jeux avec des amis et avais dépensé quelques *quarters* qui permettaient de faire trois parties à l'époque. Le lendemain soir, j'y étais retourné, sans mes amis, et le soir suivant aussi. Très vite, j'en étais venu à considérer ce flipper comme le mien et pendant le dîner je paniquais à l'idée que quelqu'un puisse le prendre avant moi. Une fois que j'avais pris possession de la machine, si la malchance m'obligeait à l'abandonner pour aller chercher d'autres *quarters*, et qu'un pauvre crétin au teint cireux avait pris ma place en mon absence, je devais ravaler une fureur noire, meurtrière. En l'espace de quelques jours, je n'eus plus aucune vie en dehors de la salle de jeux. J'allais en cours, évidemment, mais même là, pendant que mes professeurs parlaient, j'entendais les bruits caractéristiques de mon flipper à l'autre bout du campus, le score qui augmentait à toute allure, les points de bonus obtenus grâce aux bumpers et aux cibles les plus difficiles à atteindre, puis le délicieux claquement des parties gratuites qui s'affichaient dans la minuscule fenêtre, un bruit qui incitait les misérables joueurs d'à côté à interrompre leurs propres parties pour se regrouper autour de moi. Bientôt, afin d'être sûr d'avoir assez de *quarters* pour jouer plusieurs heures, je me mis à vendre mes tickets de repas du soir, en me disant que je n'avais pas faim de toute façon, et je restai collé à la machine jusque tard, alors que j'aurais dû étudier, m'arrêtant seulement quand la chance me quittait. Pire, comme j'avais expliqué à mes camarades de chambre que j'allais à la bibliothèque, ils voyaient dans mes longues soirées de veille, mon teint pâle et mes traits tirés quand je regagnais enfin le dortoir les signes d'une détermination et d'une rigueur qui leur faisaient défaut. Il y avait dans ma classe des filles que je voulais inviter, mais l'argent que je mettais de côté pour le week-end avait été dépensé en milieu de semaine. Je maigris, je ressemblais à un spectre, tel Gollum avec son « précieux ». Pendant des mois, cette folie inexplicable et humiliante me tint dans ses griffes, jusqu'à ce qu'un soir, alors que je jouais avec mon premier *quarter*, je me retrouve dans un état second et gagne tant de parties gratuites que la perspective de les jouer toutes me donnait la nausée. Rassasié et soudain de nouveau en pleine possession de mes moyens, je m'en allai et ne revins jamais.

Toutefois, quelques années plus tard, alors que j'étais en troisième cycle, je fus saisi par l'obsession de mon père et me retrouvai en train de faire la navette entre le cynodrome miteux de South Tucson et n'importe quelle table de poker à deux sous que je pouvais trouver. Le cynodrome était un aimant particulièrement déprimant qui attirait les individus les plus pauvres et les plus désespérés de la ville. Le vendredi soir, c'était plus terrible encore car on voyait bien, d'un simple regard, que certains de ces hommes étaient venus directement de leur travail. Au lieu de rentrer chez eux, ils avaient fait encaisser leur chèque de paie aux guichets et ils misaient l'argent des commissions de la semaine. Je les reconnaissais, à leur façon d'étudier le journal de pronostics de manière furtive, leurs yeux avides sondant les colonnes de chiffres abstrus à la recherche d'un tuyau : c'étaient des hommes de Gloversville, transportés par magie dans le désert, et je me retrouvais de nouveau parmi eux. Étudiant en littérature, j'étais sensible aux métaphores et quand le lapin mécanique tourna devant la starting-gate et que les lévriers idiots s'élancèrent à sa poursuite, je me souviens de m'être demandé si j'étais le seul dans cette enceinte qui comprenait son effroyable signification, et si cela me rendait plus intelligent ou plus stupide que ces types qui exerçaient des métiers sans avenir, et mal payés. Le poker ? Bah, en pariant à coups de cinq, dix et vingt-cinq *cents*, vous ne risquiez pas grand-chose. Voilà ce que je me disais. Je vous laisse juges.

Plus terrifiant encore que ces horribles et ridicules obsessions, il y avait le fait que je ne pouvais même pas m'attribuer le mérite d'en avoir triomphé. Le jour où je vendis mon sang pour pouvoir m'asseoir à une table de poker, je ne m'étais pas regardé dans une glace en disant : *Assez.* Et je ne m'étais pas passé un sacré savon, pour reprendre l'expression de ma mère. Cela n'aurait servi à rien. Je me connaissais suffisamment bien pour savoir que je ne m'écouterais pas. Non, j'avais pris mon temps, tout simplement, et attendu que cette période de folie s'arrête pour être remplacée, très certainement, par une nouvelle lubie qui restait à déterminer, mais sans doute aussi humiliante et destructrice que la précédente. Ou pis encore, peut-être. Voilà ce qui me terrorisait, en réalité. Si je me laissais séduire par un flipper, par un cynodrome miteux, que se passerait-il si j'étais soumis à une véritable tentation ? Et si ma prochaine obsession prenait l'apparence d'une femme ? Me passerais-je un sacré savon alors, en me rappelant que j'aimais ma femme, que je me préparais à une vie d'intellectuel, que je voulais être un homme bien ? Ou deviendrais-je un personnage de Jim Thompson, pathétique et désespéré, en proie à un pouvoir cruel et impitoyable ? C'était possible.

La maison de Camden était vide et calme. Mes filles avaient trouvé des jobs d'été dans un restaurant très fréquenté sur les quais et Barbara était partie quelque part. J'avais espéré les retrouver en rentrant, pour oublier le sentiment de culpabilité et la peur qui m'avaient rongé pendant que je revenais de Winslow et notre bibliothèque chaotique, sens dessus dessous, avec ses cartons qui attendaient d'être vidés. Mais, pour une raison quelconque, je sentais que je serais d'une mauvaise compagnie et je me réjouis de me retrouver seul. Si je ne me trompais, quelque chose avait fini par se briser à l'intérieur de ma mère, et c'était ma faute. J'envisageai de l'appeler afin de m'excuser, pour tout, et surtout de lui avoir demandé de faire une chose dont je la savais incapable : de patienter pendant une période indéfinie, de vivre au milieu du chamboulement. Mais je me souvins qu'elle allait dîner avec Dot.

À l'autre bout de la pièce, sur une étagère en hauteur, se trouvaient des exemplaires des livres que j'avais écrits et des revues littéraires qui avaient publié mes nouvelles, mes essais et mes critiques. Me levant enfin, je m'en approchai et fis courir mes doigts sur les dos, en souriant devant le travail accompli, non pas par plaisir, mais parce que je prenais conscience de son origine. La plus grande différence entre ma mère et moi, je m'en apercevais maintenant clairement, devait moins à la nature ou à l'éducation qu'à la chance, pure et simple, le troisième rail, souvent mortel, de la destinée humaine. Ma prochaine obsession aurait pu être une femme, une drogue ou une bouteille de tequila. Au lieu de cela, j'étais tombé sur l'art de raconter des histoires et j'avais attrapé le virus. Au milieu de ma thèse de doctorat, j'avais failli tout plaquer pour écrire à plein temps. Non pas que j'imaginais être particulièrement doué ou que je pourrais en vivre un jour, mais il fallait que je le fasse. La salle de jeux et le cynodrome étaient revenus. Une compulsion qui échappait à toute raison. Voilà sans doute ce que ma mère avait reconnu et abhorré, ce qui l'avait poussée à me rappeler mes responsabilités de mari et de père.

Il ne me fallut pas longtemps pour découvrir que l'écriture de romans était une activité qui convenait à mon tempérament et utilisait mes qualités, quelles qu'elles soient. Car, ne laissez personne vous dire le contraire, écrire un roman, c'est principalement faire du triage (*ça maintenant, ça plus tard*) et de l'obstination. C'est avancer à tâtons dans le noir, en essayant d'échapper à la Loi des conséquences imprévues. C'est vivre avec l'incertitude et l'accueillir volontiers. Essayer quelque chose et, si ça ne marche pas, en essayer une autre. Accepter le désordre. Renoncer à une bonne idée au profit d'une meilleure. Savoir que vous n'atteindrez pas la ligne d'arrivée avant un an ou deux, ou cinq, ou peut-être jamais, et ne pas vous en soucier. Avancer en mettant un pied devant l'autre. Prendre des petites bouchées, bien mâcher. Et recracher. Savoir qu'après avoir enfin ordonné tout ce qui peut l'être vous rechercherez à nouveau le chaos. Rincer et recommencer. Bizarrement, sans en avoir l'intention, j'avais découvert comment transformer l'obsession et ce que ma grand-mère appelait le pur esprit de contradiction – des traits de caractère qui avaient poursuivi mes deux parents et les avaient entraînés dans des ennuis sans fin – à mon avantage. Ces mêmes qualités qui, une vie durant, avaient restreint le monde de ma mère avaient élargi le mien. Comment, par quel mécanisme ? La simple chance ? La grâce ? Sincèrement, je n'en ai aucune idée. Appelez ça comme vous voulez, sauf la vertu.

TEMPS RÉEL

Quand elle ouvrit la porte, j'eus un mouvement de recul involontaire. Elle avait les cheveux ébouriffés, les yeux écarquillés, affolés, et elle était encore en chemise de nuit : la folle dans le grenier, tout droit sortie de *Jane Eyre*. Elle m'agrippa le bras et me tira à l'intérieur. « Quelle heure est-il ?

— Huit heures quarante-cinq », lui dis-je. J'étais arrivé, comme d'habitude, à l'heure prévue. Le moindre retard, même d'une minute ou deux, était toujours une erreur. Très souvent, quand je frappais à la porte, elle ouvrait avant même que ma main retombe ; en hiver, elle avait déjà son manteau, son sac au bras. « Je t'ai vu par la fenêtre de la cuisine quand tu t'es garé », expliquait-elle, comme si attendre devant la fenêtre faisait moins cinglé que d'attendre derrière la porte. Alors, que se passait-il aujourd'hui ? Avait-elle oublié de se réveiller ? Compte tenu de son état léthargique ces derniers temps, ce n'était pas impossible.

Mais là, elle n'était plus léthargique. Quand je lui indiquai l'heure, elle traversa la pièce avec une rapidité inquiétante, surtout qu'elle affirmait toujours que ses jambes se coinçaient dès qu'elle devait se presser. Sur le petit bloc de papier disposé près de son téléphone, elle griffonna 8 h 45 et, au-dessous : temps réel. Puis elle regarda le bloc, comme si elle s'attendait à voir les mots ou les chiffres se modificr devant ses yeux.

« Maman, demandai-je, pourquoi tu notes l'heure ?

— Pour savoir, répondit-elle sans quitter des yeux ce qu'elle venait d'écrire.

— Savoir quoi ?

— L'heure. Plus tard, j'aurai besoin de savoir.

— Mais il ne sera plus huit heures quarante-cinq. »

Face à son regard vide, je changeai de tactique.

« Maman, tu as oublié que tu vas chez le médecin ? On doit y être dans une demi-heure. »

L'horrible frayeur maintenant. « On a loupé le rendez-vous ?

— Non, on a encore grandement le temps. Mais il faut que tu t'habilles.

— Je ne peux pas.

— Pourquoi ?

— Je n'ai pas pris ma douche. Je ne savais même pas quelle heure il était.

— Tu te doucheras quand tu rentreras. »

Elle m'observa d'un air dubitatif, en clignant des yeux, puis son regard erra à travers son nouvel appartement. C'était *ça*, chez elle ?

« Tu crois que tu peux t'habiller ? » Elle me suivit dans la chambre, où les vêtements qu'elle avait l'intention de porter étaient suspendus à la poignée de la porte. Je lui montrai la commode où la veille, avec Barbara, elle avait rangé ses sous-vêtements.

Elle s'assit sur le lit. « J'ai besoin de réfléchir. » Elle prit son réveil et le scruta. Pour une raison quelconque, il indiquait 3:17.

« Il faut que tu t'habilles, maman. Pour qu'on puisse aller chez le médecin. »

De nouveau, la terreur. « On a loupé le rendez-vous ?

— Habille-toi, d'accord ? »

De retour dans le salon, j'appelai à la maison et réussis à joindre Barbara juste avant qu'elle parte faire des courses. « J'ai besoin de toi, lui dis-je. Tout de suite.

— Que se passe-t-il ?

— J'aimerais bien le savoir. Peut-être une nouvelle attaque. »

J'en doutais pourtant. Après une mini-attaque, ma mère était toujours épuisée, la moitié de son visage était agitée de spasmes et elle souffrait de problèmes d'élocution. Mais elle savait ce que c'était et elle avait toujours conscience de ce qui venait de lui arriver. Là, c'était différent. À part le fait que ses propos n'avaient aucun sens, elle s'exprimait normalement.

« Elle est désorientée. Confuse. »

Il faudrait vingt minutes à Barbara pour arriver. J'appelai le cabinet du médecin pour annoncer que nous aurions quelques minutes de retard. En raccrochant le téléphone, je remarquai que la pendule sur le guéridon indiquait 11:22. Celle qui était sur le téléviseur indiquait 7:03 et l'horloge de la cuisinière 1:54. Pourtant, la veille encore, elles étaient toutes parfaitement à l'heure.

« Tu t'en sors, maman ? » lançai-je.

Pas de réponse.

La porte de la chambre était ouverte. « Maman ? »

Elle était assise sur le lit, toujours en chemise de nuit, et elle me tournait le dos. La lumière du matin filtrait à travers les rideaux, mais la pièce était sombre. Elle tenait son réveil préféré, en plaqué or, celui que je lui avais acheté pour Noël il y avait très longtemps. Tout d'abord, je crus qu'elle était en train de le remonter et m'apprêtais à lui dire que le temps pressait, justement. Mais elle ne le remontait pas, elle faisait simplement tourner les aiguilles : les minutes, puis les heures défilaient en quelques secondes.

Je m'assis à côté d'elle. « Maman, qu'est-ce qui ne va pas ? Tu peux m'expliquer ?

— Pourquoi les aiguilles vont dans ce sens ? » demanda-t-elle.

Voyant que je ne comprenais pas, elle fit ce geste universel qui symbolise le sens des aiguilles d'une montre. Elle voulait que je lui explique pourquoi les aiguilles ne tournaient pas en sens inverse. Désireuse de bien me faire comprendre, elle me fit une démonstration en actionnant la molette dans le sens contraire, non sans mal.

« Tu vas le casser, dis-je. Regarde, tu as déjà tordu la molette. »

Elle s'en fichait. Le mystère qu'elle essayait de sonder était bien plus important.

Aussi étonnant que cela puisse paraître, tout s'était déroulé sans le moindre incident. Après être arrivés à Winslow à l'heure convenue, les déménageurs s'étaient mis au travail immédiatement. J'aurais parié que ma mère allait revenir sur notre arrangement et exiger de rester pour tout surveiller, mais elle monta en voiture avec Barbara et toutes les deux se rendirent à Camden, me laissant le soin de dresser l'inventaire de ses affaires à mesure qu'elles franchissaient la porte. « Cette dame déménage souvent », fit remarquer un des hommes. Il avait posé sa petite table de cuisine à l'envers sur le sol (ce qui, si ma mère avait été là, aurait provoqué de grands « Ooooh ! Ooooh ! ») et il dévissait les pieds. Sous la table étaient collées des pastilles de différentes couleurs, vestiges des déménagements précédents.

Dot passa brièvement et j'appris qu'elles n'étaient pas allées dîner finalement ; ma mère lui avait téléphoné pour dire qu'elle était trop fatiguée.

« Je n'ai jamais vu quelqu'un d'aussi énervé, ajouta-t-elle.

— C'est comme ça à chaque déménagement.

— Je ne sais pas si c'était le déménagement ou l'idée d'aller chez un nouveau médecin. »

Dot n'avait pas tort. Changer de médecin représentait toujours une épreuve pour ma mère car elle avait une bonne dizaine d'ordonnances à faire renouveler et cette préoccupation figurait en bonne place sur la liste de ses angoisses : si son nouveau médecin et la nouvelle pharmacie ne communiquaient pas efficacement, elle risquait de se retrouver avec les mauvais médicaments ou carrément sans traitement. Un nouveau médecin était également synonyme de questions indésirables, sur ses mauvaises habitudes alimentaires, le manque d'exercice et toutes sortes de choses qui, selon elle, ne regardaient personne. Il lui avait fallu du temps, mais elle avait réussi à convaincre son médecin de Waterville d'accepter ce qu'elle lui disait et de lui prescrire les médicaments dont elle croyait avoir besoin, parmi lesquels, depuis quelques années, le Paxil, au sujet duquel je commençais à entendre des histoires inquiétantes. Le nouveau médecin serait peut-être plus dubitatif face à l'efficacité de ce traitement.

« Elle dit qu'elle est épuisée à cause de tout ce qu'elle doit faire, reprit Dot. Mais, quand je lui demande si je peux la soulager, elle ne sait pas quoi répondre.

— Vous ne pouvez pas la soulager de ses angoisses.

— Je lui ai dit que j'espérais que nous pourrions rester en contact. Camden, ce n'est pas si loin. Mais j'ai eu l'impression que ça ne l'intéressait pas.

— Une fois qu'elle sera installée, peut-être », dis-je avec optimisme, tout en sachant que leur amitié était terminée.

Ma mère détestait les « peut-être », les « si », les « quand », elle préférait rompre brutalement plutôt que de laisser les choses en suspens, avec l'espoir d'un éventuel dénouement heureux.

« Merci d'avoir été une si bonne amie, dis-je.

— Elle va me manquer », dit Dot. Puis elle ajouta, presque comme pour s'excuser : « J'aimais beaucoup votre mère, quel dommage qu'elle soit si… » Elle peinait à trouver le bon mot, et finalement elle renonça. Ou bien l'adjectif « impossible » s'était imposé à elle et sa gentillesse l'empêchait de le prononcer. « C'est peut-être pour ça que je l'aime bien. Être son pire ennemi, c'est une chose que je comprends. »

Plus tard, de retour sur la côte, armé du plan du nouvel appartement, j'indiquai aux déménageurs où ils devaient poser les meubles et les cartons de livres. « Ouah ! commenta le type qui avait fait remarquer que ma mère déménageait souvent, ça me plairait bien d'habiter ici. »

Je résistai à l'envie de lui conseiller de revenir dans quelques mois, quand cet appartement serait certainement disponible. Car de toute évidence ma mère allait détester cet endroit. Nous avions cherché partout, confrontés exactement aux mêmes obstacles auxquels nous nous étions heurtés à l'intérieur des terres. Elle préférait ne pas vivre au milieu des personnes âgées car elles ne parlaient que de leurs maladies, de leurs nouveaux médicaments et de leurs filles, celles qui les avaient oubliées cette semaine et celles qui viendraient les voir la semaine prochaine. Elle voulait un endroit animé, comme celui où elle avait habité à Phoenix, au tout début. Elle voulait se sentir vivante et, pour cela, il fallait s'entourer de gens jeunes. Mais des gens jeunes, ça voulait dire aussi la musique, le bruit et les enfants, autant de choses qu'elle refusait. Elle ne voulait pas que quelqu'un vive au-dessus de sa tête. Au-dessous, ça ne posait pas de problème, sauf qu'elle ne pouvait plus monter les escaliers, la question était donc réglée. Elle préférait les résidences, mais détestait les établissements subventionnés car la loi leur interdisait de faire une sélection, et vous risquiez de vous retrouver avec un cinglé pour voisin. Les établissements privés étaient au-dessus de ses moyens, et elle ne voulait pas que l'on comble la différence, surtout quand elle était importante. Et nous savions par expérience que, quel que soit l'endroit finalement choisi, il devrait se trouver à moins d'une demi-heure de Camden. Rien de tout ce que nous avions visité ne convenait et, pour parodier la plaisanterie de Woody Allen, il y avait de longues listes d'attente.

L'établissement qui me semblait le mieux lui convenir, Megunticook House, se trouvait à Camden même. Les loyers étaient subventionnés et elle correspondait aux critères d'admission. Les résidents étaient tous âgés, mais le centre n'offrant aucun service, cela voulait dire que, dans l'ensemble, ils n'étaient pas très handicapés. Les appartements en eux-mêmes étaient agréables, la propriété bien entretenue, pourtant, quand nous arrivâmes, ma mère jeta un seul regard et dit : « Oh, Rick… franchement, ça n'ira pas, hein ?

— Si on visitait, au moins ? »

Elle accepta à contrecœur, mais de toute évidence c'était un non définitif.

« C'est miteux, commenta-t-elle quand on se retrouva dans la voiture. Tu as vu l'état de délabrement ? Et tous ces déambulateurs dans le hall ? Les gens qui ont besoin de ça devraient les garder dans leurs chambres. Tu n'as pas remarqué que la peinture s'écaillait à l'extérieur ? »

Je lui expliquai que nous étions sur la côte et que la résidence se trouvait à cinq cents mètres de l'océan, aussi à cause des hivers rigoureux, de l'air salé, eh bien, la peinture s'écaillait.

« Je ne pourrais pas vivre ici, déclara-t-elle. L'autre endroit était mieux. »

Elle parlait de Woodland Hills, un centre médicalisé de Rockland, à vingt minutes en voiture. Avec sa longue allée et ses pelouses impeccables, on aurait dit un country club, mais ça non plus elle n'en avait pas voulu. « Je n'ai pas besoin d'un endroit *aussi* chic », avait-elle dit. À l'intérieur, les couloirs étaient assez larges pour permettre à deux fauteuils roulants de se croiser et tous les murs étaient munis de barres pour se tenir. Il y avait un tas d'activités – de l'aérobic en fauteuil aux cours d'informatique –, mais rien de tout cela ne l'intéressait. « Je suis habituée à vivre de manière indépendante », avait-elle confié à la femme qui nous faisait visiter les lieux. Naturellement, elle n'avait que faire de la camionnette qui conduisait les résidents au supermarché ou chez le médecin. « Mon fils s'occupe de tout ça. » Les repas étaient servis dans une vaste salle à manger, mais les horaires la choquèrent. « Qui déjeune à midi ? » me demanda-t-elle dans la voiture.

« Eh bien…

— C'est une maison de retraite, voilà tout. Je n'ai pas vu une seule personne qui marchait sans canne.

— L'appartement était joli, soulignai-je. Clair et spacieux. » Mieux encore : elle avait promené son doigt sur le dessus de la cuisinière et elle l'avait retiré propre. « Et puis il n'y a pas de liste d'attente.

— Continuons à chercher. »

Ce que nous fîmes, jusqu'à ce que nous en ayons fait le tour.

Mark, le nouveau médecin de ma mère, avait la moitié de son âge. Soignant depuis peu Barbara, moi-même et les filles, il avait accepté de la recevoir elle aussi. Il venait de s'installer en ville, mais il avait déjà la réputation d'avoir un excellent diagnostic. Ses manières directes le faisaient paraître un peu bourru parfois. Aussi fus-je surpris de le voir prendre tendrement la main de ma mère. « Très bien, Jean, lui dit-il. Je vais vous donner quatre mots que vous devrez mémoriser. Ensuite, nous allons bavarder un petit peu, et je vous demanderai de me répéter ces quatre mots. Vous comprenez ? »

Ma mère hocha la tête, avant de se tourner brièvement vers moi pour obtenir confirmation.

« Voici les quatre mots : *oiseau*, *fenêtre*, *voiture*, *livre*. »

Bien, pensai-je. Elle se souviendra au moins de *livre*.

Barbara avait finalement réussi à la convaincre de s'habiller et nous n'avions qu'une demi-heure de retard. J'avais discrètement informé la secrétaire de la situation : il devait s'agir au départ d'une simple prise de contact, mais en venant chercher ma mère je l'avais trouvée désorientée ; pour une raison quelconque, elle paraissait obsédée par les réveils et l'heure. Je ne l'avais jamais vue dans cet état. Nous nous trouvions maintenant – Barbara, le médecin, ma mère et moi – dans une de ces petites salles de consultation.

« Comment vous sentez-vous ? » lui demanda le médecin.

De nouveau, elle se tourna vers moi. « Quelle heure est-il ? »

Je le lui dis. (Trois minutes de plus que la dernière fois qu'elle m'avait posé la question, juste avant de quitter la salle d'attente.)

« Jean. Regardez-moi, s'il vous plaît. »

Bien, me répétai-je. Une voix d'homme autoritaire. Elle y est sensible. La mienne constituant une exception notable.

« Comment vous sentez-vous ?

— Je suis un peu inquiète, avoua-t-elle.

— À quel sujet ?

— L'heure.

— Pourquoi êtes-vous inquiète à cause de l'heure ?

— J'ai un rendez-vous très important chez le médecin.

— Vous y êtes, à ce rendez-vous. Je suis votre médecin. Ne vous préoccupez plus de l'heure, d'accord ? »

Immensément soulagée, ma mère m'adressa un sourire.

« Savez-vous à quelle époque de l'année nous sommes ? »

Elle réfléchit, puis avoua qu'elle n'en était pas sûre.

« Pouvez-vous me dire où vous habitez ? »

Elle se tourna vers moi, une fois de plus.

« À Woodland Hills », répondis-je, en rougissant aussitôt car, évidemment, il s'en fichait de savoir où elle habitait. Il voulait juste savoir si *elle* le savait. « Elle vient d'emménager, précisai-je.

— Qui est le Président ? »

Elle sourit. Voilà une réponse qu'elle connaissait. Elle ouvrit la bouche pour répondre et, soudain, un trou. Elle me regarda. J'avais fourni la réponse précédente, alors peut-être que je connaissais celle-ci également.

« Allez, dit-elle en me donnant un petit coup de coude. *Tu* le sais. »

J'essayai de lui envoyer un message télépathique. *George W. Bush. Tu détestes cet abruti. Tu espères vivre assez longtemps pour le voir inculpé de crimes contre l'humanité. Tu te souviens ?*

Non, elle ne s'en souvenait pas. Elle avait oublié son nom et combien elle le haïssait. Mon cœur se brisa à cet instant car son visage indiquait qu'en plus d'être déconcertée par la question elle commençait à comprendre qu'il se passait quelque chose de grave. Ou peut-être singeait-elle ma propre expression ?

« Alors, et ces quatre mots ? demanda le médecin. Vous pouvez me les répéter ? »

Ma mère secoua la tête et la laissa retomber, totalement à court de réponses.

Son examen terminé, Mark me prit à part.

« Votre mère souffre de démence », m'annonça-t-il.

Je hochai la tête, pas surpris outre mesure, compte tenu de ce qui s'était passé dans la salle de consultation. Néanmoins, quelque chose m'échappait.

« Pourquoi ?

— Nous ignorons les causes, précisément, mais ce n'est pas inhabituel chez les personnes qui ont l'âge de votre mère.

— Oui, d'accord, mais du jour au lendemain ?

— Les premiers symptômes peuvent apparaître rapidement.

— Hier encore elle allait bien. »

Il fronça les sourcils, visiblement dubitatif.

« Elle est inquiète à cause du déménagement. Elle a fait plusieurs mini-attaques au cours de ces dernières années. Se peut-il qu'elle en ait fait une dans la nuit ?

— Où vivait-elle avant Woodland Hills ?

— Elle avait un appartement à Winslow. »

Il me regarda comme si je lui avais décoché un crochet du gauche.

« Un appartement ?

— Oui.

— Vous êtes en train de me dire que votre mère vivait seule ?

— Oui. Si elle est à Woodland, c'est uniquement parce qu'il y avait une place.

— Elle se serait souvenue des quatre mots, hier ? Elle aurait su le nom du Président ?

— Parfaitement. Elle vous aurait dit ce qu'elle pense de lui. Et elle n'aurait certainement pas oublié le mot *livre*. » Bien que le médecin semblât toujours perplexe, j'ajoutai : « Elle vit de manière indépendante. » Aussitôt après avoir prononcé ces paroles, je m'aperçus que cette remarque aurait enchanté ma mère.

« Elle n'est pas confuse en temps normal ? »

Cette question était plus délicate.

« Elle aime réarranger les choses, avouai-je. Elle préfère sa propre version. Mais rien à voir avec ce dont vous avez été témoin.

— Dites-moi ce qu'elle prend comme médicaments. »

Je lui dressai la liste de ceux dont je me souvenais : les médicaments pour l'hypertension, la thyroïde, les angoisses, les reflux gastriques, l'arthrite, et deux ou trois autres choses.

« Je vais me renseigner, dit-il. Si elle est perturbée à cause du déménagement, il se peut que le voile se lève. Il faudrait la prendre chez vous pendant quelques jours. »

Je pensai à Barbara, qui paierait le plus lourd tribut : l'habiller, la déshabiller, lui donner son bain. Et je pensai à l'impression produite si je répondais non.

Ayant remarqué mes réticences, le médecin ajouta : « Elle ne doit pas rester seule dans son état.

— Non, bien sûr », dis-je, alors que nous regagnions l'antichambre où Barbara et ma mère attendaient. Ma femme avait entendu la fin de notre conversation ; nos regards se croisèrent. « Mais je ne suis pas sûr que nous puissions nous occuper d'elle.

— Je n'ai pas l'impression qu'elle va vous donner du fil à retordre. »

Je ne pouvais pas lui en vouloir de ne pas comprendre. Ma mère avait été douce comme un agneau durant l'examen, et elle pesait moins de cinquante kilos. Comment diable un *fils* pouvait-il hésiter à héberger pendant quelques jours sa *mère*, une vieille femme malade et désorientée ? Évidemment, je ne m'inquiétais pas à cause de ma mère dans l'état où elle se trouvait présentement, mais à cause de ce qui pouvait arriver si, pour reprendre son expression, le voile se levait.

« Si vous me la rameniez demain ? suggéra-t-il. Nous verrons comment les choses progressent. »

J'inspirai à fond.

« OK, dis-je. Pas de problème. »

Sur le trajet de Camden, elle continua à demander quelle heure il était toutes les cinq minutes. Visiblement, elle craignait encore de louper son rendez-vous chez le médecin, pourtant relégué dans le passé. Nous l'installâmes dans la chambre d'amis où étaient entreposés tous les livres, mais rien dans le monde réel, physique, ne semblait l'intéresser à part le petit réveil en plaqué or qu'elle refusait de poser. Elle continuait à en faire tourner les aiguilles, comme si elle avait peur que le temps lui-même ne s'arrête si elle s'interrompait.

Pour tenter de la distraire, nous allumâmes la télé dans la salle de séjour et trouvâmes un vieux film susceptible de lui plaire. Ce n'était plus qu'une question de… temps avant qu'elle casse le réveil, alors je proposai de le poser sur le téléviseur, où elle pourrait le voir du canapé. Elle accepta à contrecœur, mais elle le regarda fixement sans s'intéresser au film. Chaque fois que je la laissais pour répondre au téléphone ou aller chercher quelque chose à la cuisine, elle l'avait sur les genoux quand je revenais, et elle faisait tourner les aiguilles à toute vitesse. Emily, notre fille aînée, travaillait au restaurant à l'heure du déjeuner, elle ne pouvait donc pas assister à la scène, mais à un moment donné, en entrant dans le salon, je trouvai Kate en train de sangloter devant la cheminée. « C'est affreux… c'est affreux… », voilà tout ce qu'elle pouvait dire. En milieu d'après-midi, Emily téléphona pour annoncer qu'on lui avait demandé de rester pour le service du soir et je l'encourageai à accepter. Après tout, elle ne pouvait rien faire, et elle aurait été effondrée en voyant sa grand-mère dans cet état. Ce soir-là, Kate partit travailler elle aussi, et Barbara et moi nous retrouvâmes seuls avec ma mère et son obsession chronographique.

Au lieu de se lever, le voile qui s'était abattu sur sa raison semblait descendre de plus en plus. À mesure que les heures passaient, elle paraissait de plus en plus angoissée, sans pouvoir expliquer pourquoi. Nous essayâmes de lui faire manger quelque chose, mais cela l'aurait obligée à poser son réveil. En début de soirée, il devint évident que nous avions commis une erreur en l'amenant chez nous. J'appelai le cabinet du médecin, qui était fermé, et laissai un message. Quand Mark me rappela une demi-heure plus tard, je lui exposai notre dilemme. Loin de se calmer, ma mère était de plus en plus agitée. Elle restait obsédée par le temps ; elle essayait de comprendre comment il fonctionnait, comment l'arrêter ou, mieux, comment le faire revenir en arrière. Nous étions surtout inquiets de ce qui pouvait se passer dans la nuit. Barbara et moi ne pouvions pas dormir dans l'appartement au-dessus du garage, il était trop loin. Nous serions obligés de monter la garde devant sa porte, à tour de rôle, si nous ne voulions pas la retrouver en train de déambuler dans les rues de Camden en chemise de nuit. Cette dernière préoccupation sembla convaincre Mark.

« Vous croyez que vous pouvez la persuader d'aller aux urgences ? »

En temps normal, obliger ma mère à faire une chose qu'elle ne voulait pas faire aurait été un combat, mais pas ce soir-là. J'avais simplement demandé à voir son réveil, et promis de le lui rendre dès que nous serions dans la voiture. Elle aurait suivi ce réveil n'importe où.

« La *première* chose que je vais faire, déclara ma mère à l'arrière de la voiture, c'est de changer de médecin. »

Nous n'étions même pas sortis du parking de l'hôpital quand elle lâcha cette bombe. Assurément, elle la gardait en réserve depuis un moment et elle était curieuse de voir la taille du cratère que son impact allait créer. Après quatre jours d'hospitalisation, les choses étaient redevenues comme avant ; sa nouvelle obsession et sa léthargie récente appartenaient au passé. Préoccupé par la quantité de médicaments qu'elle prenait et leurs éventuelles interactions contradictoires, et désireux d'établir une sorte de point de comparaison, Mark avait suspendu tous ses traitements, à l'exception de ses médicaments contre l'hypertension. Ses examens sanguins firent apparaître un sérieux excès de sodium, dû en grande partie aux plats cuisinés surgelés, trop salés, qui constituaient son régime. Il était possible également que l'angoisse provoquée par un nouveau déménagement ait pris le dessus et l'ait conduite à abuser des médicaments. Quoi qu'il en soit, en quelques heures seulement, elle retrouva la raison… en même temps qu'une énorme colère. Pour le personnel de l'hôpital, c'était déconcertant de voir une vieille femme de presque quatre-vingts ans émerger de sa léthargie dans un tel état de fureur.

Dans le cas de ma mère, évidemment, retrouver la raison ne signifiait pas forcément parvenir à des conclusions bien fondées. « *Oiseau*, *fenêtre*, *voiture*, *livre*, récita-t-elle. Il croit que je suis folle ? Que je ne suis pas capable de me souvenir de quatre mots simples ? »

Avant de la laisser sortir de l'hôpital, Mark lui avait fait subir l'examen qui s'était révélé si catastrophique précédemment, y compris le test de mémoire, et cette fois ma mère avait débité les mots sans peine. Je fus impressionné car, ni la première ni la seconde fois, je n'avais été capable de me souvenir des quatre. Elle lui avait également donné son avis sur Bush, ce qui sembla le réjouir, mais peut-être était-il simplement enchanté par sa lucidité.

Comme Barbara conduisait, je pus me tourner vers ma mère. « La première fois où il t'a demandé de répéter ces quatre mots, tu n'as même pas pu en citer un », lui dis-je, non sans une certaine appréhension. Elle n'avait quasiment aucun souvenir des jours ayant précédé son hospitalisation, et je savais que cela la troublait profondément. Tandis que son univers avait commencé à se rétrécir au cours de la dernière décennie, son besoin de contrôler ce qu'il en restait devenait primordial, et l'idée de perdre la notion du temps, de devoir demander de l'aide pour combler les vides la terrifiait, tout en lui faisant perdre pied. Elle avait interrogé ses deux petites-filles au sujet des événements dont elle ne se souvenait plus, comme si Emily et Kate étaient plus dignes de confiance que leurs parents qui, si ça se trouve, étaient de mèche avec ce médecin qu'elle vouait aux gémonies.

« Tu as été très malade.

— De quel droit ose-t-il dire que je ne peux plus prendre mon Paxil ? poursuivit-elle, impossible à contenir, comme chaque fois qu'elle était décidée à expulser toute la rage accumulée.

— C'est ton médecin.

— Eh bien, j'appellerai mon ancien médecin. Lui, il m'en prescrira.

— Non, maman. Il ne t'en prescrira pas.

— De toute façon, j'en ai pour deux mois d'avance à la maison. »

Barbara et moi échangeâmes un regard. Une de nos premières tâches après l'hospitalisation de ma mère avait été de rassembler tous les médicaments qui se trouvaient dans l'appartement de Woodland Hills et de les apporter à l'hôpital. La réserve sur laquelle elle comptait n'existait plus, et j'avais l'impression d'être un père qui a jeté l'herbe qu'il a découverte dans le placard de son enfant.

Ce que ma mère reprochait à Mark, en réalité, c'était son refus, calme et serein, de se laisser embobiner. On aurait dit qu'il soignait, non pas *ma* mère, mais la sienne. Il perçait à jour toutes ses manœuvres, en un instant. Quand elle éludait ses questions, il les répétait. Et quand elle le lui faisait remarquer, il répondait qu'il serait ravi de passer à autre chose dès qu'elle lui aurait fourni une réponse claire et honnête.

« Il me dit ce que je dois manger et ne pas manger, comme à une gamine.

— Je suis navré que tu ne l'aimes pas, mais c'est un bon médecin et il t'a sauvé la vie.

— Sottises ! » rétorqua-t-elle, mais ensuite elle se tut.

Elle examina la vilaine ampoule sanglante sur son pouce droit, due au fait d'avoir manipulé la molette de ce fichu réveil pendant des heures et des heures. Réfléchissait-elle aux implications, plus générales, de cette mutilation involontaire ? Dans la vie, son principe de base avait toujours été : *Je sais ce qui est bon pour moi.* Les nombreuses preuves du contraire l'avaient-elles conduite à changer d'avis ? Entrait-elle dans une nouvelle phase où elle ferait confiance à la sagesse des autres et douterait de la sienne ? Pouvait-on changer si radicalement à quatre-vingts ans ?

« Combien de temps je vais rester chez vous ? demanda-t-elle.

— Le temps qu'il faudra. »

Nous en avions déjà discuté, évidemment. Elle était en état de manque et les prochains jours risquaient d'être horribles ; elle aurait besoin d'être accompagnée et soutenue pour survivre.

« Il y a beaucoup de choses à faire dans l'appartement ?

— Très peu », l'assurai-je. Ce qui était vrai. Je lui répétai que les filles nous avaient donné un coup de main, à Barbara et moi, pour tout ranger. Ses vêtements étaient suspendus dans la penderie, ses assiettes et ses verres étaient dans les placards. Elle nous avait indiqué l'emplacement de chaque chose et nous avions suivi les instructions dont elle ne se souvenait plus aujourd'hui. Les rouleaux de papier alu, de film plastique et de papier sulfurisé se trouvaient dans le four, un appareil dont elle n'avait pas l'usage étant donné qu'elle se servait du micro-ondes pour réchauffer ses plats surgelés. Barbara et elle avaient déjà aménagé sa chambre et nous avions accroché aux murs les photos et les miroirs. La télévision était branchée, le câble aussi, tout comme la ligne de téléphone. Nous irions bientôt faire des courses tous les deux et elle voudrait sans doute apporter quelques menus changements, mais à part cela elle était parée. « Et bien sûr, ajoutai-je, il va falloir remettre toutes les pendules à l'heure. »

Pour elle, ce détail était le plus terrifiant de tous. À l'hôpital, une fois le brouillard dissipé, je lui avais raconté comment, assise au bord de son lit, le matin de son rendez-vous chez le médecin, elle avait demandé pourquoi les aiguilles du réveil avançaient uniquement dans un sens, alors qu'elle voulait les faire reculer. « Je devais avoir perdu la boule », dit-elle en secouant la tête, incrédule.

En m'entendant évoquer les pendules, elle pâlit de nouveau, alors j'ajoutai : « Le pire est passé, maman. »

Elle inspira profondément. Je voyais bien qu'elle priait pour que j'aie raison. Comme toujours, j'avais tort.

Les jours suivants se révélèrent aussi durs que prévu. « J'ai l'impression de sortir de ma peau », voilà comment ma mère résuma la chose. Ne pouvant supporter ses vêtements, elle restait en chemise de nuit et en peignoir toute la journée. Incapable de trouver le repos, elle errait de pièce en pièce tel le fantôme d'une personne décédée de mort violente. Les filles, ravies que leur grand-mère se rétablisse, étaient heureuses malgré tout de pouvoir s'évader de la maison grâce à leur travail au restaurant. Barbara et moi n'avions pas cette échappatoire, ni aucune autre, et le soir, nous nous réfugiions dans notre lit, dans l'appartement au-dessus du garage, hors de portée de voix pendant quelques heures, en remerciant le ciel que ma mère ne puisse pas monter l'escalier. Toutefois, à la fin de la semaine, elle retrouva l'appétit, et elle se sentait beaucoup mieux de toute évidence. Elle estimait que le moment était peut-être venu de retourner à Woodland Hills. Son médecin était d'accord. Barbara aussi. Et moi aussi.

La première chose qu'elle vit en entrant dans son appartement, comme si elle le découvrait, ce fut la feuille de papier sur laquelle elle avait griffonné 8 h 45, puis temps réel. Je ne saurais dire ce qui l'effraya le plus, le message lui-même ou le fait de voir sa belle écriture, formée par la méthode Palmer, réduite à des pattes de mouche presque illisibles. Elle tira une des chaises de cuisine et s'y laissa choir, épuisée soudain. Notre intention était de dresser la liste des choses dont elle avait besoin et d'aller au supermarché, mais je compris qu'elle ne pourrait plus rien faire de la journée.

« C'est trop tôt ? » demandai-je en essayant d'imaginer ce qu'elle éprouvait en revenant dans une « maison » où elle n'avait pas encore vécu et dont elle ne se souvenait plus.

Elle secoua la tête.

« Il faut bien que je le fasse, tôt ou tard.

— Si on établissait une petite liste pour un jour ou deux ? Je ferai un saut à l'épicerie. Les grandes courses, ce sera pour plus tard dans la semaine.

— Si tu veux. » Après un silence, elle demanda : « Tu crois sincèrement que Mark m'a sauvé la vie ?

— J'en suis sûr. »

Elle regardait fixement le réfrigérateur maintenant. « Que suis-je censée faire de tous ces plats surgelés ? » Véritable enfant de la Dépression, elle détestait par-dessus tout gaspiller de la nourriture.

« Il n'a pas dit que tu ne pouvais plus manger de plats surgelés, lui rappelai-je. C'est juste que tu dois manger d'autres aliments également.

— Non, dit-elle, n'ayant jamais été une adepte des demi-mesures. On va les jeter. » Elle reporta son attention sur le salon. « Tu as fait du bon travail avec mes livres. Tu connais la place de chaque chose. C'est parfait. »

Nous savions l'un et l'autre que ce n'était pas le cas, évidemment. Au cours des jours et des semaines suivants, elle découvrirait des affaires qui n'étaient pas là où elles devaient être et elle les déplacerait afin que tout soit « comme il faut », pour reprendre son expression. Mais elle tenait à me faire un compliment et je l'acceptai avec joie.

La question qui suivit me surprit. « Tu crois que je pourrai lire encore, un jour ? »

Chez nous, elle n'avait pas lu une ligne, ce qui n'avait rien d'étonnant quand on y réfléchissait. Comment lire quand vous ne teniez pas en place ? Surtout, elle manquait de motivation, nos étagères croulant sous les livres d'Anita Brookner et de ses semblables, partisans du réalisme. Ce que ma mère voulait savoir, en vérité, ce n'était pas si elle pourrait lire comme avant, mais plutôt si la lecture serait encore un moyen d'évasion fiable. L'idée que ce ne soit plus le cas me plongea dans un abîme de terreur, par compassion.

De nouveau, elle laissa son regard errer autour d'elle, mais de manière différente. « Je déteste cet appartement, dit-elle tristement. Je suis désolée. J'aimerais dire le contraire, mais je ne peux pas. »

Habituellement, j'aurais fait remarquer qu'elle n'y avait pas habité assez longtemps pour formuler un tel jugement, mais j'en avais assez de tous ces enfantillages futiles. Évidemment qu'elle allait le détester, là encore, nous le savions tous les deux. « On laissera ton nom sur les autres listes d'attente », déclarai-je.

De fait, j'étais passé devant Megunticook House pendant son séjour à l'hôpital et j'avais remarqué qu'ils repeignaient l'extérieur, alors je m'y rendis et ajoutai son nom sur leur liste. (Plus tard dans le courant de l'année, une place se libéra et cette fois elle tomba sous le charme. À vrai dire, la peinture avait tellement transformé cet établissement qu'elle affirma que je ne l'avais jamais emmenée le visiter. Elle s'en souviendrait, dit-elle, car c'était parfait, *exactement* ce qu'elle cherchait, *beaucoup* mieux que Woodland Hills.)

« Tu as l'air épuisé, me dit-elle en me prenant la main. Ça a été un long calvaire pour toi. »

Je faillis répondre qu'il y avait eu quelques journées très pénibles, en effet, mais je compris qu'elle était revenue au temps de l'Arizona, peut-être même de Helwig Street.

« Je veux juste que tu sois heureuse, maman.

— Je l'*étais* », soupira-t-elle et, dans son intonation, je perçus cette même interrogation profonde que j'avais entendue la semaine précédente, quand elle m'avait demandé de lui expliquer pourquoi, malgré sa formidable volonté, les aiguilles du réveil tournaient toujours dans le même sens. « Je sais que tu ne le crois pas, mais je l'étais. »

ICI ET LÀ

En été, il aurait fallu environ quarante minutes pour traverser l'île en partant d'Edgartown, mais à la fin décembre les touristes étant peu nombreux et, en l'absence de mobylettes ou de vélos pour obstruer les étroites routes à deux voies, nous mîmes deux fois moins de temps. À mes yeux, le paysage hivernal était d'une austère beauté, et je me surpris à me demander si ma mère partagerait cet avis. L'alternative étant Gloversville et la côte du Maine, elle avait accepté de tout cœur l'idée que ses cendres soient éparpillées à Menemsha Pond, un endroit où nous nous rendrions régulièrement, nous tous, mais en ce jour il n'était pas difficile de l'imaginer jetant un regard au paysage glacial, balayé par le vent, d'un gris métallique, et disant : « Quel endroit horrible, horrible ! » Cette île venait-elle clôturer la longue série de lieux inadaptés ? Était-ce ce qu'essayait de me dire le rêve de la nuit précédente, dans lequel je la portais dans les rues d'une ville sans nom, à la recherche d'une destination inconnue ?

Emily et Kate avaient décidé l'une et l'autre de prendre la parole lors de notre cérémonie et, sur le chemin pour m'y rendre, j'étais curieux de savoir ce qu'elles allaient dire. Chacune s'était comportée de manière différente avec ma mère. Emily était d'une patience infinie, affectueuse et arrangeante, alors que Kate, bien que très sensible à son isolement et à sa solitude, refusait de céder face à son comportement déraisonnable. Dans l'Illinois, à l'époque où elles étaient encore jeunes, quand Barbara et moi avions des obligations à l'université ou avions besoin de sortir tout simplement, ma mère leur avait parfois servi de baby-sitter. Dès que nous avions franchi la porte, elles se réunissaient dans le salon pour décider du thème du spectacle du soir, après quoi, pendant que ma mère regardait la télé ou lisait, les filles pillaient la penderie de leur mère pour se faire des costumes, elles répétaient leur texte dans leur chambre, puis exécutaient une pièce de théâtre ou une comédie musicale pour l'édification de ma mère, en attendant ses commentaires critiques. Emily et Kate avaient gardé toutes les deux de tendres souvenirs de ces soirées durant lesquelles elles jouissaient de toute l'attention d'une adulte, mais ce n'était déjà plus pareil à l'époque où nous avons emménagé dans le Maine. Devenues adolescentes, elles n'étaient plus aussi malléables et promptes à se réjouir. Mais surtout, les rôles s'étaient inversés. Les rares fois où Barbara et moi devions nous absenter en même temps pendant plusieurs jours, ma mère quittait son logement de Waterville pour venir s'occuper des filles, mais toutes les deux savaient bien, sans qu'il ait été nécessaire de le leur dire, que c'était à elles de veiller sur leur grand-mère. Nous avions beau nous efforcer de ne pas saper l'affection qu'elles lui portaient, elles avaient évidemment été témoins de ses sautes d'humeur et de sa dépression, et du mal que nous nous donnions pour tenter de la calmer et de la contrôler.

Nous leur avions souvent décrit ma mère jeune, avec son envie de mener une existence faite de danses et de reparties spirituelles, de belles tenues et de liberté individuelle ; la vieille photo de G.E. que nous découvrîmes après sa mort fut un choc pour Emily et pour Kate, et je savais qu'elles essayaient encore d'établir un lien avec la grand-mère qui, plus tard, les obligeait à rester immobiles quand elles lui rendaient visite et leur interdisait de toucher à quoi que ce soit ; qui suspendait ses chemisiers, ses pantalons et ses pulls dans des housses en plastique à l'intérieur de la penderie, soigneusement espacées pour ne pas faire de plis ; dont le réfrigérateur reflétait la même obsession : la brique de lait devait se tenir à cinq centimètres au moins du jus d'orange. Dans sa jeunesse, ma mère, sur bien des plans, avait été en avance sur son temps ; décidée à faire son chemin seule dans un monde d'hommes. À cette époque, le personnel de G.E. était presque exclusivement masculin, et les hommes avec et pour lesquels elle travaillait l'acceptaient et l'admiraient. À cet égard, elle ressemblait à ces femmes courageuses que nos filles avaient découvertes au cours de leurs études, ces pionnières qui s'étaient battues pour faire adopter des réformes sur les lieux de travail et la législation sur l'égalité des salaires. Comment cette femme sur la photo pouvait-elle être cette même personne qui les sermonnait inlassablement, et souvent de manière déplacée, sur les rôles respectifs de chaque sexe ? (L'homme fait ci et la femme fait ça.) Afin de les préparer au mariage, ma mère leur avait fait comprendre que dans toutes les relations, un des deux partenaires devait commander et que, dans les mariages réussis, le poulailler était toujours gouverné par le coq. À mesure que les filles grandissaient, il devint évident que ces leçons entraient par une oreille et ressortaient par l'autre. Kate inquiétait particulièrement ma mère et celle-ci nous avait mis en garde durant toute son adolescence : nous la laissions devenir une entêtée, cette indépendance inébranlable manquait vraiment de féminité. En définitive, bien que d'un caractère un peu moins trempé et faisant toujours preuve d'une généreuse patience envers sa grand-mère, Emily n'était guère mieux lotie. Quand elle tomba amoureuse de Steve, notre futur gendre, timide et brillant, ma mère se demanda à voix haute s'il serait suffisamment viril pour la dompter et la commander. (« Je crois que je devrais te mettre quelques coups, suggéra-t-il quand Emily lui rapporta ces paroles, si ça peut la rassurer. »)

Nous avions prévu d'arriver au coucher du soleil. Tom, le mari de Kate, photographe de talent, avait apporté son appareil pour immortaliser une occasion dont nous n'avions pas déterminé la nature exacte, préférant la spontanéité. Menemsha, véritable ruche en été, était déserte, ce qui nous allait parfaitement, tant l'acte que nous nous apprêtions à commettre, aussi improvisé et inoffensif soit-il, était certainement interdit. Quelques bateaux de pêche ballottaient sur les flots, contre un quai tout proche, et parfois le vent charriait des éclats de voix. Quelque part dans le port, une bouée cognait contre quelque chose : sans doute le bruit le plus solitaire au monde. Une camionnette passa. Le chauffeur se pencha en avant pour mieux voir ces six inconnus endimanchés, regroupés au bord de l'eau. Il n'avait pas besoin de beaucoup d'imagination pour deviner ce que nous faisions, mais je pense qu'il aurait été surpris d'apprendre que la personne dont nous allions répandre les cendres n'était venue qu'une seule fois sur l'île, pour une semaine, une cinquantaine d'années plus tôt, dans le but de montrer au petit garçon qu'elle traînait derrière elle que la beauté existait dans ce monde.

Alors que le soleil flottait à quelques centimètres au-dessus de la ligne d'horizon, je descendis, l'urne à la main, sur les rochers pointus, mouillés et tapissés de mousse glissante, jusqu'à l'endroit où l'eau venait lécher le rivage, en songeant que ce serait le pompon si je me fracassais le coccyx en accomplissant un ultime geste insensé pour ma mère. Il reste peu de chose d'un être humain après son passage dans un incinérateur et quelques secondes me suffirent pour éparpiller cette poussière biblique dans les vagues écumantes, là où elles se mêlaient au sable, à la vase et aux petits galets. Le temps que je remonte sur le quai, le soleil se couchait sur les flots à l'ouest, immense et rouge, mais incapable de nous réchauffer. Emily prit la parole en premier pour la remercier de nous avoir offert cette île qui, au fil des ans, avait joué un rôle magique dans les vies de tous les membres de notre famille. Puis Kate évoqua avec une affection douce-amère le talent de sa grand-mère pour imaginer de manière vivace un avenir meilleur, plus heureux, même si elle ne parvenait pas à s'y projeter. Quand elles eurent terminé, je lus le sonnet de Shakespeare qui débute par « Ne crains plus la chaleur du soleil », parce qu'il était adapté à la situation et parce que c'était un des plus beaux poèmes de la langue anglaise, mais aussi parce que j'espérais qu'il cacherait à mes proches le fait que je n'avais rien à dire, et que si une partie de moi-même était là avec eux, sur ce rivage adoré, une autre partie errait, comme elle le faisait depuis des mois, dans un paysage désolé et inhabité pas très différent de celui de mon rêve. Je m'aperçus que j'éprouvais cette sensation depuis un long moment. Si la vie avait continué depuis la mort de ma mère – Kate s'était mariée, j'avais fini par publier un autre livre et j'avais voyagé pour en assurer la promotion –, un doigt avait appuyé sur une sorte de bouton « pause » interne, ce qui avait permis à une autre partie de moi-même, que j'avais délibérément séquestrée afin de m'occuper de ma mère, de se taire. Depuis sa mort, Barbara et moi avions fait l'inventaire de tout ce qu'elle possédait et réglé ses affaires, mais nous avions à peine parlé d'elle. Après trente-cinq ans, pour la première fois, nous nous retrouvions seuls dans notre mariage et, apparemment, aucun de nous deux n'avait le courage d'évoquer ce que ça impliquait. Peut-être aurions-nous eu plus de choses à dire si les filles avaient été là, mais Emily vivait à Amherst et Kate à Londres, et le reste de ma famille se trouvait toujours dans le nord de l'État de New York.

Alors, nous fixâmes une date pour une commémoration familiale l'été suivant à Gloversville, le genre de réunion que ma mère aurait aimée : uniquement la famille et des amis, rassemblés pour partager un repas et échanger des histoires, comme celle de ce Noël où, sur son trente et un, elle s'était retrouvée à cheval sur une congère, coincée, et où tout le monde riait trop pour pouvoir aller l'aider. Mais entre-temps, peu de paroles avaient été échangées, et quand vous ne dites rien, ça en dit long.

La dernière année de vie de ma mère avait été particulièrement difficile. Le spécialiste qui avait diagnostiqué son insuffisance cardiaque congestive nous avait expliqué de quelle façon les choses allaient évoluer au cours de l'année, peut-être deux, qu'il lui restait à vivre. Compte tenu du travail que fournissait son cœur désormais, elle risquait de faire une attaque massive, mais il était plus vraisemblable que son état se dégrade peu à peu. Au début, au moins, elle continuerait à se sentir fatiguée, amorphe, rien de plus. Mais le temps passant, elle serait de plus en plus essoufflée, surtout si elle produisait un effort. Certains jours, elle se sentirait mieux, même pleine d'énergie, elle respirerait mieux, et il lui avait conseillé de poursuivre ses activités normales le plus longtemps possible, de se rendre chaque semaine au supermarché et chez le coiffeur. Mais au bout d'un moment, ces « bons jours » seraient de plus en plus espacés ; elle resterait chez elle, puis dans son lit. Vers la fin, elle aurait besoin de morphine, pas à cause de la douleur, mais pour l'aider à respirer. C'était moi qui avais retenu mes sanglots pendant que le médecin livrait son sinistre pronostic. Ma mère, elle, l'acceptait avec une sérénité presque parfaite. On lui disait ce qui allait arriver, pas ce qui pourrait arriver, et les certitudes ne l'avaient jamais effrayée, pas plus que certaines catastrophes. Elle n'avait pas peur de mourir. Sur le chemin de la maison, c'est elle qui m'avait réconforté.

Vivre, en revanche, cette marche acharnée d'une minutie insignifiante dans l'ordre des choses, continua au cours des semaines et des mois qui suivirent à générer des crises. Comme toujours, les apparences pesaient plus qu'elles n'auraient dû sur ses décisions. Repensant sans doute à l'énorme bouteille d'oxygène qui montait la garde derrière le fauteuil de mon grand-père dans la maison de Helwig Street, et qu'elle foudroyait du regard chaque fois qu'il quittait la pièce, en marmonnant « c'est laid », ma mère n'était pas pressée d'avoir recours à l'oxygène. Son salon était arrangé de manière à mettre en valeur ses « trésors », la ménagerie de petits objets tarabiscotés (une danseuse, une coupelle en cristal taillé, etc.) qu'elle avait accumulés au fil des ans, dont certains avaient droit à une place de choix sur le rebord des fenêtres, difficiles à ouvrir et à fermer par conséquent. Tandis que le périmètre de son monde continuait à se réduire, il était impératif pour elle de garder le contrôle sur ce qu'il en restait, et une bouteille d'oxygène, objet disgracieux et purement utilitaire, représentait une grave atteinte au bon goût. Naturellement, la technologie avait fait des progrès et la machine que nous finîmes par louer, semblable à une petite boîte, pouvait se glisser derrière une table d'angle, mais peu importe : ma mère savait qu'elle était là, indésirable, comme une intruse. Nous lui procurâmes également une petite bouteille portable pour les fois où elle devait sortir, mais elle avait vu dans des lieux publics des gens encombrés de tels appareils et elle ne voulait pas leur ressembler. Elle voulait bien l'utiliser quand elle venait chez nous, mais refusait d'être vue avec dans les magasins ou les restaurants. Les tubes en plastique insérés dans son nez le faisaient ressembler à un groin de cochon, affirmait-elle, et elle ne supportait pas d'offrir cette image. En apprenant qu'elle était malade, les résidents de Megunticook House s'inquiétèrent, mais elle fit savoir, après avoir adopté l'oxygène, qu'elle ne voulait recevoir personne, même les gens qu'elle aimait. Et ainsi, en très peu de temps, son monde se réduisit à ses deux pièces, à l'appartement de sa seule véritable amie, en face, et, quand elle s'en sentait la force, à notre maison à l'autre bout de la ville.

Pendant longtemps, j'eus l'impression que mon propre monde n'était guère plus vaste. À quelques exceptions près, je déclinais les propositions de conférences. Et sauf pour aller voir nos filles à Londres et Amherst, nous étions cloîtrés à la maison. Confronté à des frais de santé colossaux, dont j'ignorais la durée, je m'attelai à mon roman en cours, pendant que Barbara, qui venait d'obtenir sa licence d'agent immobilier, continuait à apprendre les ficelles du métier. Durant un certain temps, j'assumai presque toutes les besognes pour ma mère – faire ses courses, effectuer de petites réparations dans l'appartement, gérer les déchets et le recyclage –, mais très vite, il devint indispensable d'engager quelqu'un qui se chargerait des tâches plus intimes. La prendre chez nous était une éventualité que je ne voulais même pas envisager car ma femme serait devenue une infirmière. En outre, ma mère refusait de céder sur ce point : elle voulait que les choses demeurent comme elles étaient, le plus longtemps possible, et cela voulait dire rester dans son appartement. Je lui promis d'y veiller.

Même au stade terminal de sa maladie, les crises émotionnelles se poursuivaient, exacerbées désormais par la dégénérescence physique qui progressait comme prévu. Il y avait des bons et des mauvais jours, et c'étaient les bons que nous redoutions. Les mauvais jours, quand elle n'avait presque plus aucune énergie et respirait difficilement, elle se tracassait moins et trouvait moins à redire. Les mauvais jours, les repas tout prêts qu'on lui livrait étaient un don du ciel, et ceux qui les lui apportaient des saints. Apathique, elle comprenait qu'elle était trop malade pour rester seule, elle avait besoin d'aide pour presque tout, même se lever du canapé pour se rendre aux toilettes. En revanche, les jours où elle se sentait mieux au réveil, attention ! Les repas tout prêts devenaient immangeables et – là encore planait l'ombre de Woody Allen – les portions inadaptées. Quand une livraison avait du retard, elle les appelait pour leur dire de laisser tomber, et quand les plats arrivaient quand même, elle ne laissait pas entrer le livreur dans l'immeuble. Les professionnels de santé, qui avaient tous été avertis, subissaient ses assauts de plein fouet quand elle partait sur le sentier de la guerre. Certains démissionnèrent. D'autres, pour qui elle éprouva une aversion immédiate, n'eurent même pas le droit de franchir la porte. À mesure que son état se détériorait, elle savait qu'elle devenait de plus en plus dépendante d'eux, mais, dans ses « bons » jours, elle ne comprenait pas pourquoi des gens qui restaient assis avec elle devant la télé étaient si bien payés. Nous n'avions jamais abordé cette question, mais elle savait que c'était un service coûteux, que l'assurance ne prenait pas en charge ; voilà pourquoi, en partie, elle se montrait si déraisonnable sur ce sujet. À ses yeux, pour justifier de telles dépenses, les personnes que nous engagions auraient dû passer leur temps à travailler – passer l'aspirateur, récurer la baignoire... – comme des femmes de ménage ayant une formation médicale. Fallait-il qu'elles restent dans l'appartement avec elle quand on n'en avait pas besoin ? Ne pouvaient-elles pas attendre dans le couloir qu'on les sonne ? « Peut-être que toi, tu t'en fiches de tout te faire voler, disait-elle quand j'essayais de lui expliquer les attributions de ces personnes, mais pas moi ! »

Ce printemps-là, avant de partir quelques jours à Londres pour rendre visite à Kate, nous programmâmes notre absence, heure par heure, avec Vickie, la responsable du service d'aide et de soins à domicile, pour être sûrs que ma mère soit surveillée jour et nuit. La nuit était devenue une nouvelle pomme de discorde. Peu de temps après l'établissement du diagnostic, on lui avait donné un collier avec un bouton-pressoir destiné à appeler les secours en cas d'accident, mais elle refusait que quelqu'un passe la nuit dans son appartement. C'est seulement après d'intenses négociations qu'elle accepta, à contrecœur, d'héberger une garde-malade pendant la durée de notre séjour londonien. Comme je restais inquiet, nous avons établi un plan d'urgence. Si jamais son état s'aggravait dans les jours précédant notre départ, je resterais. Pendant quelque temps, on crut que c'était ce qui allait se produire, mais, après une succession de jours difficiles, elle remonta la pente et son médecin m'assura que son état demeurerait stationnaire jusqu'à notre retour. Je l'appelai une dernière fois de l'aéroport et elle m'affirma que tout allait bien. La garde de nuit venait d'arriver ; elles regardaient la télé. Que je parte et que j'en profite, surtout. Quelque chose dans sa voix me fit tiquer, cependant, et quand nous atterrîmes à Heathrow, sept heures plus tard, je ne fus pas surpris de trouver un message de Vickie sur mon portable. Ma mère avait attendu que nous soyons dans l'avion, et elle avait renvoyé tout le monde.

Un mois plus tard, une nouvelle attaque, bénigne, l'envoya à l'hôpital, et à partir de ce moment-là les choses empirèrent. Elle soutenait que le programme de kinésithérapie recommandé était trop difficile, ce à quoi les infirmières rétorquaient qu'elle n'avait même pas essayé. Ils lui avaient également conseillé ce qu'ils avaient appelé, grave erreur, « une psychothérapie ». J'expliquai à ma mère qu'il s'agissait simplement de réapprendre à se lever d'une chaise et à sortir de son lit après une attaque, mais elle ne voulait pas en entendre parler. Sa tête fonctionnait très bien et elle savait parfaitement comment on se levait d'une chaise. Le personnel de l'hôpital n'eut donc d'autre choix que de la renvoyer à Megunticook House, où il devint très vite évident qu'elle aurait besoin de beaucoup plus de soins. Que cela lui plaise ou non, il fallait que quelqu'un soit présent la nuit pour l'aider à se rendre aux toilettes. Hélas, de toutes les personnes envoyées par l'agence, deux seulement lui plaisaient. Elles avaient des familles, évidemment, et leur vie ; et il y avait trop d'heures dans une semaine pour seulement deux personnes. Les relèves étaient particulièrement problématiques. Ma mère détestait s'endormir en compagnie d'une garde-malade dans la pièce voisine, et se réveiller en compagnie d'une autre le lendemain matin. De plus, elle ne voulait pas que cette personne s'allonge sur le canapé, pour ne pas abîmer les ressorts. « Il n'est pas *fait* pour qu'on dorme dessus, se plaignait-elle. Surtout des grosses femmes du Maine. » J'essayais d'attraper les gardes-malades à la fin de leur service, pour savoir un peu ce qui s'était passé, mais surtout pour m'excuser des brimades et des insultes qu'elles avaient subies. À peine avaient-elles franchi la porte que ma mère sollicitait son cœur et ses poumons défaillants pour réprimander ces personnes qu'elle jugeait paresseuses ou idiotes et se plaindre du fait que ses préférées n'étaient pas toujours disponibles. Vickie, accusait-elle, gardait les meilleures pour ses clients favoris, ceux dont les familles exigeaient qu'on leur envoie le dessus du panier.

Parfois, j'envisageais sérieusement de lui tordre le cou, puis la crise passait et elle redevenait ma mère, perdue, fragile et effrayée, ayant à peine la force de respirer, le cœur cognant comme une masse dans sa poitrine, et impatiente, semblait-il, que ce terrible combat s'achève. Durant les semaines qui précédèrent sa dernière entrée à l'hôpital, elle ne tenait plus en place. Elle se levait de son canapé, péniblement, et déclarait qu'elle n'en pouvait plus de rester là, elle allait se coucher de bonne heure. Il fallait que je rentre chez moi. (À cette époque, j'allais la voir, matin, midi et soir, littéralement.) Mais, vingt minutes plus tard, elle ressortait de sa chambre en disant qu'elle ne supportait pas de rester allongée, elle était mieux assise. Outre que ces allées et venues sapaient le peu d'énergie qui lui restait, elles étaient dangereuses. Oubliant qu'elle était reliée au distributeur d'oxygène, elle réussissait très souvent à emmêler le long tuyau en plastique dans les virages ; il s'arrachait alors de son nez et quelquefois elle ne s'en apercevait pas et ne comprenait pas immédiatement pourquoi elle n'arrivait plus à remplir ses poumons. Elle ne cessait de faire des allers-retours : quarante-cinq kilos de volonté pure et de désespoir, de vie réduite à des déplacements inutiles et épuisants, jusqu'à ce qu'une nouvelle attaque rende ces déplacements eux-mêmes impossibles.

La morphine. Une bénédiction. Durant le dernier mois de vie de ma mère, à l'hôpital, dans l'aile réservée aux malades en phase terminale, la drogue remplit sa fonction quasiment mystique en la protégeant d'elle-même, en l'aidant à se détendre pour lui permettre de « respirer plus facilement », au propre comme au figuré. Sous son influence, ses traits se relâchaient parfois et je pouvais entrapercevoir, derrière cette minuscule créature momifiée, la jeune femme pleine d'assurance, jolie et courageuse que j'avais connue enfant. Quand on lui en administrait une nouvelle dose, elle souriait, puis sombrait dans le sommeil, et très souvent, épuisé, je la suivais et m'endormais dans mon fauteuil comme si j'étais relié moi aussi à la perfusion. Mais à d'autres moments, aussi puissante soit-elle, la morphine ne parvenait pas à vaincre l'angoisse qui avait fini par prendre le contrôle de sa vie, alors ses yeux rétrécissaient et se durcissaient sous l'effet de la terreur et de la méfiance concentrées ; le vieux combat perdu d'avance faisait-il encore rage ? J'essayais de la calmer en lui disant que j'étais juste là, au pied de son lit, et que je n'irais nulle part. Mais, sachant qu'elle n'avait pas peur de la mort, j'étais intrigué également, et plus d'une fois je lui demandai ce qui l'effrayait à ce point. « Toutes ces choses, tu sais… » disait-elle, puis, quand elle en arrivait là, la confusion et la frustration prenaient le dessus.

« Peux-tu m'expliquer ? » insistais-je, car je gardai l'espoir, jusqu'au bout, que si elle parvenait à exprimer clairement sa frayeur, je pourrais peut-être la faire disparaître.

« Tu sais bien, répondait-elle, comme si elle me soupçonnait d'avoir oublié une chose que je savais pertinemment, mais qui me reviendrait si je me concentrais un peu. Toutes ces choses… tu le sais bien… ça va…

— Quoi donc, maman ?

— Tu le sais bien, répétait-elle, avec un léger sourire. Ça va mal finir. »

Ma mère n'était pas la seule à être perturbée et désorientée au cours de ces dernières semaines. En voulant lui rendre visite, il m'arrivait souvent d'aller à Megunticook House, pour m'apercevoir, une fois sur le parking, après avoir coupé le contact, qu'elle ne vivait plus là.

Un soir, peu de temps après son installation dans l'aile des malades en phase terminale, je rentrai tôt chez moi et plongeai dans un sommeil lourd, sans rêve, auquel je fus arraché, hébété et paniqué, par la sonnerie du téléphone, un peu avant minuit.

« Rick ? » demanda-t-elle. Peut-être n'avait-elle pas reconnu ma voix enrouée par le sommeil.

Avais-je oublié de passer à son appartement après le dîner ?

« Rick ?

— Maman ? Qu'y a-t-il ?

— Il faut que tu viennes.

— Il est minuit, maman », répondis-je en regardant d'un air ahuri le réveil sur la table de chevet.

Cinq heures pleines s'étaient écoulées ? Comment était-ce possible ?

« J'ai appuyé sur le bouton.

— Quel bouton, maman ?

— Pour appeler l'infirmière. Il y a dix minutes. Elle n'est pas venue.

— Elle va venir. » Barbara posa sa main sur mon épaule et appuya son front sur ma nuque. « Sois patiente.

— C'est toi dont j'ai besoin.

— Je viendrai demain matin, c'est promis. »

Silence au bout du fil. Avait-elle raccroché ? Non, elle était revenue, elle avait besoin que je comprenne. « C'est horrible, ici. Tu n'as pas idée. »

C'est toi dont j'ai besoin... C'est horrible, ici.

Une poignée de mots, mais en eux est gravée, quelque part, la raison pour laquelle un homme qui gagne sa vie avec les mots, justement, est incapable d'en trouver une fois qu'Emily et Kate ont fini de parler. La mort permet, paraît-il, de tourner la page. Je n'en suis pas encore là. C'est peut-être pour cela que dans mon rêve de la nuit précédente je portais ma mère vers une destination inconnue, et pourquoi j'avais l'impression que j'allais devoir continuer éternellement. Plusieurs mois se sont écoulés depuis sa mort, et pourtant, quand le téléphone sonne en pleine nuit, je m'attends toujours à entendre sa voix : elle veut savoir où je suis, pourquoi je l'ai abandonnée.

C'est horrible, ici. J'ai fini par comprendre, tardivement, que pour ma mère, *ici*, cela voulait dire l'endroit à l'intérieur de sa tête où les choses tournoyaient en une boucle sans fin. *Là-bas*, c'était l'endroit qu'elle essayait d'atteindre en permanence, où elle serait heureuse. *N'ai-je pas droit à une vraie vie ?* Elle avait dû poser cette question à mon grand-père avant moi, elle lui avait servi à expliquer pourquoi elle quittait Helwig Street pour partir dans l'Arizona. Qu'avait-il répondu ? Il avait fait deux guerres, il était épuisé et étouffait peu à peu, les poumons remplis de poussière de cuir. Je l'imaginais répondant à ma mère que personne, pas même elle, n'avait droit à quoi que ce soit, mais évidemment je n'étais pas présent et peut-être n'avait-il rien dit de tel. Elle ne m'avait jamais demandé si ça m'ennuyait qu'elle me suive. Elle m'avait uniquement parlé du travail qui l'attendait à Phoenix, et elle m'avait dressé un tableau haut en couleur de sa nouvelle vie, une vie de liberté, une fois que l'on serait là-bas, à moi de lui dénier ce droit si je l'osais.

Mais peut-être que ma mémoire me jouait des tours. Avais-je oublié qu'elle m'avait posé la question ? Possible. Que je sois incapable, en toute franchise, de me souvenir d'une chose aussi importante me paraît normal, d'une certaine façon. Le mécanisme de la destinée humaine – cet entrelacs complexe de chance, de destin et de libre arbitre, aussi individuel et caractéristique qu'une empreinte digitale – est sans doute conçu pour demeurer le mystère central de l'existence, pour résister à la transparence, pour faire en sorte que les reproches soient un exercice dangereux et insatisfaisant. Je ne reproche rien à ma mère, et certainement pas son malheur permanent, pas plus que je ne suis fier d'avoir réussi à transformer ces mêmes traits de caractère génétiques, qui la tourmentaient – l'entêtement, la méfiance, un comportement obsessionnel, un excès de volonté, le besoin potentiellement dangereux de voir les choses à ma façon –, en une carrière riche et satisfaisante.

C'est toi dont j'ai besoin. Dès ma jeunesse, j'ai compris que la santé de ma mère, son bien-être étaient entre mes mains. Combien de fois, au fil des ans, m'a-t-elle attribué le mérite, à moi ou à ma présence toute proche, de son rétablissement ? *Mon refuge*, aimait-elle à répéter, toujours là quand elle en avait le plus besoin. Pourtant, mon expérience avait fait apparaître une vérité différente : je pouvais aggraver les choses, jamais les arranger. Pas suffisamment, du moins. J'étais toujours là, certes, mais pour moi, cela voulait dire toujours échouer, ne jamais réussir à la guérir de sa maladie. Je pouvais l'aider à s'éloigner du précipice et rétablir le statu quo, mais le statu quo n'était pas synonyme de santé ni de bonheur.

Là, entouré de ma famille dans l'obscurité grandissante, je ressens intensément l'erreur terrible qu'elle a commise en me faisant confiance, en croyant que nous étions faits de la même étoffe, qu'un jour je verrais les choses comme elle, qu'avec le temps j'endosserais le rôle d'âme sœur qu'elle m'avait créé. Elle semblait ne pas comprendre que je suis par nature quelqu'un qui aime résoudre les problèmes, je suis fondamentalement optimiste et je crois que la plupart des problèmes ont des solutions. Quand elle me demandait si elle n'avait pas droit à une vie comme tout le monde, elle pensait sans doute qu'il s'agissait d'une question purement rhétorique. Qui pourrait dénier à un autre humain le droit d'avoir une vie ? Elle ne pouvait pas savoir que j'y voyais une énigme que j'étais censé élucider, un problème doté d'une solution que je finirais par découvrir si je continuais à chercher, que je ne renoncerais pas.

Mais évidemment, je m'aperçois maintenant que c'est faux. À un moment donné, sur le spectre de ce que nous aimons considérer comme « le temps réel », j'ai lâché prise tout simplement et, sans me l'avouer, j'ai accepté la défaite, puis j'ai juste fait semblant. Voilà pourquoi les rêves étaient hantés. J'avais abandonné une personne que j'aimais, une personne qui jamais, jamais, ne m'avait abandonné moi. Je ne pouvais pas parler car la seule chose qui me restait à dire c'était *Je suis désolé*, et la personne à qui je devais le dire n'était plus là.

EN HAUT ET AU SEC

Après la cérémonie du lac, je sentis que la balance commençait à pencher dans l'autre sens : la tragédie déclinait, alors que la comédie, au sens shakespearien du terme, croissait. Kate et Tom s'étaient mariés à Londres en novembre et nous nagions de nouveau en pleine ambiance nuptiale car nous préparions le mariage d'Emily en septembre. Emporté par cette vague, je me lançai dans l'écriture d'une nouvelle sur le thème du mariage. Du moins, je croyais que ce serait une nouvelle. À l'arrivée, ce fut un roman ; une histoire tranchée en plein milieu et deux moitiés rattachées par un mariage. Comparé à mon livre précédent – mon plus sombre, écrit et corrigé lors de l'ultime et long déclin de ma mère –, celui-ci était un récit enjoué qui semblait suggérer que je revenais à cet optimisme prudent, durement acquis, qui caractérise mes œuvres de fiction. Là-bas, sur l'île, j'avais eu peur que mon cauchemar – dans lequel je portais ma mère dans des rues que je ne connaissais pas, vers une destination inconnue – ne devienne récurrent, mais je ne l'avais pas refait depuis, et je voulais y voir le signe que ma mère avait enfin trouvé le repos, à moins que ce ne soit moi. Ça semble étrange de l'avouer maintenant, mais le simple fait d'être vivant était surprenant, quelque part.

À l'inverse de la remarquable longévité des femmes du côté de ma famille maternelle, les Russo mâles affichaient un palmarès minable dans ce domaine et sans doute que, dans un coin de mon esprit, j'avais lié le destin chronologique de ma mère au mien. En tout cas, j'étais toujours là, en vie, mais en plus, d'après mon médecin, en excellente santé.

Alors, Barbara et moi commençâmes à faire des projets. Après tout, notre existence venait de changer de manière considérable. Soudain, nous n'avions plus de parents souffrants ni de frais de santé faramineux à acquitter. Les études de nos filles étaient payées. À l'automne, nos deux filles seraient mariées à deux jeunes hommes dont nous n'aurions osé rêver et tous les quatre allaient se lancer dans des carrières qui les passionnaient. Dès lors, une question se posait : qu'allions-nous faire de notre peau, Barbara et moi ? Enfin, après tout ce temps, nous étions libres de faire ce que nous avions toujours voulu faire. C'est-à-dire ? Impossible de nous en souvenir. Peut-être avions-nous besoin de nouvelles envies ?

Une des choses que nous n'avions pas pu faire du vivant de ma mère, c'était de voyager ensemble. Il m'arrivait d'effectuer une tournée promotionnelle ou de me rendre à Los Angeles ou à New York pour un rendez-vous, tant que Barbara restait là pour tenir le fort. Et de son côté, elle pouvait rendre visite à sa famille dans l'Arizona, si je restais à la maison. Maintenant, nous pourrions aller ici et là ensemble. Pendant des années nous avions rêvé d'avoir un appartement à Boston pour ne plus être obligés de prendre l'avion à Portland, dans le Maine, l'aéroport préféré des pirates d'avion, et d'eux seuls. Un pied-à-terre en ville nous permettrait également d'échapper aux mois les plus sombres des interminables hivers du Maine.

Mais tout cela, c'était pour plus tard. Dans l'immédiat, le sujet, c'étaient les mariages : réels et fictifs. Ce qui me semblait tout à fait approprié. Les mariages ne sont-ils pas l'expression de nos espoirs et de notre foi en l'avenir ? Si.

Mais pas uniquement. Comme je le savais déjà trop bien grâce à mon expérience récente, et comme je l'apprenais à chaque nouvelle page de mon roman en cours, les mariages concernent aussi le passé.

Le mariage de Kate avait eu lieu à la Royal Society for the Arts, une succession de celliers, anciennes caves à vin, à proximité du Strand. Kate et Tom, qui est anglais, allaient vivre à Londres ; pas question, donc, d'organiser la cérémonie aux États-Unis. Ce fut un mariage relativement intime : la famille de Tom, quelques amis de la Slade Art School, où ils s'étaient rencontrés, et quelques amis de fac de Kate. Évidemment, compte tenu de la distance et des frais, rares furent les membres de la famille de notre côté de l'Atlantique qui firent le voyage. À l'exception de mon cousin Greg et de sa femme Carole, qui avaient toujours vécu à Gloversville. « Ça change de Helwig Street », commenta Greg en découvrant la salle. Ce n'était pas aussi majestueux que pouvait le laisser croire le terme « Royal Society », mais les caves de brique voûtées, éclairées à la bougie pour l'occasion, étaient quand même impressionnantes. Il n'existe rien de vaguement semblable dans une petite ville industrielle du Nord. La personne qui aurait le plus apprécié ce décor, c'était ma mère, bien entendu.

Tandis que nous attendions que les mariés en aient terminé avec la séance photo, le thème du « chemin parcouru » occupait le contingent américain. Nat Sobel, mon ami et agent littéraire, se prit immédiatement de sympathie pour mon cousin Greg, à qui il raconta que lui aussi, enfant, avait vécu près d'une tannerie qui libérait ses déchets toxiques dans la rivière locale, aussi l'eau prenait-elle une couleur différente tous les jours en fonction des bains de teinture. C'est ainsi que, une flûte de Prosecco à la main, nous en vînmes à échanger des anecdotes sur les pires métiers que nous avions exercés.

J'évoquai ma brève expérience d'ouvrier du bâtiment non syndiqué à Johnston. D'autres étés, j'avais réussi à dégotter des boulots syndiqués, pour un salaire horaire deux fois plus élevé que celui des employés des tanneries. Mais une année où le travail était particulièrement rare, je n'avais rien trouvé. Le bâtiment non syndiqué, c'était un autre monde. La première semaine, on dut creuser des trous dans une butée en ciment, une tâche pas très difficile quand on a une perceuse. Nous n'en avions pas. Nous n'avions qu'un marteau-piqueur et un contremaître qui ne se laissait pas arrêter par les raisonnements classiques. Cet après-midi-là, le type au marteau-piqueur et moi, nous faisions équipe. Je tenais son arme appuyée sur mon épaule et je serrais les dents, pendant que nous attaquions le mur à l'horizontale, le visage criblé par les éclats de ciment. Autre accessoire que nous n'avions pas : des lunettes de protection.

Cette histoire remporterait assurément un grand nombre de concours du « boulot le plus pourri », sauf si votre adversaire a officié dans la salle de décapage pour faire le travail le plus humide, le plus nauséabond, le moins bien payé et le plus dangereux de toute la tannerie. Greg avait occupé ce poste pendant un mois, un été, et son jeune frère, Jim, beaucoup plus longtemps encore. La première tâche, sans doute la plus pénible, consistait à décharger les peaux, qui arrivaient dans des wagons et empestaient encore les abattoirs. Le terme « peau » donne probablement une fausse impression. La plupart des gens n'ont jamais vu une peau de mouton, de porc, de veau, de vache détachée de l'animal vivant. Étendue à plat, c'est immense et, surtout dans le cas des vaches, étonnamment lourd. (Notre grand-père s'est fait une hernie à force de déplacer des peaux sur sa table de découpe.) Quand les peaux arrivaient, le dessus était encore couvert de poils drus, et dessous restaient accrochées des plaques de chair et de cartilage infestées d'asticots. L'odeur ? Je ne vous la décris pas, mais imaginez, si vous le pouvez, ce que ça devait être de décharger pendant huit heures un wagon rempli de ces peaux dans une chaleur extrême.

Ensuite, dans la salle de décapage proprement dite, nous expliqua Greg, c'était encore pire. Là, les peaux étaient immergées dans d'énormes cuves, où elles trempaient pendant des jours dans un bain chimique destiné à les débarrasser de presque tous les poils et des derniers morceaux de chair. Évidemment, ces produits chimiques pouvaient facilement produire le même effet sur les poils des mains et des avant-bras des hommes qui sortaient les peaux des cuves. On pourrait croire que les peaux seraient plus légères après ce traitement, mais à tort car les peaux non tannées réabsorbent l'humidité perdue durant le transport et ce nettoyage. En outre, ce trempage les rend glissantes. Et à cause des gants en caoutchouc, il est encore plus difficile de les saisir, sans compter que vous êtes penché au-dessus des cuves, sur un sol en ciment mouillé.

Au bout d'un moment, à l'instar des hommes situés un peu plus loin sur la chaîne, ceux qui fourraient les peaux tannées dans les machines à assouplir et dans les presses, vous faites ce que vous savez qu'il ne faut pas faire : vous ôtez les gants en caoutchouc car ça vous facilite la tâche immédiatement. À la fin de la journée, vous vous frottez vigoureusement les mains et les bras avec le savon le plus rugueux que vous pouvez trouver, et, une fois rentré à la maison, vous recommencez. Peu à peu, vous perdez vos poils sur les mains et les bras, mais à part ça, tout semble aller bien, pendant quelque temps. Bon, d'accord, vous avez parfois des démangeaisons dans les doigts. Un peu au début, puis de plus en plus. Votre peau devient bizarre, comme distendue, comme si l'humidité s'était infiltrée au-dessous et que ce que vous essayiez de gratter ne se trouvait plus à la surface. Finalement, les démangeaisons deviennent intenables. Alors, vous pincez votre pouce ou votre index et vous tordez la peau, vous tirez. Et là, plusieurs épaisseurs de peau s'arrachent d'un coup, comme le doigt d'un gant en latex. (De l'autre côté de l'Atlantique, dans les celliers de la Royal Society for the Arts, mon cousin fit la démonstration avec son pouce et tout le monde grimaça quand il arracha le capuchon de peau imaginaire.) Immédiatement, les démangeaisons se transforment en douleur cuisante car l'air agresse votre chair à vif. Un peu plus tard, quelqu'un vient avec un bocal rempli d'une épaisse substance noire et vous y plongez le pouce. La fraîcheur vous procure un petit soulagement, et, pendant quelque temps, vous recommencez à porter les gants en caoutchouc.

Mais ce n'est qu'un début, juste la façon dont la tannerie vous dit bonjour, alors que vous avez envie de dire adieu : aux peaux, aux odeurs chimiques pestilentielles, et même à vos collègues car, soyons francs, ceux qui font ce métier depuis un certain temps, beaucoup ayant arrêté leurs études avant le collège, ne sont pas très en forme. Vous touchez tous le même salaire de misère, mais à la fin de l'été, vous retournez à la fac, et les autres vous haïssent pour cette raison. De votre côté, vous n'imaginez pas que vous puissiez vous habituer à ce travail, ni qu'un jour, quand sonne l'heure du déjeuner, au lieu de sortir prendre l'air, vous décidiez que c'est plus facile de rester où vous êtes, de vous asseoir sur une pile de peaux en décomposition, d'essuyer vos mains sur votre pantalon et de manger votre sandwich ici même car, de toute façon, ça fait une éternité que vous n'avez plus d'odorat ni de goût. Et puis, dans la tannerie, il y a des distractions. Vous pouvez regarder les rats courir après les chats terrorisés, qui étaient censés les pourchasser.

Alors que mon cousin racontait cette histoire, que j'entendais pour la première fois, je pris conscience de me trouver à deux endroits en même temps. J'avais un pied, chaussé d'un soulier richelieu, bien au sec, dans l'univers éclairé à la bougie d'une association artistique chic à Londres, en 2007 ; et l'autre, chaussé d'une botte qui pataugeait sur le sol mouillé et glissant d'une tannerie, à Gloversville, dans l'État de New York, vers les années 1970. Ce jeune moi n'était pas romancier, ni même mari ni père. Ce n'était qu'un garçon de vingt ans qui pouvait se faire voler son avenir, en étant complice du vol, car je me souvenais très nettement que parfois, à la fin du mois d'août, quand je travaillais à la construction d'une route avec mon père, le corps amaigri et durci par le labeur d'un été, j'avais envisagé de ne pas reprendre mes études. Je pourrais vivre avec mes grands-parents dans Helwig Street, et faire ce travail difficile, honnête, que mon père et ses amis faisaient d'un bout de l'année à l'autre. Le moi aux chaussures cirées, qui tenait à présent une flûte vide à la main, éprouvait soudain un sentiment de culpabilité écrasant. Comme si, en me trouvant là où je me trouvais à cet instant, j'avais trompé le destin ou, pis encore, échangé mon destin avec celui d'un pauvre bougre. Ma gorge se serrait, sans que je puisse dire si cela était dû au récit de mon cousin ou au fait de me retrouver brusquement au cœur de ce mariage : Kate absolument radieuse en jeune épouse et Emily qui laissait échapper ses grands éclats de rire rauques, suspendue au bras de son fiancé. Deux belles jeunes femmes, intelligentes et pleines d'assurance, les pieds solidement plantés dans ce monde éclairé à la bougie qui s'étendait devant elles, le seul qui existait en *ce* jour, pour elles du moins. Viendrait peut-être le temps où, elles aussi, se sentiraient hantées, honteuses de ce qui leur avait été épargné, profondément conscientes que les choses auraient pu être différentes. Mais ce moment paraissait très lointain.

« Encore un peu de Prosecco ? proposa un des serveurs.

— Oui, s'il vous plaît », lui répondis-je en tendant mon verre. Gloversville, me dis-je, se trouvait à l'autre bout du monde. « Volontiers. Servez-moi. À ras bord. »

Ce n'est qu'en commençant à préparer le mariage d'Emily que nous comprîmes que nous nous en étions tirés à bon compte avec celui de Kate. Nous avions craint qu'un mariage à Londres ne se transforme en cauchemar logistique, mais le fait d'habiter de l'autre côté de l'Atlantique eut pour conséquence inattendue de diminuer les attentes de chacun, envers nous du moins. Personne n'imaginait que nous pourrions gérer les détails et les crises au jour le jour. Les parents de Tom prirent le relai. Des décisions furent arrêtées sans nous. Nous nous contentâmes de débarquer. Et de signer le chèque.

Par contraste, le mariage d'Emily nous accaparerait davantage, et il se déroulerait à Camden, où l'on se souviendrait longtemps d'un foutoir matrimonial semblable à celui que j'imaginais joyeusement dans mon nouveau roman. N'étant séparées par aucun océan, nos différentes familles affluèrent en masse. Du côté de Barbara, les représentants de l'Arizona, qui n'étaient pas des voyageurs aguerris, eurent besoin d'aide à chaque instant critique. Mon escouade de Gloversville n'était guère plus expérimentée, mais au moins ils arriveraient en voiture. Et, bien évidemment, il fallait songer à la famille et aux amis de notre futur gendre. Ajoutez à cela les habituels problèmes des mariages : qui, pour des raisons personnelles, devait être placé à l'écart de qui. Dès que les difficultés menaçaient de nous engloutir, nous songions à l'ampleur qu'auraient prise nos tribulations si ma mère était toujours de ce monde.

À dire vrai, Barbara et Emily se chargèrent de la plupart des préparatifs, pendant que je progressais dans le roman qui, espérais-je, suffirait à les payer. À cette époque, je faisais d'étranges rêves où ma mère me téléphonait d'Europe afin de savoir pourquoi je l'avais abandonnée là-bas et quand je reviendrais la chercher. Ces rêves m'intriguaient, mais ils étaient trop comiques – ma mère me téléphonait d'Europe ? – pour être réellement dérangeants. À part cela, je trouvais que je m'en sortais plutôt bien, mieux assurément que le personnage de mon roman, Jack Griffin. Au début du livre, il se rendait au premier mariage, à Cape Cod, avec une urne contenant les cendres de son père sous l'aile arrière droite de sa voiture. Et maintenant qu'il se rendait à son second mariage, dans le Maine celui-ci, il avait ajouté l'urne de sa mère sous l'aile gauche. Pauvre Jack, pensais-je. Répandre les cendres de ma mère n'avait pas été facile, mais mon personnage semblait totalement incapable d'accomplir cette tâche pourtant simple. La mort avait rendu sa mère encore plus bavarde qu'elle ne l'était de son vivant, et encore plus déterminée à s'immiscer dans sa vie et dans son couple, en plein naufrage l'un et l'autre. Professeur d'anglais terriblement snob, elle était malgré tout (pour moi, pas pour lui) merveilleusement divertissante, en partie parce qu'elle était aussi différente qu'il fût possible de ma propre mère. Et, à ma connaissance, mon mariage n'était pas en train de sombrer. Autant de détails qui me permettaient de croire (chose indispensable pour un romancier) que j'écrivais une fiction et non pas une autobiographie mal dissimulée.

C'est à peu près à cette période qu'arriva dans ma boîte aux lettres une grande enveloppe rembourrée postée à Gloversville, ce qui n'était jamais bon signe. Elle contenait deux livres. Le premier était un exemplaire de mon roman *Le Pont des soupirs*. L'homme qui me l'envoyait, pour obtenir une dédicace, était un certain Vincent DeSantis, juge de son état, qui avait passé sa vie à Gloversville, sauf pour faire ses études de droit, et qui, comme il me l'expliquait dans sa lettre, s'était fortement identifié à Lucy Lynch, le héros du livre qui avait fait la même chose. De toute évidence, il croyait écrire à l'ami de Lucy, Robert Noonan, un artiste qui, dans le roman, fuit leur ville natale, pour ne jamais y revenir. Je ne pouvais pas vraiment lui en vouloir, moi qui retournais si peu souvent à Gloversville.

Le second livre dans l'enveloppe rembourrée s'intitulait : *Vers l'intégrité civique : restaurer la Micropolis*, écrit par Vincent DeSantis. J'eus un pincement au cœur, comme chaque fois que l'on m'envoie des livres que je n'ai pas réclamés en espérant une recommandation de ma part. Mais M. DeSantis ne sollicitait pas un argument publicitaire, et le livre, en dépit de son titre au parfum universitaire, n'était pas une étude ésotérique. Il parlait de Gloversville, et la question qu'il posait était de savoir si cette communauté et d'autres, semblables, avaient un avenir dans un XXIe siècle mondialisé ou si elles étaient condamnées à un déclin irréversible. « Tout n'est pas perdu dans votre ville natale, m'assurait-il. Un réseau d'individus motivés et talentueux œuvre depuis peu pour rassembler les éléments de cette micropolis brisée. » Ma réaction instinctive face à cette histoire à la Humpty Dumpty fut : « Oui, c'est ça, ni les sujets du roi, ni ses chevaux… » Je lançai le livre sur une grande pile d'ouvrages dont le point commun était qu'il y avait peu de chances que je les lise de mon vivant ou dans une autre vie. Ça ne m'intéressait pas.

Mais ce n'était pas tout à fait exact. Depuis le mariage de Kate, les histoires de tannerie de mon cousin trottaient dans mon esprit. Et je m'inquiétais pour Greg, par ailleurs. Quelques années plus tôt, il avait été opéré à cœur ouvert pour remplacer une valve défectueuse, mais il avait encore du mal à dormir couché et il devait se contenter de deux ou trois heures de sommeil par nuit. J'avais essayé de garder le contact, mais quand je l'interrogeais sur sa santé il me servait toujours la même vieille réplique : « Je suis en pleine forme pour un gars de mon âge. » Ensuite, nous parlions de ce que faisaient nos enfants, des films que nous avions vus, il me demandait si je travaillais sur quelque chose de nouveau. Et pour finir, on en arrivait à parler de Gloversville : qui était allé en prison, qui était malade, qui était entré dans une maison de retraite, qui était mort. Quand je lui disais que je n'arrivais pas à me sortir de la tête le récit de son expérience à la tannerie, il se lançait dans une litanie des malheurs de Gloversville, que je connaissais déjà trop bien : les hommes estropiés par les machines ou empoisonnés à petit feu ou tués dans des accidents. Les trois types qui travaillaient dans le même atelier de teinture étaient en train de mourir du même cancer exotique des testicules, une affaire tellement scandaleuse que le *New York Times* en avait parlé. Et puis, il y avait le cas de ce gamin demeuré, engagé pour nettoyer la *blues room*, ainsi baptisée parce que le chrome utilisé pour tanner les peaux les bleuissait. Le monde du cuir regorge de déchets, des bandes de peau inutilisables, des morceaux de sabot ou de queue et, de temps à autre, il faut s'en débarrasser ; la totalité de cet endroit de mort doit être nettoyée, y compris les gigantesques cuves. Un soir où ce gamin n'était pas rentré chez lui, sa mère avait appelé la tannerie pour savoir s'il s'y trouvait encore. Non, lui avait-on répondu, tous les gars de son équipe étaient partis. Le lendemain, son fils avait été retrouvé mort sur le sol de la *blues room*, asphyxié par les émanations. Un autre homme, proche de la retraite, travaillait sur une presse quand son collègue avait, par inadvertance, marché sur la pédale qui actionne les rouleaux, et la main de l'homme – qui ressemble désormais plus à une nageoire – avait été prise dans le mécanisme. Un autre jour, alors qu'il faisait un froid inhabituel pour la saison, le contremaître avait chargé un des hommes d'allumer une chaudière qui n'avait pas été inspectée depuis vingt ans et qui avait aussitôt explosé, le tuant sur le coup. Les histoires s'enchaînaient, chacune rappelant à mon cousin d'autres hommes qui étaient morts et des familles jamais dédommagées. Certaines dataient de l'époque de mon grand-père et je les avais si souvent entendues que je les connaissais aussi bien que Greg, mais je comprenais pourquoi il avait besoin de les répéter. À l'instar des anciens combattants de la Seconde Guerre mondiale, ceux qui vivent ainsi, dans ce monde, ont presque tous disparu. Il faut que quelqu'un s'intéresse à eux.

Mais pourquoi moi ? Quand je raccrochais après avoir eu ce genre de conversations avec mon cousin, je bouillonnais d'une fureur qui me semblait usurpée. Je n'avais jamais passé une seule minute dans cet enfer. Contrairement à mon cousin Jim, quand il faisait chaud en été, je n'étais pas obligé de percer avec une aiguille les cloques dures qui se formaient sur ses mains trente ans après. De quel droit celui qui a fichu le camp à la première occasion peut-il parler pour ceux qui sont restés ? Mais si Vincent DeSantis est en colère, pourquoi ne le serais-je pas ?

Peu de temps après le mariage d'Emily, j'achevai mon roman nuptial, en écartant au dernier moment ce pauvre Jack Griffin du gouffre autour duquel il tournait. Les cendres de ses parents s'éparpillèrent enfin, il parvint à faire la paix avec son passé, à contrecœur, et à vivre dans le présent à nouveau. Le livre se vendit suffisamment bien pour que Barbara et moi envisagions d'acheter cet appartement à Boston, et dès que j'eus achevé ma tournée de promotion, nous commençâmes à inspecter les différents quartiers. Le North End, que nous adorions, même si, apparemment, il n'offrait pas ce que nous recherchions ; le South End, un quartier merveilleux mais mal desservi par le métro ; Back Bay, qui n'avait pas grand intérêt, à nos yeux du moins. ; et un petit rectangle de pâtés de maisons près de South Station baptisé Leather District, proche à la fois de la gare et de la station de métro Silver Line qui conduisait directement à l'aéroport. Emily et Steve habitant à Amherst, Kate et Tom à Londres, un appartement à Boston faciliterait leurs visites. Car, hélas, nous vivions dans un monde entièrement nouveau, dans lequel nous devions partager nos filles jeunes mariées. Désormais, les vacances fonctionnaient par roulement : Noël chez un couple de beaux-parents, Thanksgiving chez l'autre.

La première année, Noël fut pour nous, et nous le fêtâmes à Camden. Dix jours magnifiques de longs dîners copieusement arrosés de vin rouge, suivis de parties de cartes ou de jeux qui duraient jusque tard dans la nuit et nous transformaient en zombis le lendemain matin. De telles réjouissances auraient été impossibles si ma mère avait été avec nous, ce qui provoquait un curieux mélange d'émotions, où la culpabilité occupait la première place. À certains moments, elle me paraissait étrangement présente. *Pourquoi*, semblait-elle me demander, *ne passions-nous jamais des moments aussi agréables quand j'étais encore là pour en profiter ?* Avait-elle jamais eu conscience que c'était elle qui refroidissait l'atmosphère ? J'en doute. Dans sa jeunesse, c'était toujours elle qui mettait de l'ambiance, et elle continuait à s'imaginer dans ce rôle, alors qu'elle ne pouvait plus le jouer depuis quarante ans. « Tu te souviens comme on s'amusait à Noël dans la maison de Helwig Street ? » aimait-elle à répéter, sincèrement étonnée que la joie de vivre se dérobe désormais.

Toutefois, une surprise nous attendait à la fin des vacances. Juste avant que Kate et Tom repartent en

Angleterre, notre fille nous avoua, sur l'insistance de son mari en partie, qu'elle ne se sentait pas très bien à Londres. Quand elle commença à nous expliquer ce qui la perturbait, les symptômes auxquels elle était confrontée, certaines choses s'expliquèrent. À plusieurs reprises au cours de son séjour, elle avait paru étrangement nerveuse, proche de la névrose. Nous avions remarqué que lorsque quelqu'un utilisait le petit ordinateur portable commun installé dans la cuisine, elle quittait la pièce et revenait seulement quand personne ne s'en servait. Depuis environ neuf mois, nous confia-t-elle, certains bruits – le cliquetis d'un clavier, par exemple – provoquaient en elle non pas un simple agacement, mais une authentique terreur. Quand elle prenait le métro ou le bus à Londres, elle devait repérer les éventuels utilisateurs d'ordinateurs portables afin de s'asseoir le plus loin possible. Si par malheur quelqu'un en sortait un une fois qu'elle était installée, elle devait changer de place. Elle avait espéré que le fait de revenir à la maison, à l'abri de la cacophonie des sons urbains qui la rendaient folle, lui ferait du bien, mais en réalité le problème semblait exacerbé à Camden. Ayant effectué des recherches sur Internet, elle croyait avoir identifié le problème, et elle avait l'intention de consulter dès son retour à Londres. Pour Barbara et moi, ça ne pouvait pas attendre et, avec sa permission, nous prîmes rendez-vous chez un éminent spécialiste des angoisses installé à Portland. Il fallut une vingtaine de minutes à celui-ci pour confirmer le diagnostic de Kate. Elle souffrait de troubles obsessionnels compulsifs. Avec un traitement approprié, tout se passerait bien. Mais sans cela, la prévint-il, son angoisse la dévorerait vivante.

Le lendemain, Kate et Tom repartirent pour Londres avec les noms de plusieurs bons thérapeutes et nous,

nous rentrâmes à Camden avec un livre sur le sujet, que je commençai à lire avec une appréhension qui se transforma très vite en horreur absolue et en nausées. Là, dans l'introduction, figurait une longue liste des comportements bizarres que j'avais déjà vus chez ma mère, tout petit : sa façon de toujours arranger ses affaires « comme ça », son amour des règles arbitraires en soi, son besoin « d'égaliser les choses » (le même nombre de plis à droite et à gauche sur les tringles à rideaux), de vérifier constamment ce qu'elle avait déjà vérifié « pour être sûre », ce qui ne l'empêchait pas de continuer à s'inquiéter. Mais surtout, tous ces comportements étaient apparentés à une maladie mentale. Le diagnostic d'amateur formulé par mon père : « Tu *sais* que ta mère est cinglée, hein ? »

Son observation n'avait pas de portée clinique, assurément. Il voulait juste dire que, dans mon propre intérêt, je ferais bien de reconnaître que ma mère était givrée, qu'elle avait une case en moins, une araignée au plafond… Chacun peut fournir sa métaphore comique. Mais le langage de cet ouvrage n'était ni comique ni euphémique. Ici, les « nerfs » de ma mère s'appelaient angoisse et crises de panique. Et ces distinctions n'étaient pas seulement sémantiques. Les angoisses paralysantes et les crises de panique invalidantes (contrairement aux « nerfs ») étaient des affections sérieuses qui exigeaient un traitement. Les maladies mentales, à l'instar des maladies physiques, nécessitaient un diagnostic, puis une thérapie appropriée. Kate avait déjà passé le premier stade, elle s'attaquait au second. Ma mère n'avait eu ni l'un ni l'autre, et le résultat avait été exactement conforme à la prédiction du spécialiste de Portland. Elle s'était laissé dévorer vivante, peu à peu.

Ce n'était pas un gros livre, mais je ne pouvais pas lire plus d'un court chapitre à la fois. Et même, parfois, je devais le mettre de côté pendant plusieurs jours, ou plusieurs semaines, avant de le reprendre. Description après description, cas après cas, chacun était pertinent. Combien de fois, en remontant aussi loin que Phoenix, avais-je demandé à ma mère pourquoi elle était obsédée par des détails, alors que des affaires plus importantes réclamaient notre attention ? *Obsédée*, tel était le mot que j'avais véritablement employé, mais j'étais surpris de le retrouver dans un ouvrage médical consacré à une maladie dont ma mère souffrait apparemment. Et, évidemment, c'était plus que démoralisant de découvrir qu'un grand nombre de ses « idiosyncrasies » réapparaissaient fréquemment dans les publications traitant de l'obsession, qu'elles étaient liées, d'une certaine façon, à une peur générale et irrationnelle de la contamination, cette même angoisse, plus large, qui conduisait tant de personnes atteintes de TOC à se laver les mains de manière répétitive, comme un rituel. Quand j'avais fait remarquer à ma mère qu'elle était obsédée par les détails, je voulais juste lui conseiller d'agir rationnellement. Je n'aurais jamais imaginé que, comme le suggérait ce livre, elle *ne* le *pouvait pas*, quelque chose l'en empêchait et retenait sa raison en otage. On estimait que chez les individus affligés de TOC, expliquait l'ouvrage, la partie du cerveau responsable des prises de décision était endommagée, voilà pourquoi ils ont du mal avec le séquençage rationnel, ce que j'ai appelé, un peu plus haut, le triage : *ça maintenant, ça plus tard*.

Autre élément constamment attaqué chez la personne obsessionnelle : le sens de la mesure. Toute sa vie, ma mère avait eu une profonde aversion pour tout ce qui était jaune, même les fleurs. Évidemment, les gens sains d'esprit ont eux aussi des couleurs qu'ils aiment plus que d'autres. Les M & Ms ont tous le même goût, mais un tas de gens préfèrent les rouges, de manière totalement irrationnelle. En revanche, les gens normaux n'ont pas peur des rouges. Ils ne vont pas les trier et ils ne vont pas tomber malades si on les oblige à les manger. De même, une personne ne sera pas totalement déstabilisée si sa marque préférée de mouchoirs en papier n'est disponible qu'en jaune, comme cela lui est arrivé une fois au supermarché. Une personne normale ne restera pas paralysée au milieu de l'allée, tremblante de rage et de frustration. Le jaune lui soulevait le cœur. Elle savait qu'il n'y avait pas de raison à cela et que cette couleur ne faisait pas la même chose aux autres gens. Mais voilà l'effet que produisait le jaune sur elle, et comment s'opposer à une sensation ?

Car c'est souvent au niveau des sensations que les angoisses d'un obsessionnel font la loi. Depuis toute petite, affirmait ma mère, elle possédait un odorat extraordinaire. Dans son esprit, cela constituait un atout, comme avoir vingt sur vingt aux deux yeux, mais les conséquences étaient toujours désagréables. L'huile d'olive était pour elle une substance fétide et souillée, et ses qualités nutritionnelles avérées ne parvenaient pas à ébranler cette conviction. Au temps de Helwig Street, quand nous nous asseyions sur la véranda les soirs d'été, elle était obligée de rentrer à cause des odeurs « infectes » qu'elle seule sentait, en provenance d'une maison située de l'autre côté de la rue, habitée par une famille italo-américaine. Ils cuisinaient à *l'huile*, expliquait-elle, le visage déformé par le dégoût, et non pas au beurre comme nous. Son obsession pour les odeurs de nourriture s'amplifia quand elle quitta Helwig Street et commença à vivre en appartement, où les voisins étaient plus près et leurs cuisines juste derrière un mur fin. « Pourquoi est-ce que ta mère met des Air Wick partout ? » me demanda ma femme la première fois que nous lui rendîmes visite à Phoenix. Déjà à l'époque, il y avait des désodorisants dans chaque pièce, deux dans la salle de bains, ouverts au maximum. Tous les appartements où ma mère avait vécu sentaient la même odeur chimique.

Elle était encore relativement jeune quand je commençai à me demander si les odeurs qui la tourmentaient ne reposaient pas sur une réalité objective. Très souvent, l'odeur qui la faisait suffoquer me semblait agréable au contraire, évoquant parfois les épices qu'elle n'utilisait jamais, comme le cumin, la coriandre et l'estragon. Plus révélateur, les parfums coupables provenaient toujours des appartements de personnes qu'elle n'aimait pas de toute façon, comme les Italiens de Helwig Street. Chez moi, l'ail et l'huile d'olive se mélangeaient dès les premières étapes d'un grand nombre de plats, et pendant longtemps je crus que seule la politesse empêchait ma mère de faire des commentaires sur ces odeurs qui partout ailleurs la rendaient malade. Chaque fois qu'elle me parlait des relents d'huile ou d'ail qui traversaient le couloir et s'infiltraient sous la porte de son appartement, je me demandais si elle essayait de me faire comprendre que je devrais m'abstenir d'en utiliser chaque fois qu'elle venait dîner. Alors qu'en vérité, c'était exactement le contraire. Parmi ses plats préférés, ceux qu'elle réclamait le plus souvent, beaucoup contenaient, en forte quantité, les ingrédients qu'elle affirmait détester.

J'avais songé également qu'il existait peut-être un lien entre ces aversions olfactives et son amour de toute une vie pour les plats surgelés. À Gloversville, cela pouvait se comprendre. Après une longue journée de travail, pourquoi se serait-elle donné la peine de préparer un repas rien que pour elle ? De plus, comme elle s'empressait de le faire remarquer, cuisiner pour une seule personne, ça revenait cher. En Amérique, les fabricants de produits alimentaires concevaient des emballages familiaux. Mais au bout d'un moment, j'en vins à suspecter qu'il s'agissait en fait d'une question d'odeurs, qui se trouvaient amplifiées, affirmait-elle, dans les minuscules cuisines de tous ces appartements. Moi qui vivais dans une grande maison, laissait-elle entendre (à croire que je n'avais jamais vécu dans des logements exigus), je ne pouvais pas savoir ce que c'était. Mais quand elle fut plus âgée, les plats surgelés eux-mêmes devinrent un problème, et très souvent elle avouait redouter l'heure des repas, un peu comme si l'obligation de se nourrir était en soi une chose honteuse. Dans son appartement, elle mangeait vite et rinçait aussitôt la barquette en aluminium ayant contenu son plat, avant de la broyer et de la jeter. Après quoi, elle fermait le sac-poubelle, même s'il était à moitié plein seulement, et elle se dépêchait d'aller le déposer dans la benne ou le local à ordures, car sinon, expliquait-elle, la *puanteur* était insupportable le lendemain matin. Si d'autres obsessionnels craignaient d'être contaminés par les sécrétions ou la saleté, ma mère semblait axée sur les contagions par voie aérienne. Elle vivait dans la terreur des rhumes, et, quand elle en attrapait un, elle affirmait savoir avec exactitude qui le lui avait transmis. Immanquablement, le coupable était une personne qu'elle n'aimait pas.

S'il était déprimant de reconnaître ma mère à chaque page, ou presque, de ce livre sur les TOC, c'était encore plus douloureux de me reconnaître dans le rôle du principal complice. Car, contrairement aux alcooliques et à n'importe quelle personne dépendante, les obsessionnels ne peuvent pas se passer des autres. À mesure que leur échappe le contrôle qu'ils recherchent désespérément, ils n'ont d'autre choix que de prendre au piège les êtres chers. Ma mère avait commencé à Gloversville, en menaçant de sombrer dans une dépression nerveuse si je n'étais pas un gentil garçon d'un côté et, de l'autre, en me remerciant de l'avoir aidée à s'éloigner du gouffre lors de chaque crise. Enfant, toutefois, je partageais ce rôle de complice avec mes grands-parents, qui vivaient juste au-dessous et, dans une moindre mesure, avec sa sœur, ma tante Phyllis. Quand nous partîmes dans l'Arizona, évidemment, je fus promu au grade de gardien-chef des émotions.

Une des réalités les plus tristes de l'enfance est que les enfants, qui manquent de l'expérience nécessaire pour juger, ne peuvent pas savoir si une chose est anormale ou contre nature si un adulte ne le leur dit pas. Pis encore, une fois qu'une chose a été cataloguée comme normale, elle sera très certainement perçue comme telle à l'âge adulte, et cela est particulièrement vrai pour les enfants uniques qui n'ont personne avec qui comparer leurs notes. Très souvent quand j'étais jeune garçon, et plus tard adolescent, j'aurais préféré que ma mère ne me fasse pas participer à ces combats personnels et intimes, mais je ne voyais rien de mal dans sa façon de faire. Pour moi, c'était le prolongement naturel de notre vieil accord passé dans Helwig Street, la reconnaissance mutuelle de notre relation particulière ; je pourrais toujours compter sur elle et elle sur moi. En un sens, nous avions de la chance. Comparée à d'autres personnes souffrant de TOC, elle accomplissait relativement peu de rituels chronophages (comme se laver les mains). En revanche, elle avait énormément besoin d'être soutenue (« secouée », disait-elle), surtout quand elle subissait un revers, réel ou imaginaire. Il fallait sans cesse la rassurer en lui répétant que tout allait bien, elle y compris, ou que du moins tout irait bien une fois supprimée telle ou telle entrave à son équilibre émotionnel. Jamais il ne me vint à l'esprit, même adulte, que ces paroles réconfortantes pouvaient être préjudiciables, et qu'en les ressassant j'aggravais sa situation au lieu de l'améliorer. Mon échec, en concluais-je, venait du fait que je ne les avais pas répétées suffisamment, et j'imaginais que ce manque de générosité, dû à l'exaspération, était mon plus gros défaut.

Mais ce que *je* ne pouvais pas voir apparaissait de manière évidente aux autres. Mon beau-père avait immédiatement senti que quelque chose n'allait pas, voilà pourquoi il avait conseillé à Barbara de ne pas laisser ma mère s'installer avec nous la première fois. Au fil des ans, alors qu'elle s'immisçait de plus en plus dans le tissu de notre vie de couple, ma femme finit par comprendre que j'aidais et encourageais ses démons. À vrai dire, elle me mit en garde plusieurs fois, en vain. Pourtant, Barbara et son père parlaient par expérience. La mère de Barbara était alcoolique et c'était son père, par ignorance délibérée et au mépris des signes de plus en plus accablants, qui lui avait permis de donner le change devant les étrangers et les jeunes frères et sœurs de Barbara. Évidemment, pas plus que moi, ma femme ne se doutait que ma mère souffrait de TOC. Aujourd'hui encore, elle en est moins convaincue que moi. Mais elle avait été le témoin privilégié de ce qui se passait quand on essayait de raisonner une personne dont la raison vacillait. Et pour elle, il ne faisait aucun doute qu'en masquant les errements de ma mère, en lui faisant comprendre que quoi qu'elle fasse ou dise jamais je ne l'abandonnerais, en ne l'obligeant pas à se faire soigner, je lui donnais ce qu'elle réclamait, mais pas ce dont elle avait besoin. Par ailleurs, elle comprenait que si ma mère était prisonnière de comportements répétitifs, moi aussi. À vrai dire, je devais lui rappeler son père, dont l'incapacité à intervenir quand l'alcoolisme de son épouse devenait incontrôlable trouvait son origine dans l'amour, certes, mais également dans la peur, pas seulement qu'une chose terrible se produise s'il s'en mêlait, mais aussi que ce soit sa faute. Il n'affrontait pas ouvertement sa femme car il ne le pouvait pas et moi, je n'affrontais pas ma mère pour la même raison. Cela signifiait que le choix de Barbara était simple et clair, diaboliquement injuste : elle pouvait rester ou partir. Ce qu'elle ne pouvait pas faire, c'était modifier, même légèrement, notre trajectoire qui menait à l'échec.

Peu de temps après le retour de Kate et Tom à Londres, je reçus une lettre de John Freeman, le rédacteur en chef de *Granta*, qui voulait savoir si j'aurais envie d'écrire un texte sur Gloversville, la vraie ville, pas un de mes nombreux avatars de fiction. Le magazine voulait publier un numéro spécial « retour à la maison », et deux jours plus tôt, en roulant sur la New York State Thruway, il était passé devant la sortie de Gloversville, ce qui lui avait fait penser à moi. Si j'acceptais cette proposition, souligna Freeman, l'article serait une sorte de retour aux sources, *Granta* ayant publié un extrait d'un de mes premiers romans au milieu des années 1980. Mon nom n'était pas apparu dans ce magazine depuis et l'idée était alléchante. Toutefois, j'hésitais. Devrais-je retourner véritablement à Gloversville ? Et dans ce cas, pour quoi faire ? Comparer la situation actuelle avec celle que j'avais connue enfant ? Voir si Pedrick existait toujours, et qui allait boire là-bas de nos jours ? Frapper à la porte du 36 Helwig Street et me présenter aux personnes qui vivaient aujourd'hui à cette adresse ? Car je n'avais pas la moindre envie de faire tout ça. Pour la commémoration familiale que nous avions organisée à l'été, Barbara et moi avions pris une chambre de motel au bord de la nationale et réservé un salon privé dans une vieille auberge réputée de Johnston, un des endroits préférés de ma mère, pour le dîner en son honneur. Je n'avais pas mis les pieds à Gloversville. Si j'avais lu l'ouvrage sur les TOC à l'époque, sans doute aurais-je compris que ces allées et venues de rôdeur entraient parfaitement dans la catégorie des comportements aberrants et malsains, mais cela viendrait plus tard. Sur le moment, je me voyais plutôt dans le rôle de Bartleby. Je *pourrais* aller à Gloversville, simplement « J'aimais mieux pas ».

Un an plus tard, j'étais encore résolu et, quand j'appelai John pour lui annoncer que oui, j'aimerais bien écrire pour son numéro spécial, en me servant peut-être d'une des histoires de tannerie de mon cousin comme point de départ, je n'émis qu'une seule exigence : mon « retour à la maison » serait purement métaphorique. Il accepta aussitôt. Si j'avais le matériau dont j'avais besoin pour écrire mon article, dit-il, à quoi bon effectuer le voyage ? Sentant la profondeur de mon aversion, sans doute avait-il deviné que j'étais devenu l'incarnation littérale de la fameuse maxime de Thomas Wolfe et que, peut-être, c'était *là* que se trouvait le vrai sujet. Avec un peu de chance, mon incapacité à retourner physiquement chez moi apporterait à ce thème une touche intéressante, décalée, voire démente.

Peu de temps après cette conversation, tandis que je m'efforçais de transcrire les expériences de mon cousin sur le papier, mon œil vagabond se posa sur *Vers l'intégrité civique : restaurer la Micropolis*, le livre sur Gloversville. Il était là, à l'endroit où je l'avais jeté avec mépris quelques mois plus tôt, à moitié enseveli maintenant sous d'autres ouvrages indésirables de mon terril littéraire. Repensant au ton volontaire de la lettre d'accompagnement, je soupçonnais que ce livre reposait sur des fondations branlantes de sentimentalisme et d'optimisme irréfléchi, et je doutais d'y trouver quoi que ce soit d'intéressant, or, évidemment, c'était injuste. Je n'en avais pas lu une seule ligne. Se pouvait-il que mes suppositions malveillantes, qui ne reposaient sur rien, révèlent des préjugés ? *Que peut bien valoir ce livre ?* avait conclu ma logique inconsciente. *L'auteur vit à Gloversville !* Aussi, dans un esprit d'équité forcée, je pris le livre et commençai à lire.

À ma grande surprise, je découvris que Vincent DeSantis et moi partagions bon nombre de convictions politiques et culturelles. Par exemple, il nous semblait évident que les vieux emplois industriels qui avaient été le poumon économique de villes comme Gloversville avaient définitivement disparu, que cela nous plaise ou non. Nous étions d'accord également pour dire qu'une Amérique qui produit moins régresse. Comme moi, il s'intéressait aux nouveaux développements urbains, persuadé, avec moi, que le moment était venu de bâtir des communautés en fonction des gens, et non de leurs voitures car l'époque de l'énergie bon marché touchait à sa fin. Une micropolis, telle que la définissait DeSantis, avait une population de dix à cinquante mille personnes, à l'instar de Gloversville, et il expliquait de manière convaincante que ces communautés seraient bien positionnées pour prospérer dans un avenir moins « autocentré ». Elles possédaient le genre d'infrastructure – un centre-ville – qui jouerait un rôle essentiel, à condition qu'elle n'ait pas été rasée dans les années 1960. Paradoxalement, les anciennes usines, au lieu d'être une verrue dans le paysage, pourraient devenir une partie de la solution, une fois réaménagées et adaptées à d'autres usages. En outre, affirmait M. DeSantis, s'il était peu probable que leur nouvelle incarnation ressemble à la première, cela ne signifiait pas qu'elle n'ait plus d'intérêt. Bizarrement, nous partagions également le même point de vue sur l'avenir, ou du moins, un avenir possible.

Cependant le passé est parfois un sacré nid d'épines. « La ganterie a permis à Gloversville de vivre confortablement, s'enthousiasmait-il. Les usines étaient remplies de coupeurs de peaux et de gantiers, le bruit des machines à coudre et l'odeur du cuir ciré faisaient partie de la vie quotidienne. » Moi aussi, j'adore l'odeur du cuir ciré, mais je suis capable de l'apprécier parce que je n'ai jamais travaillé dans une tannerie, et je devine que ce M. DeSantis non plus. Mais n'y avait-il pas dans sa famille, comme dans la mienne, des femmes qui ont cousu des gants pendant cinquante ans et qui, une fois à la retraite, touchaient des pensions inférieures à cinquante dollars par mois ? Si sa vision du Gloversville de notre jeunesse (il avait juste un an de plus que moi) n'était pas fausse, elle reposait sur des faits et des souvenirs soigneusement sélectionnés. Pour lui, l'époque où les tanneries fonctionnaient à plein régime constituait le bon temps car elles généraient richesses et prospérité. Il se souvenait de ses tantes et de ses oncles qui se lamentaient à cause des emplois délocalisés, avant de conclure, avec générosité : « Pour être juste envers les fabricants de gants… ne pas tirer avantage… de la main-d'œuvre bon marché aurait été l'équivalent d'un suicide commercial. » Bon, d'accord, mais si une expression dramatique comme « suicide commercial » décrit assez bien les choix indéfendables des tanneries dans les années 1950, est-ce que, de la même manière, leur mépris pour la santé et la survie de ces ouvriers qui les avaient enrichis ne méritait pas le terme de « meurtre » ? Ou bien, si on y ajoute cette mentalité primitive qui a conduit tant de personnes à fuir le lieu du crime, de « viol » ? Le tannage au chrome a toujours été mortel, avec ses produits annexes comme la chaux, le chlore, le formol, l'acide sulfurique, le chrome (III), l'éther de glycol, le toluène, le xylol, le sulfate de magnésium, le plomb, le cuivre et le zinc, pour n'en citer que quelques-uns. Ceux qui croient que les tanneries ignoraient qu'elles rejetaient des substances cancérigènes dans l'air, l'eau et les champs de Gloversville croient sans doute également que les fabricants de cigarettes ne savaient pas qu'elles étaient dangereuses. Non contentes d'avoir traqué la main-d'œuvre bon marché à l'étranger, les grandes tanneries avaient tenté – avec succès pour la plupart – d'échapper à leurs responsabilités au moment du Jugement dernier. Du fait de nouvelles normes environnementales imposées par le ministère du Travail, et plus tard par l'Occupational Safety and Health Administration, cette industrie n'était plus rentable, tandis qu'à l'autre bout du monde ces réglementations n'existaient pas (et n'existeraient pas avant des dizaines d'années). Quand il devint évident que les tanneries de Fulton County ne seraient plus autorisées à utiliser la Cayadutta Creek comme poubelle, elles partirent, plutôt que de payer les taxes destinées à la construction de nouvelles installations pouvant leur permettre de jeter leurs déchets sans risques. Elles s'en allèrent gaiement polluer des rivières en Inde et aux Philippines, laissant derrière elles un véritable Love

Canal de substances cancérigènes. Aux empoisonnés de payer la facture du nettoyage.

Évidemment, comme le soulignait DeSantis, à son apogée, Gloversville ne se limitait pas aux ganteries et aux tanneries. Toute communauté, même dominée par une unique industrie qui détestait et redoutait la compétition, avait besoin d'épiceries, de boulangeries, de restaurants, de compagnies d'assurances, de boutiques de vêtements, de concessionnaires automobiles, d'écoles et d'enseignants, de bibliothèques et d'un cinéma, mais quand cette industrie disparaît toutes ces entreprises se retrouvent en danger, inévitablement. Les usines ne furent pas les seules à se trouver abandonnées, une fois « l'âge d'or » envolé. Ce que vous perdez également, notait DeSantis, c'est une part de votre identité, votre raison d'être, un sentiment d'objectif commun, difficile à qualifier. Les gens sont souvent fiers de ce qu'ils ont produit, surtout si cette chose perdure. Un été, mon père et moi avions travaillé sur le chantier de la sortie 23 de la New York State Thruway, et depuis ce jour nous ne pouvions pas emprunter cette bretelle sans échanger un regard entendu. Mais parfois, les gens sont fiers de leurs réalisations au point d'en ignorer volontairement le coût. Que Gloversville ait possédé jadis une identité basée sur le sentiment d'un but commun est un argument fort. Ce même argument a été utilisé, par exemple, pour expliquer la construction des grandes cathédrales en Europe, et qu'étaient-elles sinon les symboles de la richesse et des croyances communes ? Compte tenu de la technologie de l'époque, les pyramides sont encore plus impressionnantes, jusqu'à ce qu'on se souvienne qu'elles ont été bâties par des esclaves. Plus près de nous, la naissance des États confédérés constitue une parfaite illustration des valeurs et de l'identité culturelle communes, fondées, bien évidemment, sur l'esclavage. Des dizaines d'années après que la guerre eut libéré ses victimes, Margaret Mitchell fit précisément ce que faisait maintenant Vincent DeSantis en invitant ses lecteurs à se lamenter sur la disparition de ces temps heureux qui, dans son Sud chéri, avaient été *emportés par le vent.*

Le livre préféré de ma mère.

Alors que je travaillais sur le texte pour *Granta*, je recommençai à rêver d'elle. Ce n'étaient plus des cauchemars comme avant : je ne la portais plus dans des décors imaginaires kafkaïens ; plus de coups de téléphone insensés au beau milieu de la nuit pour savoir quand j'allais venir la rechercher en Europe. Là, nous sommes de retour à Gloversville, elle et moi, dans la maison de mon grand-père. Je ne suis pas en visite, j'y habite, et d'ailleurs, je n'ai jamais vécu ailleurs que dans Helwig Street. Je suis plus jeune, mais plus un enfant. Je ne suis pas marié, ni père. Ma vie d'enseignant, puis d'écrivain, n'a jamais existé.

Il y a quelque chose d'étonnamment agréable et réconfortant dans tout cela, sans doute parce que, à l'exception de mon grand-père, nous sommes à nouveau réunis dans un lieu familier et aimé. Mais c'est également perturbant car dans ces rêves la maison est dans un terrible état de délabrement, une chose que mon grand-père n'aurait jamais tolérée. Des trous béants dans le toit laissent entrer la pluie et les murs sont envahis par la moisissure. Les vérandas s'affaissent, les balustrades se sont détachées des poteaux. Parfois, c'est un phénomène dont nous avons conscience, cela fait partie de la structure dramatique et de l'intrigue du rêve. Mais la plupart du temps je suis le seul à m'en apercevoir et je dois cacher l'horrible vérité à ma mère et à ma grand-mère car nous n'avons pas les moyens d'effectuer les réparations. Finalement, je n'ai d'autre choix que d'entraîner ma mère dans le grenier pour lui montrer les trous dans la toiture, puis dans la cave où un lac noir s'est formé. Elle pousse des hurlements d'effroi. Elle veut savoir ce que nous allons faire. Nous n'avons pas d'autre maison.

Même si ma mère y apparaît immanquablement et si elle y joue un rôle capital, je m'aperçois que ces rêves ne parlent pas d'elle du tout. Ils parlent de Gloversville, d'une maison en ruine qui, dans le langage décalé des rêves, représente la ville dont Vincent DeSantis croit qu'elle peut être sauvée, et pas moi. Leur inspiration réside moins dans la maladie et la mort de ma mère que dans celles de mon grand-père. Le drame central se joue dans les années qui ont suivi son décès, quand ma mère et ma grand-mère vivaient ensemble et n'avaient pas assez d'argent pour entretenir la maison. Peu de temps après, quand j'eus installé ma mère dans le sud de l'Illinois près de chez nous, il fallut vendre la maison. Plus tard, alors que ma grand-mère était décédée à son tour, chaque fois que je rendais visite à mon oncle et à ma tante, à mes cousins, je passais toujours devant le 36 Helwig Street en voiture, je voyais les signes évidents de l'abandon – la peinture écaillée, la pelouse non tondue – et je me sentais à la fois trahi et traître. Une année, les vérandas qui menaçaient de s'écrouler avaient été amputées, et personne n'avait seulement pris la peine de couvrir les cicatrices d'un coup de peinture. La porte de derrière que je franchissais cent fois par jour quand j'étais enfant s'ouvrait maintenant sur le vide : une chute de plus de un mètre de haut, au-dessus d'un rectangle de terre brunâtre et sèche où le nouveau propriétaire n'avait même rien planté. Après cela, je n'avais plus le cœur, ou le courage, de voir ce spectacle, tant était vif mon sentiment d'échec personnel. Aujourd'hui, plus de dix ans après, je ne supporte pas de retourner à Gloversville.

Peut-être que ces rêves de Helwig Street ne trouvaient pas leur origine dans la mort de ma mère, mais cela ne voulait pas dire que ses sentiments d'une très grande ambivalence envers Fulton County n'étaient pas leur source ultime. Déjà dans mon enfance, sa haine de Gloversville était comme l'étoile du Berger, celle qui vous aide à vous orienter, sinon vous êtes perdu, totalement à la dérive. C'était précisément ce qui arrivait chaque fois qu'elle s'en allait. À peine se retrouvait-elle ailleurs, n'importe où, que sa haine se transformait en manque, en douceur. Dès qu'elle en était libérée, la maison de Helwig Street, cette cage dont elle essayait de s'enfuir en permanence, devenait l'objet de tous ses désirs. Elle n'allait pas très bien, certes, mais je pense que les gens sains d'esprit connaissent ce genre de paradoxe eux aussi, et je ne lui en veux pas de ne pas avoir réussi à le résoudre. Après tout, moi-même je n'y suis pas parvenu.

Plutôt que de me confronter à la relation amour-haine que j'entretenais avec ma ville natale, j'ai simplement créé d'autres Gloversville dans mon imagination. Puisqu'ils n'existent pas en dehors de ma tête, je peux aimer Mohawk, Empire Falls et Thomaston sans provoquer ce sentiment de trahison que j'ai ressenti quand ma mère et moi sommes rentrés de Martha's Vineyard et que j'ai commis l'erreur d'avouer que j'étais heureux de me retrouver à la maison, une remarque innocente qui, autant que je puisse en juger, a déclenché notre expédition téméraire dans l'Arizona quelques années plus tard, et tout ce qui s'est ensuivi.

Mes villes inventées n'ont jamais entraîné de répercussions dans le monde réel. Mieux encore, il n'était pas question d'y retourner car, comme le « moi » de mes nouveaux rêves, je n'étais jamais parti de Helwig Street. Je fais claquer les talons de mes escarpins rouges et aussitôt me voilà avec Sully, Miss Beryl, Sam Hall et Mather Grouse. Tessa et Big Lou Lynch vivent au coin de la rue, tout comme Miles Roby et sa fille, Tick. La boutique d'Ikey Lubin est juste à côté, et quelques rues plus loin, dans le bas de Main Street, il y a Hattie's Lunch. Ce ne sont pas des petits paradis, mes Gloversville de substitution. Il s'y passe de vilaines choses. Derrière l'ancien Bijou, Three Mock, un Noir, se fait tabasser et manque d'y passer parce qu'il s'est assis à côté d'une jeune Blanche au cinéma ; le jeune John Voss, horriblement maltraité, constitue sa garde-robe dans la benne à ordures derrière l'Empire Grill et prépare sa vengeance ; aux abords de la ville, un autre pauvre garçon est empalé sur une grille, une pointe en fer sort de sa bouche béante telle une langue noire. Et la rivière toxique, bleue un jour, rouge le lendemain, qui continue à serpenter à travers la ville, relie tous les habitants, et les empoisonne.

Mes villes imaginaires ne sont ni mieux ni pires que les vraies. Ce sont les miennes, simplement, car je suis libre de les voir avec mes yeux, alors que la véritable Gloversville (ainsi que je commence à le comprendre, grâce au livre de Vincent DeSantis), je continue à la voir avec les yeux de ma mère. Elle affirmait toujours que son droit à la gloire me permettrait d'échapper à cette ville, à ces gens suffisants, frustes, d'une bêtise monumentale, qui marchaient en traînant les pieds et s'estimaient heureux de vivre là où ils vivaient, heureux de toucher des salaires de misère dans les tanneries qui les affamaient, leur sectionnaient les doigts et leur donnaient le cancer avant de partir s'installer dans le tiers-monde. Quand j'écoute les histoires de mon cousin sur ces hommes estropiés, contaminés, tués, j'éprouve une sorte de macabre satisfaction en constatant que peu de choses ont changé depuis notre enfance. Nous partageons un profond sentiment d'indignation, auquel M. DeSantis a réussi à échapper, je ne sais comment, mais Greg, parce qu'il a vécu toute sa vie dans la vraie Gloversville, et parce qu'il y a élevé une jolie famille, a résolu ce paradoxe qui résistait à ma mère et continue à me résister. Gloversville est son foyer. Elle lui brise le cœur quotidiennement, mais ça ne change rien. Son père est enterré dans le cimetière, ainsi que ses grands-parents maternels et paternels, leurs vies et leurs morts sont liées, directement ou indirectement, aux tanneries. S'il existait une baguette magique capable d'améliorer cet endroit, Greg l'agiterait jusqu'à ce que son bras se détache, et c'est là, je crois, la plus grosse différence entre nous. La honteuse vérité, c'est que je ne veux pas qu'on recolle les morceaux de Humpty Dumpty. Je reconnais que c'est méchant et injuste. Bien que je ne puisse pas le justifier, il semblerait que, sur cette question, j'aie pris le parti de ma mère. Gloversville a eu ce qu'elle méritait. Même si cette opinion n'est pas vraiment la mienne ? Même si elle est contredite par tous mes romans ? C'est la plus vieille opinion que je connaisse. Si j'y renonce, ce sera comme si ma mère n'avait jamais existé.

Ce n'est sans doute pas une surprise si l'appartement que ma femme et moi avons finalement choisi à Boston se situe dans le vieux Leather District, le quartier du cuir. Ici, tous les immeubles ou presque portent une plaque indiquant l'activité qu'on y exerçait autrefois. Nous sommes au sixième étage d'un immeuble qui en comporte huit, « en haut et au sec », comme le dit le dicton, ce qui aurait fait sourire mon grand-père, je pense. Le cuir a toujours été une activité verticale. À ras de terre et humide dans la salle de décapage, en hauteur et sèche dans les ateliers de coupe et d'assemblage, où le travail était un peu mieux payé et moins dangereux. Enfant, je me revois sur le trottoir, suivant du regard l'index de ma mère tendu vers le dernier étage où travaillait mon grand-père, et je la sentais fière de lui. Peut-être avais-je déjà saisi le principe de verticalité.

Bien qu'il fût sans doute content de ne pas travailler en bas, je ne pense pas que mon grand-père se considérait comme un privilégié. Son salaire n'a jamais été à la mesure de son talent. Les nouvelles machines, performantes, alliées au martèlement incessant du travail à la pièce et aux périodes d'embauche de plus en plus réduites, avaient fait en sorte qu'il meure pauvre. Et il savait certainement que ce travail, même dans les derniers étages, n'était pas sans risques, loin de là. Certes, les peaux tannées étaient sèches quand elles arrivaient là-haut, mais elles restaient chargées de poussière de cuir qui, inspirée durant toute une vie, pouvait vous tuer. Pendant des années, il ne s'inquiéta pas de son manque de souffle. Il était rentré du Pacifique avec la malaria, et ceci expliquait sans doute cela. Mais à l'époque où il acheta la maison de Helwig Street, sans doute savait-il que sa chance avait tourné. Dix ans plus tard, quand il ne fut plus possible d'ignorer l'aggravation des symptômes, les médecins diagnostiquèrent un emphysème, convaincus que sa profession constituait un facteur déterminant. En outre, c'était aussi un fumeur occasionnel, et il n'arrêta jamais vraiment, tout en sachant que chaque cigarette réduisait le temps qu'il lui restait. Même s'il avait cru qu'il pouvait gagner, je doute qu'il aurait fait un procès à ses employeurs car, comme il aurait été le premier à le faire remarquer, les ganteries lui avaient permis de nourrir sa famille pendant des années, et sans elles qu'aurait-il fait ? Comment aurait-il gagné sa vie ? L'amertume et les récriminations ne méritaient pas de gaspiller le peu de souffle qu'il avait encore. En un sens, mon grand-père était philosophe, et il aurait souhaité que je me méfie de toute amertume que je pourrais nourrir en son nom, et sans doute m'aurait-il rappelé cette terrible possibilité : ce qui nous nourrit dans cette vie est peut-être aussi ce qui nous l'enlève.

Souvent, je me demande ce qu'il aurait pensé du fait que la maison et la ville que ma mère et moi avons fuies en 1967 allaient nourrir mon travail créatif pendant plus de trois décennies. J'ignore ce qu'il aurait pensé de mon angoisse à l'idée de retourner là-bas. La partie rationnelle de mon esprit sait pertinemment que je n'ai rien à craindre. On me rappelle souvent qu'un grand nombre d'habitants de Gloversville ont adopté mes histoires et voient en moi une sorte de fils privilégié. Il n'y a aucune raison pour que la simple perspective de retourner là-bas me transforme en petit garçon affolé, un garçon qui, comme le suggèrent les rêves de Helwig Street, sera submergé par des responsabilités d'adulte qu'il ne peut pas assumer. J'ai aimé cette maison et tous ceux qui y vivaient. Je l'aime encore. J'en ai pris conscience un soir, peu de temps après la signature de l'acte d'achat de l'appartement de Boston. Barbara était absente, et après le dîner je me suis retrouvé en train de zapper parmi des chaînes de télé inconnues. Je me suis arrêté sur une chaîne baptisée *American Life*, qui diffusait un épisode de *77*

Sunset Strip, suivi de *Bourbon Street Beat*, *Hawaiian Eye* et *Surfside 6*, toutes ces séries que nous regardions enfants. À un moment, j'ai senti des larmes couler sur mes joues, et je me suis aperçu que je n'étais plus à Boston, plus vraiment, j'étais revenu chez moi, allongé par terre dans le salon de mes grands-parents, avec un oreiller roulé en boule sous le menton et, je dois l'avouer, j'étais heureux.

Mais je ne veux plus être un petit garçon, plus jamais.

Je me demande également ce que mon grand-père aurait pensé de la vie de ma mère s'il avait pu la voir jusqu'au bout. Se serait-il fait des reproches en tant que père, comme moi en tant que fils ? Je n'ai guère envie de spéculer sur ce qu'auraient pu être ses regrets, mais je sais qu'il ne se serait pas donné quitus facilement, et c'est peut-être pour cela que je n'y parviens pas. Mes propres regrets, ces pages en attestent, sont entiers et suffisants. Il est intéressant de préciser, je pense, que mes sentiments de culpabilité et mes remords ont peu de rapport avec mon incapacité à comprendre ce qui n'allait pas chez ma mère sur le plan médical, si tant est que je le comprenne à présent. Après tout, c'est très récemment que les TOC ont été identifiés comme tels et traités efficacement, à plus forte raison. Ce qui m'afflige, c'est que j'ai fait pour ma mère une exception dans la façon dont je traite les choses habituellement. Depuis aussi longtemps que je m'en souvienne, ma devise a toujours été : *Quand tu ne sais pas quoi faire, essaie n'importe quelle chose. Si ça ne marche pas, essaie autre chose.* Peut-être ai-je adopté cette philosophie parce que je vivais avec une obsessionnelle. Car ces personnes-là ont un point commun : elles essaient rarement autre chose. Ritualistes par nature, elles essaient toujours la même chose, encore et encore, en espérant, contre toute logique, que le résultat sera différent cette fois, peut-être même bon. Il faut interrompre leurs cycles, sinon elles sont condamnées. Parce que ceux de ma mère n'étaient pas encore clairement définis, peut-être, quand j'étais enfant, et parce que je m'y étais trouvé entraîné très tôt, je n'avais jamais vraiment cru que l'on pouvait les modifier. À mes yeux, ils étaient comme les marées : nécessaires, inévitables et plus forts que moi.

Je sais maintenant que j'aurais dû essayer autre chose. Pas enfant, évidemment, mais plus tard, adulte. Car même si je ne pouvais pas saisir ce à quoi je me trouvais confronté, j'avais au moins les moyens d'essayer quelque chose et, si ça ne marchait pas, d'essayer autre chose. Durant les vingt dernières années de la vie de ma mère, j'avais été romancier et les romanciers devraient connaître l'importance des histoires, savoir que les récits sont souvent le moyen d'accéder à des choses qui circulent au fond de nous-mêmes, dans notre humanité la plus primitive. Compte tenu du nombre de fois où je l'avais entendue, j'aurais dû prendre conscience de l'importance et de la signification pour ma mère de l'histoire de Pâques, celle où sa sœur et elle recevaient de nouvelles robes en cadeau, et pas ma grand-mère.

Un des combles déchirants des TOC est que la myriade d'angoisses dont souffrent les personnes atteintes a toujours un dénominateur commun, à défaut d'avoir une source unique. Un individu terrorisé à l'idée d'être abandonné et de finir seul développera immanquablement une série d'obsessions et de rituels qui lui garantiront quasiment ce résultat. Ce que ma mère, enfant de la Dépression, redoutait plus que tout, c'était la pauvreté, une peur ancrée dans la conviction, pas folle du tout, que les pauvres en

Amérique, même s'ils fabriquaient les vêtements de la nation, construisaient ses routes et ses ponts et remportaient ses guerres, ne comptaient pas à l'arrivée. Son besoin d'être libre et indépendante était réel, mais l'essentiel n'était pas là. À ses yeux, l'indépendance signifiait qu'elle ne serait pas pauvre comme ses parents, comme l'avaient toujours été les gens au milieu desquels elle avait grandi, comme l'avait été le pays lui-même durant ses années formatrices. Ce qui avait dû l'effrayer après ma naissance, après l'échec de son mariage avec mon père, c'était la possibilité que, malgré tous ses efforts, l'argent finisse par manquer. Cette peur qui flottait dans Helwig Street venait de la maison où vivait la famille la plus pauvre du quartier. Pour ma mère, la peur sentait l'huile d'olive avec laquelle ils cuisinaient car, croyait-elle, ils n'avaient pas les moyens d'acheter du beurre.

La pauvreté. Voilà l'odeur qui lui soulevait l'estomac et lui donnait envie de vomir sous l'effet de la panique, et suggérait que « les choses… tu sais… vont mal finir », une perspective qui la terrorisait plus que la mort. Si j'avais compris cela à l'époque, si mon imagination morale – le don le plus précieux de tout écrivain, et peut-être de tout le monde – ne m'avait pas fait défaut, j'aurais pu au moins…

J'aurais pu faire quoi ? L'histoire s'achève ici car je ne sais pas comment terminer cette phrase. Ma famille m'assure que j'ai fait tout ce qui pouvait être fait, et je ne sais pas pourquoi il me semble si important de m'opposer à la conclusion même qui me libérerait. Peut-être parce que je n'ai jamais été un adepte du sinistre déterminisme scientifique, ou peut-être est-ce dans la nature d'un écrivain (dans la mienne en tout cas) de ronger, de secouer dans sa gueule, d'enterrer, puis de déterrer tout ce qui résiste à la compréhension. Mais qui sait ? Peut-être est-ce juste de l'orgueil, de l'insistance obstinée, l'idée que si l'on continue à essayer une chose après l'autre, on peut forcer l'indicible à s'exprimer enfin. Comme il semble douloureusement proche, sur le bout de ma langue, à cet instant, avant de m'échapper. Mais nul doute que j'évalue mal la distance, car je suis le fils de ma mère.

REMERCIEMENTS

L'écrivain qui plonge dans le passé n'aime pas reconnaître qu'il a une mauvaise mémoire mais, hélas, je dois me rendre à l'évidence. Voilà pourquoi je tiens à remercier mon épouse et mes filles qui m'ont corrigé sur certains détails erronés ou mal placés. Je suis particulièrement redevable envers ma tante Phyllis Gottung qui a rectifié certains faits survenus dans mon enfance. Elle aimait intensément, fidèlement, sa grande sœur, et, si elle avait su quel usage je voulais faire de nos conversations sur la vie de ma mère et ses combats, elle n'aurait probablement pas été si loquace. Au début, bien sûr, je ne savais pas moi-même où me mènerait ma curiosité. Je suis également très reconnaissant à mes cousins, Greg et Jim Gottung, qui ont partagé avec moi tant d'histoires sur les tanneries de Gloversville, au fil des ans. Tout ce que j'ai mal restitué, malgré les efforts des membres de ma famille, n'est pas leur faute, mais la mienne.

Contrairement à mon premier jugement, je suis reconnaissant au juge Vincent DeSantis de m'avoir envoyé son livre sur Gloversville. Je crois que nous aimons tous les deux notre ville natale, bien que ce soit pour des raisons très différentes. Mention spéciale à

John Freeman de chez Granta pour m'avoir encouragé au moment où il le fallait.

Cela dit, c'est à ma mère que je dois presque tout, et certains lecteurs trouveront peut-être que ces pages sont une étrange façon de m'acquitter d'une dette aussi énorme. Tout ce que je peux dire sur cette histoire, c'est que je n'ai pas essayé de me la rappeler, j'aurais plutôt donné cher pour l'oublier. Mais en dépit de mes dons impressionnants pour l'amnésie, elle n'a pas voulu s'effacer de ma mémoire, et j'espère que c'est parce qu'elle est authentique dans ce qu'elle a d'essentiel.

TABLE

MIXTE
Papier issu de sources responsables
FSC® C003309

10/18, une marque d'Univers Poche,
est un éditeur qui s'engage pour
la préservation de son environnement
et qui utilise du papier fabriqué à partir
de bois provenant de forêts gérées
de manière responsable.

Imprimé en France par CPI

N° d'impression : 3011434
Dépôt légal : août 2015
X06518/01